"하나네 집으로 놀러 오세요"

"하나네 집으로 놀러 오세요"

초판 1쇄 펴낸날 2003년 7월 1일
초판 2쇄 펴낸날 2003년 8월 19일

펴낸이 • 임형욱 | 지은이 • 한연희 | 사진 • 박찬학
편집 • 김경실 정민숙 | 디자인 • 유정연 | 영업 • 이정욱
펴낸곳 • **행복한책읽기** | 주소 • 서울시 중구 필동3가 15 문화빌딩 403호
전화 • 02-2277-9216,7 | 팩스 • 02-2277-8283 | E-mail • heenyun@chol.com
인쇄 및 제본 • 동양인쇄(주) | 배본처 • 뱅크북
등록 • 2001년 2월 5일 제2-3258호 | ISBN 89-89571-17-0 03810 | 값 • 8,800원

"하나네 집으로 놀러 오세요"

글 한연희 | 사진 박찬학

행복한책읽기

"하나네 집"에서 얻을 수 있는 것들

　세상이 변하고, 그래서 살아가기 힘들게 되었다고 걱정하는 사람들에게 꼭 한번 읽어보라고 권하고 싶은 구슬 같은 글이다.

　자신의 아이 하나도 키우기 어렵다고 하는데, 그래서 자신들이 낳은 아이도 버리고 떠나는 부모가 많은데 한연희 씨는 이런 저런 이유로 엄마가 필요한 다섯 아이들의 엄마가 되었다.

　저자는 우리와 같은 그저 평범한 주부일 뿐이지만, '모든 아이들은 부모가 필요하다' 고 믿는 그 믿음을 생활 속에서 그대로 실천해가는 용감한 사람이기도 하다. 그러나 이 일은 다섯 동생들의 큰형 역할을 즐겁게 해내고 있는 큰아들 명곤이와 여섯 자녀의 아버지가 된 것을 자랑스럽게 생각하는 남편의 협조 없이는 이루어질 수 없었을 것이다.

　이 책은 아이들이 가정에 오게 된 이야기, 그리고 서로 다른 아이들이 모여서 한 가족이 되어가는 이야기, 그러면서 매일매일 생활에서 벌어지는 일들로 인한 기쁨과 환희 그리고 실망과 한숨들을 아주 솔직하게 기록한 글이다. 그래서 이 책은 입양이나 가정 위탁에 관심 있는 분은 물론이고, 우리나라의 모든 어른들께 권하고 싶다. 우리 가정, 우리 아이들만 생각하는 사회에 한연희 씨 부부 같은 분이 있다는 것을 아는 것은 새로운 충격과 신선한 감격을 줄 것이기 때문이다.

　저자 자신은 오히려 이런 찬사를 거북해 할는지 모르겠다. 자신의 여섯 아이들과 매일매일을 행복하게 사는 재미가 얼마나 큰 행복인지를 실제로 보여주고 있으니까. 명곤, 희곤, 영범, 영환, 하선, 하나의 의젓하고 천진스런 모습을 보러 "하나네 집으로 놀러 가는 일"만으로 우리의 얼굴에 웃음꽃이 피고, 내 아이뿐만 아니라 우리 아이들의 함께 하는 행복을 맛볼 수 있을 것 같다.

　꾸밈없이 솔직하게 매일의 삶을 기록한 저자의 끈질김도 대단하고, 무엇보다 아이들에 대한 지극한 사랑을 한결같이 내보이는 솜씨가 아름답다.

허남순 (한림대 교수, 한국아동복지학회 회장)

그들의 삶이 우리의 꿈이다

한연희 회장님을 처음 만났던 날을 기억한다. 회장님과 남편을 어느 커피숍에서 만나 국내입양 활성화에 대한 비전과 계획을 나누었다. 그 만남을 통해 그들의 인생이 변화하리라고는 누구도 상상치 못했었다. 한 회장님은 그때 아들 명곤이가 있었고, 희곤이와 하선이를 입양하여 키우며 평범한 생활을 하고 있었지만, 지금은 여섯 아이들의 어머니이자, 아내이며, 한국입양홍보회(엠펙) 회장이자, 또한 입양상담가로 국내입양 홍보에 맹활약을 하시는 분이 되셨다.

이 책의 에피소드 하나하나를 읽어보면, 아이들을 사랑하는 마음을 엿볼 수 있다. 희곤이에 대한 사랑, 하선이를 키우며 경험하는 기쁨, 영범이 영환이에 대한 열정, 귀여운 막내딸 하나에게 푹 빠진 행복, 그리고 부모의 사랑을 독차지하지 못한 채 동생들과 나누어야 하는 명곤이의 희생……. 물론 명곤이는 사랑을 나누는 것을 조금이라도 희생이라고 생각하지 않는다.

하나를 입양할 때였다. 벌써 남자 아이들 다섯을 키우고 계시는데 또 한 아이를 입양하고 싶다는 말을 듣고, 엠펙 회장으로서 해야 할 일도 많은데 또 한 아이를 입양하면 엠펙 회장 역할을 어떻게 할 수 있을까 걱정이 앞섰다. 그때 회장님은 "저는 회장직보다 엄마가 되는 것이 더 좋아요"라고 했는데 나는 그 말에 충격을 받았고, 회장님을 더욱 존경하게 되었다. 엠펙은 직분보다 우선 아이들의 엄마 아빠가 먼저 되어야 한다. 이것이 엠펙의 핵심이다.

하나네 가족은 사랑받기 위해 세워진 가족이다. 나는 한연희 회장님과 하선이 아빠를 만나게 된 것에 늘 하나님께 감사드린다. 커피숍에서 시작된 비전 이야기가 이렇게 많은 열매를 맺은 것에 대해 회장님이 너무나 자랑스럽다..

스티브 모리슨 (엠펙 설립자, 미국우주항공연구소 수석연구원)

두려움 없는 사랑이 어디 있으랴 | 151

그리고…… 삶은 지속된다 | 237

3

4

프 | 롤 | 로 | 그

이 글은 출산, 입양, 위탁으로 얻은 여섯 아이들을 양육하면서 느꼈던 기쁨과 슬픔 아픔 등 다양한 경험들을 엄마의 시선으로 담아낸 일기 모음입니다.

그 동안 한결같은 사랑으로 함께 해주신 엠펙 가족들과 일기 모음이 책으로 나올 수 있도록 애써주신 '행복한책읽기' 가족들에게 깊은 감사를 드립니다.

부족한 제가 여섯 아이들의 엄마 역할을 할 수 있도록 도와주신 사랑하는 시부모님과 남편, 늘 사진으로 동행해주신 박찬학 선생님, 그리고 나의 사랑하는 자녀들에게 이 책을 통해 사랑을 표합니다.

사랑합니다.

유명곤 * 1981년 7월 6일생

　팔삭둥이로 세상에 나온 터라 면역력이 약해 많은 질병과 싸우며 자랐다.

　심한 태열과 소아천식, 비염, 두드러기 등으로 수시로 병원 출입을 해야만 했으며 밖에 나가 뛰어놀거나 맛있는 음식을 섭취하는 것까지 통제를 받았고 먼지가 나지 않는 제한된 장소에서 식이요법을 하며 지내야 했다. 따라서 어린 시절은 주로 집안에서 만화책과 동화책을 보며 지냈고 그러다 보니 나이에 비해 침착하고 사려 깊은 아이처럼 비춰졌다.

　할아버지 할머니에겐 첫 손자였기에 모든 가족들의 사랑을 독차지했으며 84년까지 할아버지 할머니, 고모, 삼촌과 함께 대가족을 이루며 살았다.

　자기 의견이 확실하고 의사표현이 정확해서 부모 앞이라 할지라도 할 말은 꼭 하는 성격이다. 처음 보는 사람과 친하게 되려면 조금 시간이 필요하지만 다른 사람의 어려움을 쉽게 파악하고 자발적으로 도와주는 따뜻한 성품을 가지고 있다.

　장남으로서 동생들에 대한 강한 책임감과 부담을 느끼고 있으며, 대학에서 사회복지학을 공부하고 있다.

유희곤 *1984년 1월 6일생

　1987년 7월 아주 무덥던 여름, 시흥시 소재 송암보육원에서 처음 만났다. 그 후 매주 일정한 시간을 정해 놓고 규칙적으로 만나면서 친해졌다.

　그 곳에서 가장 어렸던 희곤이의 그 당시 이름은 석금용이었다. 석가모니 釋, 쇠 金, 용 龍, 아주 특이한 이름이다. 한 비구니 스님이 이 세상에서 가장 귀한 이름을 지어주고 싶어서 좋은 글자만 골랐다고 하신다.

　희곤이는 아주 작고 가무잡잡하고 똘똘한 꼬마로 방문자들의 귀여움을 독차지하고 있었다. 텅 빈 운동장에서 뺑뺑이를 돌리는 것으로 보아 운동신경이 뛰어나고 야무져 보였다.

　1990년 입양을 구체적으로 추진하기 시작하면서, 우리는 오히려 입양 기회를 얻을 수 없는 희곤이에 대해 깊이 생각하게 되었다. 결정을 내리는 데 약간의 시간이 필요했지만, 1990년 4월 8일 희곤이는 우리 가족이 되었다.

　내성적이면서도 잘 웃고 쾌활하며 멋내는 것을 좋아하고 인정이 많다. 또래 집단에서는 항상 리더로 활약할 만큼 강한 리더십이 있으며 친구들과 어울리는 것을 좋아한다.

　태권도로 꾸준한 운동을 해오다가 올해 사회체육과에 진학했다.

정영범 *1991년 12월 18일생

1999년 8월, 희곤이와 같은 보육원에서 성장해 평소 알고 지내던 영범이 엄마로부터 연락이 왔다. 남편과의 불화로 부부는 위기에 처해 있으며 아이들도 제대로 돌보기 힘든 상태라고 했다. 자신이 시설에서 컸는데 아이까지 시설로 보낼 수는 없다며 그녀는 눈물을 흘렸다. 그러니 아이들을 돌봐줄 가정을 찾아달라고……

사정이 너무 딱해 여기저기 형제를 맡아줄 가정을 알아봤지만 쉽게 찾을 수 없었고 그러는 사이 아이들 엄마는 계속 간곡한 호소를 해왔다. 결국 가족회의를 거쳐 우리가 그들을 받아들이기로 하고 급하게 이사를 했다.

밀레니엄으로 온통 세상이 시끄럽던 1999년 12월 28일, 아이들은 엄마 손에 이끌려 우리집에 왔다.

부모가 없는 동안 동생을 돌보며 가장 역할을 했던 영범이는 붙임성 좋고 명랑하며 동생의 까다로운 신경질도 잘 받아주는 등 놀랍도록 성숙한 모습을 보여줬고, 십자수나 요리 만들기 등 손재주가 아주 뛰어났다.

그런가 하면 마음이 여려서 잘 울기도 하고 자기 감정을 솔직하게 표현하기보다 상대방이 원하는 대답을 하는 등 관심을 끌기 위해 애쓰는 것을 보면 안쓰러울 때가 많다.

지금은 자기의 재능을 살리기 위해 요리학원에 다니고 있고 탁월한 요리 실력으로 많은 사람들의 주목을 받고 있다. 나이에 비해 귀엽고 사랑스러운 아이다.

정영환 *1992년 11월 10일생

형과 함께 우리 집에 오게 된 영환이는 형을 보호자로 여기는 것 같았다.

친아버지한테 여러 형태로 상처를 받아 아버지가 무섭다는 표현을 많이 했고, 작은 일에도 통제할 수 없이 울어대거나 주변에 있는 것들에 대하여 쉽게 분노와 비난을 표출했으므로, 심한 정서불안 상태임을 알 수 있었다. 또한 1학년을 다 마치도록 한글을 깨우치지 못한 상태여서 온 식구들이 달려들어 학습장애를 해결하느라 많은 어려움을 겪었다.

친엄마에 대한 그리움으로 새로운 환경에 적응하지 못하고 힘겨운 나날을 보낼 때 홍역까지 겹쳐 이중고를 치러야 했고, 병치레를 하는 동안 심한 자폐 증세를 나타내는 등 일체의 의사표시를 하지 않았다. 결국 소아정신과를 찾았고 우울증이라는 진단을 받았다. 그 후 약물치료와 면담, 놀이치료 등 답답하고 지루한 시간을 견뎌야 했지만 결국 긴긴 어둠의 통로를 빠져나왔다.

이제는 학습장애도 극복했고 태권도로 몸을 단련하면서 명랑하고 쾌활하게 생활하고 있다. 지능이 아주 높고 수학에 뛰어난 능력을 보여주는 영환이는 판단력이 빠르고 축구를 아주 좋아한다.

영환이를 볼 때마다 그 안에 무수한 가능성이 있다는 확신이 들어 가슴이 설렌다. 그를 통해 나는 의지적인 사랑이 무엇인지 알게 되었다. 아이들이 얼마나 섬세하게 다뤄져야 하는지, 가정과 부모 역할의 중요성을 가장 가슴 깊게 가르쳐준 소중한 스승이다.

유하선 ＊1997년 12월 17일생

이름만 써놔도 가슴이 뿌듯해지고 바라보는 것만으로도 황홀한 아들이다.

남편과 나에게 사랑이 뭔지 알려준 아이, 입양이 얼마나 큰 축복인지 깨닫게 해주었으며 감사함으로 솜털까지 떨리게 해준 아이다.

1998년 초, IMF로 나라 전체가 잿빛이다 못해 검은 먹구름이 가득할 때, 생후 6개월을 꽉 채운 하선이를 맞아들였다. 우리에게 2차 입양의 기회가 주어진다면 바로 이 때라고 확신했기 때문이다.

하얀 피부에 까만 머리, 고물고물 움직이는 손과 발…… 나는 아기를 낳아 기른 경험이 있음에도 마치 꿈만 같았다. 아기가 하는 것이라면 뭐든지 신비롭고 경이로워서 미래에 대한 걱정은 흔적도 없이 사라져버렸다. 아이를 유모차에 태워 동네를 돌면 신혼과 같은 달콤함이 온몸을 감쌌다. 하선이는 자신의 이름처럼 하나님의 자녀됨의 의미를 알게 해준 하나님의 귀한 선물이었다.

잘 웃고 잘 우는 등 감정이 풍부하고 섬세하며 운동신경이 발달하여 몸이 날렵하다. 약간 내성적이라 처음엔 주춤거리지만 맡겨진 일을 잘 수행하며 자기 주장이 뚜렷하고 고집이 세다.

유하나 *2000년 11월 3일생

우리에게 딸은 아주 막연하게 농담을 할 때만 가능한 것이었다. 그런데 평소 친분이 있던 입양기관의 한 직원이 전화를 걸어왔다. 혹시 생부모가 나타나면 돌려준다는 조건하에 '한 여자 아기'를 입양할 의사가 없냐고 묻는 전화였다. 그분은 농담처럼 말했지만 나는 농담으로 받아들이지 않았다.

처음엔 현실적인 상황, 이미 자녀가 다섯이나 있고 부모 나이가 40대 중반이니까 육체적인 부담과 70대까지 유지해야 하는 경제적인 능력 등을 따져볼 때 어렵다는 의견이 지배적이었다. 그러나 '우리가 아무리 어려워도 그 아이보다 어려울까. 모자란 부모라도 시설보다는 낫지 않을까' 하는 고민과 갈등은 계속되었고, 결국 명곤이와 희곤이의 강력한 지지 아래 남편을 설득했다.

2001년 5월 25일, 우리는 꿈에도 생각지 못했던 6개월짜리 딸을 얻었다.

2.2킬로의 저체중으로 약하게 태어난 하나는 작고 아름다운 아이였다. 소리내서 웃지도 않고 심하게 울지도 않았으며 모든 면에서 수월하게 커주었다. 식성도 좋고 성격도 밝고 명랑하며 수줍음도 거의 없다. 아무 때나 춤을 추고 노래를 잘 불러 모두의 관심을 집중시키는 놀라운 능력을 가지고 있다.

하나는 우리 모두의 이상형이며 활력소다. 하나와 함께 있으면 기쁨과 감사가 온 땅에 가득 찬 것만 같다. 언제 우리가 이 아이의 입양문제로 된다 안 된다 고민을 했을까 싶을 만큼 눈부시게 사랑스러운 딸 하나, 늙은 부모를 엄마 아빠로 불러주는 것이 그저 영광스러울 뿐이다.

가족이란 별에서 만나다

2000. 6 - 2000. 12

<u>00/06/28</u> 나! 반장 했어요.   "엄마! 나, 반장 했어요."

"그으래? 축하해!"

학교에서 오자마자 영환이가 소리치며 뛰어드는 바람에 엉겁결에 포옹을 했다. 한 번도 해보지 않았던 포옹인지라 눈물겹고 감격스러워서 으스러지도록 꼭 껴안았다.

"어떻게 된 거야. 너 기분 너무 좋았겠다."

"네! 그런데요. 돌아가면서 하는 거예요. 다음에 또 할 거예요."

영환이는 팔짝팔짝 뛰면서 어쩔 줄을 몰라했다. 잠시 후 남편이 들어오자 내게 했던 것처럼 소리쳤다.

"아빠! 나, 반장 했어요."

"아니, 이게 무슨 소리야. 영환이가 반장이 됐다고?"

남편은 눈을 똥그랗게 뜨더니 번쩍 올려 안아주었다.

"우와, 너무 기분 좋다. 반장 하려면 앞으로 더 잘해야 되겠네."

우리는 마치 남북통일이라도 된 것처럼 호들갑을 떨며 좋아했다. 저녁 때 외출을 하는 차 안에서도 감격은 멈춰지지 않았다.

"영범아. 영환이가 반장이 됐대."

"그래? 너 추천 몇 명 받았어?" 축하한다는 말보다 어떻게 반장이 되었는지가 더 궁금한 모양이다.

"우리 그런 거 없어. 돌아가면서 하거든."

"나도 부반장 될 뻔했는데 추천하는 애가 한 명 모자라서 못했는데…… 다음에는 꼭 반장 해야지!" 영범이가 단단히 각오를 하는 듯했다.

"너, 반장하고 싶구나. 열심히 해봐. 발표도 씩씩하게 하구."

우리는 마치 반장을 하고 싶어 안달하는 가족들 같았다.

"영환아, 반장은 뭘 하는 거야? 난 반장을 해본 적이 없거든."
남편이 부러워하는 것처럼 물었다.

"차려! 열중 서! 선생님께 경례! 이렇게 하구요, 조용히 한 조부
터 급식하는 것 알려 주고 그래요."

사기가 살았는지 차 안이 울리도록 소리를 지르자 하선이까지
덩달아 "차려, 너주 서!, 턴생민께 경네" 하면서 마구 따라했다.

"그런데 너 언제까지 반장 하는 거야?" 누군가가 물어봤다.

"맨날 바뀌는 거예요. 내일은 다른 애가 할건데……."

"엥?" 갑자기 정적이 흐르면서 서로 쳐다봤다.

"오늘 하루만 반장 하는 거거든요."

"어쩐지 이 장마철에 웬 반장선거인가 했지…… 하하하."

남편은 작게 중얼거리며 웃었다. 딱 하루만 반장을 해보는 거였
는데 평생 하는 것만큼 기뻐한 셈이다. 평생 해야 좋은 건가? 아무
튼 너무 기뻐하는 영환이를 보니까 좋다.

"엄마도 학교에 와요. 동생 데리고 오는 엄마들도 있어요."

학부모회의 하러 학교에 오라고 하니까 옆에 있던 영범이도 자
기네 교실에도 와야 한다고 신신당부를 한다. 오랜만에 해맑게 웃
음을 실컷 웃은 날이다.

00/06/30 뭐야, 아빠라니!

"아빠~아, 아까 하선이가
물에서 미끄러졌는데 울지도 않았어요. 내일은 선생님이랑 관악
산 가는데 튜브 사러 가야 돼요."

"으응, 알았어."

저녁을 먹으며 영환이가 조잘조잘 떠들고 있었다. 그런데 친구까지 와서 함께 밥을 먹던 희곤이가 갑자기 눈이 휘둥그레지면서 조금은 기분 나쁘다는 듯이 시비를 걸었다.

"뭐야! 웬 아빠? 얘, 왜 이러는 거야?"

'아니 이 녀석 왜 이러는 거지?' 나야말로 깜짝 놀라서 떨리는 가슴을 겨우 진정하고 얼른 말을 받았다.

"너 왜 그래. 지난번에 말했잖아."

"언제, 무슨 말?"

생각해보니 영환이 영범이가 우리 호칭을 '아빠, 엄마'라고 부르기로 했던 날, 항상 일찍 학교에 갔다가 늦게 들어오는 희곤이는 그 자리에 없었던 것이다.

이젠 익숙해질 정도로 시간이 흘렀는데 상황을 모르니 놀랄 수밖에. 잠시 그간에 있었던 일들을 설명해줬다.

"그랬었구나! 으흠, 학교에서 애들이 놀렸단 말이지? 아빠 없다고?"

이야기는 그렇게 끝났지만 저녁 내내 여러 가지 생각이 교차했다. 애들이 우릴 부르는 호칭에 사뭇 민감한 반응을 보이는 희곤이가 너무 귀엽고 예쁘다. 어떻게 생각하면 우리가 출산하지 않았다는 면에서 같은 처지라고 할 수도 있는데, 자기는 영범이 영환이와 근본적으로 다르다는 듯한 표정과 말투는 우리를 부모로 확실하게 여기고 있으며 아무나 엄마, 아빠라고 부를 수 있는 것이 아니라는 걸 의미하는 것 같았다.

입양 초기, 우리에게 꼬박꼬박 존댓말을 사용하던 희곤이가 어느 날 은근슬쩍 반말을 하며 접근해오던 일이 생각났다.

"엄마, 아까 어디 갔다왔어?"

조금은 용기를 내느라 진땀이 날 판인데 옆에서 듣고 있던 명곤이가 발끈했다.

"어쭈! 이게 엄마한테 반말을 해!"

세 살이나 더 먹은 자기는 언젠지 기억도 못할 때부터 반말을 했으면서 희곤이 반말은 뭔가 자기 고유의 영역을 침범한 것 같은 불쾌감이 느껴진 모양이었다. 그런데 바로 오늘 희곤이가 영범이 형제에게 명곤이가 오래 전에 그랬던 것 같은 반응을 보인 것이다. 우습긴 한데 기분이 참 묘한 것이 싫지 않다. 큰소리 뻥뻥치며 신경질 내고 문 꽝꽝 닫으면서 반항하던 희곤이의 모습들을 볼 때 우리를 그만큼 부모로 인정하고 신뢰한다는 것을 이미 느꼈지만 오늘 듣게 된 "뭐야!"라는 말은 곱씹어 볼수록 새록새록 즐거움을 준다.

지금은 꼬박꼬박 존댓말을 쓰는 두 녀석들도 언젠가 반말로 변하는 날이 있겠지.

00/07/01 유전자 감식

희곤이한테 미리 말할까 확인된 후에 말할까 고민도 하고 가슴 설레어 여러 날 밤잠까지 설치면서 기다려 왔는데, 조금 전 모든 기대가 산산이 부서져 흔적도 없이 사라졌다. 너무 섭섭해서 울컥 눈물이 치솟는 걸 꿀꺽 삼켰다.

단서나 근거는 없지만 평소 나는 희곤이에게 친생부모를 찾을 수 있다는 말을 해왔다. 기회가 주어져 방송에 출연하게 된다면 체형이나 얼굴 생김새로 볼 때 찾을 확률이 높다는 믿음이 있었다.

다큐멘터리 〈인간극장〉 섭외가 왔을 때 하늘이 내려준 절호의 찬스라고 생각했다. 촬영을 거부하는 녀석을 설득하여 아들이 잃어버린 소중한 부분을 찾겠다고 나선 우리 부부의 기대는 이루 말할 수 없이 컸다.

보름 동안 힘겨운 촬영을 하면서 친생부모를 찾아나섰지만 기대와는 달리 아무런 소득도 얻지 못했다. 5일간 연속으로 방영하고 뜻밖에 재방영까지 하게 되어 나름대로 기대를 했으나 이렇다 할 조짐은 조금도 보이지 않았다. 뭐라 표현하기 어려울 만큼 참담한 심정이었다. 어쩜 희곤이는 촬영하는 동안에 이미 기대를 접었는데 우리만 미련을 버리지 못하고 있었는지도 모른다.

가능하다면 아들에게 자신의 소중한 부분들을 찾는 기쁨을 안겨주고 싶었고, 열 달 동안 한몸처럼 생명을 지켜준 사람을 만나고 싶었다. 그 분은 아마도 한눈에 알아볼 수 있을 만큼 희곤이와 닮은꼴은 아닐까 상상도 해봤다.

잘 큰 희곤이를 보여주면서 자녀를 양육하지 못한 죄책감으로 오랜 세월 가슴 아파했던 고통도 덜어주고 따뜻하게 손이라도 잡고 체온을 나누고 싶었는데, 모든 것이 물거품이 되는가 싶었다.

며칠이 지난 후, 담당 피디로부터 급한 연락이 왔다. 방송을 보고 희곤이가 자기 아들인 것 같다는 분이 방송국에 찾아와 통곡을 했단다. 그 분은 언뜻 봐도 희곤이랑 외모가 아주 비슷하여 방송국 직원들까지 눈물바다를 이뤘다고 했다. 늦은 밤, 담당 피디가 직접 찾아왔을 때 우리는 마치 꿈을 꾸는 것 같기도 하고 가슴이 벌렁거려서 잠을 이룰 수가 없었다. 당장이라도 우리 눈으로 확인하고픈 마음이 굴뚝 같았다.

머리카락으로 유전자 감식을 한다기에 남편과 나는 '새치를 뽑는다' 며 희곤이의 검은 머리카락을 뭉텅 뽑아다 주기도 했다.

확인되기 전이라도 가능하다면 그 분을 보고 싶었는데 우리의 기대와는 달리 너무 싱겁게 끝나고 말았다. 유전자 감식 결과가 명확하게 나오지도 않았을 뿐만 아니라 가능성도 희박하고 염색체

배열인지 뭔지 하는 것이 아닌 것으로 나왔다고 한다.

　그래서 재검사를 하려고 했는데 이번에는 그 쪽에서 그만두자고 했단다. 반복해서 화면을 보니 아무래도 아닌 것 같다고 했다는데 우리는 재검사를 시도하려다가 그만두는 그 자체가 너무 아쉬웠다.

　희곤이의 친생부모를 찾아다니면서 우리는 정말 상식적으로 이해가 되지 않았던 많은 것들을 목격했다. 뭔가 알고 있는 듯한데도 사실대로 말하기를 꺼려하던 어른들의 몰이해, 지금 있는 부모하고 열심히 살라는 말들이 응어리가 되어 나를 괴롭혔다.

　어떤 것이 우리에게 유리하고 득이 되는지 알고 싶지도 않지만, 득이 되든 실이 되든 사실을 사실대로 받아들이고 시인하는 태도야말로 내가 아이들에게 누차 강조하며 교육시켜 온 부분이다.

　철부지 일곱 살에 '일가창립'을 하는 슬픈 일을 겪은 아이한테 친생부모에 관한 이야기까지 제대로 들을 수 없도록 막는다면 그것은 진정한 의미에서 또다시 희곤이를 우롱하는 것이라고 생각한다. 누군가가 속시원히 진실을 말해줬으면 좋겠다.

00/07/21　130만 원짜리 반성문　　　　　　　　따르릉!!

　"여보세요."

　"거기 명곤이 학생네죠."

　"그런데요."

　"잠깐만요."

　"엄마, 나 명곤이. 우선 죄송해요…… 나, 사고쳤어."

　다 죽어가는 목소리에 쭈뼛대며 더듬더듬 말하는 "사고쳤어"를 들으니 가슴이 덜컥 내려앉았다. 이루 말할 수 없이 머릿속이 복잡해지기 시작했다.

"엄마, 정말 죄송해요. 차 사고냈어. 여기 〈봄〉이야."

봄은 우리집 근처에 있는 레스토랑이다.

"사람은 다치지 않았니? 너는?"

사람이 다쳤을까봐 큰 걱정이 되었다.

"아뇨. 차만."

사람은 다치지 않았다는 말을 듣는 순간 "하나님 감사합니다"가 튀어나왔다. 대체 무슨 일이 벌어진 걸까. 덩치만 크지 아직 어린 것이 얼마나 떨고 있을까.

5분도 채 걸리지 않아 도착해보니 명곤이는 완전히 초죽음이 되어 있었고, 친구들과 저녁을 먹으러 왔다가 주차해놓은 차가 박살이 나는 바람에 기분 망친 아줌마 부대가 한눈에 들어왔다. 차는 뒤 트렁크와 범퍼가 잔뜩 찌그러져 있었다.

"정말 죄송합니다. 신속하게 수리해드리겠습니다."

헌데 상대방 아줌마는 저자세로 굽신거리는 내 말은 듣는 둥 마는 둥, 고개만 갸웃거렸다.

"어디서 많이 본 사람이야. 내가 아는 사람 같애. 어디서 봤지. 혹시 저 만난 적 없나요?"

'놀라운 인연으로 오래 전 알던 사람을 찾게 된 것은 아닐까?' 뭐 그런 시선이었다. 'TV에서 봤을 거라고 운을 떼우고 좀 봐달라고 사정할까?' 1초쯤 생각하다 지워버리고 그냥 빙그레 웃었다.

"엄마한테 연락 안 하고 자기가 처리하겠다는 걸 연락했어요."

"고마워요. 연락해야지요."

쪽지에 연락처를 적어주고 수리하도록 조치를 취했다.

뭐라 혼내지 않아도 자기가 한 일에 대해 깊이 반성하고 많이 떨고 있는 아들을 안심시키느라 등을 어루만져줬다.

집으로 돌아오는 차 안에서 물어봤다.

"너 근데, 나한테 말 안 하면 어떻게 처리하려고 했어?"

"너무 겁이 나서, 이런 사고 처음이잖아. 무섭기도 하고 엄마한테 미안하기도 해서 어떻게든 혼자 수습하려고 했는데 아줌마들이 난리잖아."

"야, 이 녀석아. 그래도 그렇지. 너 혼자 수습하려면 앞으로 얼마나 거짓말을 해야 하냐. 쓸데없이 이 책 저 책 산다고 거짓말해야 하구. 들통 날까봐 불안하고……."

"죄송해요. 너무 무서웠어." 정말 겁에 질린 모양이다.

"그랬겠지. 미안하기도 하고 말이야. 그렇지만 다음엔 네가 자발적으로 얘기하길 바래. 다음엔 사고 치지도 않겠지만……."

"알았어. 다음엔 이런 비슷한 일도 일어나지 않도록 할게요."

그러나 일이 그렇게 간단한 게 아니었다. 늦은 저녁을 먹고 있을 때 수리 센터에서 견적서가 날아왔는데 예상보다 어마어마한 금액이어서 기절하는 줄 알았다. 뒤 트렁크, 범퍼, 네일, 로크, 도색, 판금, 뒤 프렌다 판금, 렌트카 비용 등 토탈 '1,300,000' 원. 내일까지 입금시켜 달란다. 명곤이는 아빠한테 비밀로 해달라며 간곡하게 부탁했으나 들어줄 수가 없었다.

소식을 듣게 된 남편은 단번에 사건 경위서와 반성문을 써내라고 했다. 명곤이는 반성문을 쓰면서 아빠가 알게 된 것과 반성문 쓰는 것 때문에 투덜거렸다.

"야, 너 그럴 때가 아냐. 빨리 써. 견적이 얼마 나왔는지 알아? 엄마가 수습하기 어렵단 말이야. 네 반성문은 장장 백삼십만 원 짜리란 말이야. 그러니 성의껏 쓰도록 해."

명곤이는 견적 비용을 듣더니 풀이 팍 죽어서 "죄송해요"를 반복하며 '죄송해요'로 도배한 듯한 반성문을 썼다.

"진짜 비싼 반성문이다."

아빠가 문제를 해결해줄 것으로 믿고 자기 반성문을 최종적으로 읽어보더니 나에게도 읽어보라고 했다. 혹시 퇴짜 맞을까봐 신경 써서 쓴 표시가 났다.

반성문을 한참 들여다본 남편은 궁지에 몰린 우리 모자의 기대를 한꺼번에 묵살했다.

"됐어. 이건 당신이 알아서 해결해."

"뭐야. 반성문을 쓰라고 했으면 책임도 져야 하잖아."

"난 못 해. 당신이 해."

심하게 화가 난 모양이다. 결국엔 지불할 수밖에 없을 텐데 능력 없는 나한테 다 떠밀고 있다.

"명곤아, 네 밑으로 어린 동생들 우글우글 있는 것 잊지 마라. 이번엔 그래도 사람이 다치지 않아서 얼마나 다행인지 몰라. 너는 물론이고 우리 가족 모두가 아주 위험한 상태에 놓이게 될 뻔했던 거야."

그나저나 당장 돈을 어디서 구한다지?

00/07/21 어찌나 아름다운지

"하선이 관악산 갈래. 형아, 하선이 옷 입고 관악산 갈래."

듣던 중 제일 반가운 소리다. 제발 오래오래 놀다 왔으면 좋겠다.

조금 전에 어제 사고 건을 해결하고 왔다. 남편이 끝내 무뚝뚝하게 날더러 해결하라고 밀어붙이는 바람에, '진짜 치사하다. 아빠가 그딴 일도 전면에 나오지 않고 뒤로 빼?' 투덜거리며 집 앞 은

행에서 생활비 전부를 계좌이체로 보냈다.

하선이가 따라오면서 자꾸만 업어달라, 아이스크림을 사달라 보챘지만 묵묵히 걷다가 보채는 것이 귀찮아서 아이스크림을 하나 사줬다. 130만 원에 무기력해진 내 모습이 처량하다. '매사가 행복하게 보이던 것이 겨우 130만 원짜리였나?' 싶으니까 속상하다. 돈을 보내기 전엔 그런 대로 괜찮았는데 돈이 나가고 나니까 사건이 마무리됐다는 안도감과 동시에 무력해졌다.

집으로 돌아오는 골목에 영범이 영환이가 앉아서 종이 비행기를 접고 있다가 하선이가 아이스크림을 먹는 걸 보더니 안색이 변했다.

"형아, 엄마가 아이싱 사줬어. 형 먹어."

애들 얼굴 가까이 들이밀어 먹으라고 하는데 애들은 거들떠보지도 않았다. 호주머니에 있는 천 원짜리를 줄까말까 망설이다 그만두었다. '내핍 생활을 해야 해.'

뭔가 심상치 않은 기색이 느껴졌는지 애들은 관악산에 갔다. 다 나가고 조용해지니까 매미소리도 들리고 마음이 차분히 가라앉는다. 나 자신도 놀랄 만큼 연약한 나의 모습. 130만 원 때문에 애들의 조잘대는 모습도 아무렇지 않게 보이는 건조한 인간이다. 130만 원 때문에 손에 일이 잡히지 않아 애들 식사도 빵과 우유로 대충 때웠다. 모른 척하는 남편이 야속해서 한참 동안 미워해야 속이 시원해지는 것이 바로 나의 진면목이라는 사실이 놀랍다.

홀홀 털어버리고 다시 주책처럼 호탕하게 웃어 보고 싶다. 그저 팔불출이 되어 애들 자랑 늘어놓는 엄마이고 싶다.

시무룩하게 앉아서 온갖 궁상 다 떨고 있는데 내가 써놓은 글을 읽은 남편이 한참 생각에 잠긴 후 굳게 닫혔던 입을 열었다.

"내가 백삼십만 원 줄 테니까 우울해하지 마. 계좌번호 불러줘."

'으히히히.'

갑자기 관악산에 간 애들이 걱정되기 시작했다. '수시로 비가 와서 물이 많이 불었을 텐데.' 불안한 마음에 부리나케 관악산으로 뛰다시피 걸어가는데 웃음이 나왔다. 예쁘게 핀 꽃들 하며 짙푸른 나무, 평화로운 동네에서 사는 것이 큰 축복처럼 느껴졌다.

나를 순식간에 우울하게 만들었던 진짜 이유는 뭐였을까. 아무리 생각해봐도 돈 때문만은 아니었던 것 같고, 남편의 나 몰라라 하는 태도가 더 큰 원인이었나보다. 일단 최악까지 몰고 간 후에야 해결하는 남편이 정말 얄밉다. 결국엔 해결해주면서, 왜 속을 다 뒤집어놔서 사람 비참하게 만드는지 모르겠다. 기분 좋게 처음에 해결해주면 얼마나 고마워할까.

관악산 계곡에는 많은 아이들과 엄마들이 놀고 있었다. 그 아이들 틈에서 우리 애들을 보았다. 영환이는 계곡을 훑으며 고기를 잡고 영범이랑 하선이는 형들하고 옹기종기 머리를 맞대고 뭔가 골똘히 하고 있었는데 그 모습이 어찌나 아름다운지 이름을 부를 수가 없었다. 한참 서서 보다가 아예 쪼그리고 앉아 애들 모습을 눈이 빠져라 쳐다봤다.

20여 분 지났을까, 애들이 흩어지며 영범이가 하선이의 신발을 곱게 신겨주고 하선이는 아주 조심스럽게 발을 내밀었다. 손을 잡고 계곡으로 올라오는데 영환이가 나를 발견했다.

"엄마!" 계곡이 떠내려가게 불렀다.

"엄마!"

"엄마!"

애들은 각기 더 크게 고래고래 '엄마!' 를 불렀다.

아, 눈부시게 아름다운 내 새끼들!

00/08/01 걱정 마시고 가세요?

"내가 아무래도 곧 하늘나라에 갈 것 같은데 네가 우리 집 장남인 것 알지? 나 없으면 네가 우리집 대들보니까 어린 동생들이랑 엄마 잘 부탁한다. $%&*# 횡설수설~ 마지막으로 네 엄마랑 꼭 같이 묻어다오."

남편이 공부하는 큰아들한테 금방 숨넘어가는 소리로 엄살을 폈다. 엉덩이에 담이 결려 맘대로 움직이지도 못하니까 몹시 괴로운 모양이다.

"그냥 아픈 게 아니라 죽~도록 아파." 친정 오빠가 간암 말기 때 아픈 정도를 나타내던 것을 흉내 내며 죽는 소리를 했다.

"아빠! 걱정하지 마세요. 무슨 말씀하시는지 잘 알아들었으니까 걱정하지 마시고 잘 가세요. 그런데 가시기 전에 한 가지만 아시고 가셨으면 해요."

"그게 뭔데?" 남편 눈이 휘둥그레졌다.

"고속질주 중인 아들, 앞길 콱 막고 가시는 거요. 알았죠?"

프헤헤헤! 엄살꾸러기 아빠한테 한 방 날리고 유유히 사라지는 유명곤. 멋지다!

버릇없다고? 아무 때나 심각한 척하는 아빠한텐 안성맞춤이지. 죽도록 아프다는 남편이 아들한테 주먹질하면서 일어서려다 아프다고 도로 누워버렸다.

00/09/11 으이그 정말 치사해……

"왜 자꾸 돌리고 그래. 아까 그것 보자."

"그것 거의 다 끝났단 말이야. 더 볼 것도 없어."

텔레비전을 잘 보지 않던 내가 모처럼 재미있게 보는데 남편이 자꾸 여기저기 채널을 돌려서 가벼운 말다툼이 벌어졌다.

"그래도 그것 보고 싶단 말이야. 내버려둬봐!!"

약이 바짝 오른 남편은 텔레비전을 꺼버렸다. 그리고는 벌떡 일어나 비디오 테이프를 가지고 나가면서 곤히 자고 있는 하선이한테 한마디 툭 던졌다.

"아빠 자전거 타구 간다~" 미끼를 던지듯 한마디 던지고 휙 나갔다. 시간은 밤 11시.

자던 하선이가 아빠 소릴 들었는지 벌떡 일어나더니 길길이 뛰면서 거의 광란을 했다. 남편은 이미 밖으로 문을 잠그고 사라졌는데 애는 아빠를 부르며 속수무책으로 울어댔고, 남편이 나가고 나면 조용히 이것저것 맘대로 보리라 예상했던 평화는 산산이 부서졌다.

"하선아 울지 마. 나중에 태워 줄게. 지금은 아빠 없어."

앉아서 오줌을 싸고 꽥꽥 울다 못해 이불에 토해놔서 그것 치우느라 진땀을 뺐다.

한바탕 소란이 끝나고 지쳐서 누워 있을 때 남편이 들어왔다. 짐짓 외면한 듯 누워있던 하선이는 아빠가 가까이 오니까 '으앙!' 울면서 안기는 꼴이 가관이었다.

"아빠, 하선이가 어땠는지 아세요? 울고불고 오줌 싸고 토하고 말도 아니었어요."

"흐음, 내가 그러라고 일부러 말하고 나간 것이다."

"으이그! 정말 치사해."

"아빠가 덮을 이불에다 토한 거예요. 오늘 밤 토한 이불에서 주

사랑중독인 부자지간. 웬만해선 이 둘을 갈라놓을 수 없다.

무서야겠네요."

희곤이가 보기 좋게 한방 먹였다.

아무튼 철딱서니 없는 아빠 엄마 채널 싸움에 볼모로 잡힌 하선이만 오줌 싸고 토하고 간만에 텔레비전 보려다 날벼락 맞았다.

00/08/23 없는 자의 날벼락

우리는 가끔 스스로 부르주아라 여기면서 살았다. 어느 만큼 풍요로움을 즐기는 편이고 아무리 검소하게 산다 할지라도 없는 자의 궁극적인 아픔은 모른다고 생각했다.

있으면서 절약하는 것과 없어서 못 쓰는 것은 분명 다른 법. 주체 못할 만큼 가지거나 넘치도록 써 본 적은 없지만, 좌우지간 부르주아로서 자신을 돌아봐야 된다는 등 시건방을 떨었는데, 지난 금요일 그 시건방의 실체를 뼈저리도록 깨닫게 되는 사건이 벌어졌다.

우리 가족의 생계 수단이던 고시원의 건물주로부터 '계약 만기가 되었으니 시설을 철거하고 원상 복구하라' 는 통고문이 날아왔다. 자세한 설명도 없이 일방적으로 내 건물 내가 쓸 테니 비우라고 한다.

없는 자의 날벼락인가 싶어 온몸이 감전된 것처럼 떨리고 정신이 몽롱해서, 그 날 우리 부부는 잠을 설쳤다.

남편이 18년간 근무하던 회사를 그만두고 심사숙고 끝에 고시원을 하겠다고 신축중인 건물을 계약했던 때는 97년 10월이었다.

주인은 세를 놓으려는 마음에 바닥공사할 때 난방공사도 할 수 있게 했고, 시설비가 많이 들기 때문에 재계약을 해준다는 조건에 동의했다. 우리 부부는 밤을 지새며 동대문 시장을 뒤져 물건을 구입하는 등 열심히 일했다.

오픈하고 3개월이 채 되지 않아 IMF가 터졌다. 그 여파로 집세가 바닥을 칠 때도 우리는 계약대로 이행하는 상황이 되었지만 모두가 겪는 일이어서 그러려니 했다.

99년 건물주는 1년짜리 재계약을 하자고 했다. 우리는 세를 생각해서 1년 계약을 하자는 줄 알았다. 그래서 올해 재계약 기간에 접어들면서 혹시 세를 많이 올리면 어쩌나 걱정했는데 건물주의 계획은 그게 아니었다. 그는 그 건물에 투자된 돈이 우리에게 얼마만큼 귀중한 것인지 개의치 않는 사람이었다. 우리의 생계가 어찌 되든, 1억이나 쏟아부은 시설비가 쓰레기가 되든 말든 아무런 설명도 없이 그냥 내용증명을 보냈던 것이다.

며칠 동안 나는 하나님께 매달리며 기도했다. 하나님께서 우리가 또 다른 방향으로 나가길 원하신다면 설사 돈을 잃게 되더라도 우리 맘이 다치지 않도록 해주시되, 할 수만 있다면 건물주의 마음이 바뀌게 해달라고 빌고 또 빌었다.

어제는 「사무엘 상」을 묵상하면서 다윗이 직접 나발을 치지 않아도 하나님께서 그를 치시는 것을 보며, 우리가 그대로 당할 경우 하나님께서 우리의 억울함을 신원하여 주실 것이라고 생각하니 가슴이 떨리기도 했다. 건물주가 크게 다치면 어떻게 하는가. 건물주의 마음이 강퍅하게 된 것이 하나님의 섭리라면 어쩔 수 없는 것 아닐까? 별별 생각이 다 스쳐갔다.

생각에 생각을 거듭한 결과, 그는 많은 세입자들에게 우리에게 했던 방법을 자주 사용해왔고 앞으로도 계속 사용할 것이라는 결론에 도달했다. 그렇다면 물러설 것이 아니라 정당하게 대응하자는 굳은 각오를 하게 되었다. 돈을 찾기 위한 싸움이라기보다 불의에 맞서는 각오로 이길 수 있는 방법을 찾아나섰다.

여기저기 변호사와 법조계에 있는 사람들에게 자문을 구했는데 불행하게도 어떠한 법도 우리를 구할 수 없단다. 없는 자의 슬픔을 비로소 경험하는 셈이었다.

우리 부부는 애들을 모아놓고 가족회의를 했다. 모든 경제적 틈새를 막아야 했다. 가끔씩 요청했던 도우미 아줌마의 도움은 이미 중단했고, 차도 없애고 모두 힘을 합해 이겨 나가면서 하나님의 인도하심을 기대해보자고 비장한 각오를 다졌다.

결심은 했지만 아직까지 가슴이 벌벌 떨리고 일손이 잡히지 않는다. 하나님을 깊이 신뢰하기에 앞으로 펼쳐질 예측불허의 인생에 기대도 되지만 가끔씩 걷잡을 수 없이 눈물이 쏟아진다. 우리 가족 모두가 건물주를 미워하게 되는 최악의 사태가 올까봐 무섭다.

그를 양심 있는 멋진 사람으로 기억하며 살고 싶은 것이 지금 우리에게 가장 절박한 바람인지도 모르겠다.

00/08/24 고뇌의 끝 　　　　　지난 일주일간은 우리에게 참으로 숨길 수 없는 고통의 시간이었다. 고시원과 연관된 시간들을 되새기면서 우리 가족이 하나님의 인도하심을 따라가자고 기도했지만 실제로는 말할 수 없이 암담하고 우울했다. 상황을 잘 모르고 조잘대며 흥겨워하는 하선이가 그나마 웃음을 주어 다행이었다.

큰애들은 파격적으로 용돈을 아끼고 엄마 아빠를 걱정하면서 친절을 베풀었고, 상황은 잘 모르지만 영범이 영환이도 싹싹하게 말 잘 듣는 모습으로 우리를 위로했다.

나는 기도를 계속 해오면서 하나님께서 얼마나 매순간 우리를 인도하셨는지, 우리가 미처 계획하지 못하고 좌충우돌할 때도 얼마나 오래 기다리시며 지켜주셨는지 돌아보니 서서히 마음이 잡히기 시작했다. 신실하신 그분, 한 번도 우리를 실망시키지 않으신 그분이 곁에 계시다는 것이 큰 힘이 되었다.

일주일 동안 기도하고 마음이 평안해진 오늘, 남편이 건물주를 만나러 갔다. 몹시 떨렸다. 남편은 어떤 결과가 나오더라도 하나님의 인도하심으로 받아들이겠다고 말하고 나갔는데 조금 전 기쁨으로 가득 차서 아주 낭랑한 목소리로 전화했다.

"일 년 연장하기로 했어."

"그래?"

그렇게도 묵직하게 가슴을 짓눌렀던 그 뭔가가 뻥 뚫리는 것 같았다. 비록 일 년 연장에 불과하지만 그저 감사할 뿐이다.

00/09/02 멀쩡한 녀석들

부산 입양부모 모임에 가고 싶었는데 영범이 영환이를 맡길 곳이 없어서 못 갔다. 그 덕분에 우리는 아주 특별한 시간을 가졌다. 엄마 아빠에게 편지 쓰기.

"그런데 어디로 부쳐요? 주소도 모르는데."

"글쎄, 방법을 찾아봐야지."

아이들이 우리를 부르는 호칭도 바뀌고 정서적으로도 많이 안정되었지만, 그들의 맘속 깊은 곳에 자리잡고 있을 친부모에 대해 이야기할 기회도 주고 아이들이 지금 어떤 마음인지 알고도 싶었다. 두 형제는 이렇게 썼다.

엄마께
엄마 안녕하세요!
그 동안 잘 지내셨어요. 나와 영환이는 학교 잘 다녀요. 엄마는 요즘 뭐

하세요? 그리고 왜 전화 안 하고 나 보러 안 와요. 엄마 빨리 오세요.
기다리고 있을 게요. 나는 지금 운동회 때문에 바빠요. 그리고 엄마가
안 와서 기분이 많이 나빠요. 언제 나와 동생을 데리고 갈 거예요. 빨리
와서 같이 재미있게 놀아요. 그럼 안녕히 계세요.

아빠께

아빠 안녕하세요?

그 동안 재미있게 지내세요? 저는요 운동회 때문에 바빠요. 그리고 나
와 동생은 학교를 잘 다니고 있어요. 아빠는 지금 뭐 하세요? 혹시 술
이나 먹는 건 아니겠죠? 저요 책도 많고요 공부도 잘해요. 그럼 아빠도
일 잘하세요. 화이팅!

9월 2일 토요일 흐림 영범이가.

엄마에게

엄마 어디에 살라(살아)

엄마 잘 살고 이지(있지)

엄마 큰 집사며 우리 대를로와 (큰 집 사면 우리 데리러 와)

엄마아빠랑살운지 말고살장(엄마 아빠랑 싸우지 말고 살자)

아빠에게

아빠 술도 먹지 말고 엄마랑 살운지마(싸우지 마)

아빠 매날 집에이지말고 밖에도 가보세요.(맨날 집에 있지 말고 밖에
도 가보세요.)

9월 2일 영환이가.

철부지 같은데 속이 멀쩡하다.

엄마 아빠를 걱정하고 있는 애들, 항상 생각하고 있으면서도 표현 안 하는 애들. 마치 엄마 아빠 처지를 너무나 잘 이해하고 있는 것 같다. 지금 같은 아름다운 상태로 어른이 되었으면 좋겠다. 두 형제가 갑자기 더 대견하게 여겨졌다.

00/09/10 이 여인을 보라!

"한연희 씨? 나 석규엄마. 헤헤! 잘 지냈죠? 바쁘지요. 애들이랑 오죽 바쁠까. 혹시 시간 있을까 몰라. 바쁘면 이따가 석규아빠랑 우리가 가도 되고……."

"제가 갈게요."

10분이면 갈 수 있는 거리인 사당동 언덕배기에 사시는 석규엄마는 오십이 넘은 나이에 두 돌도 되지 않은 석규를 사랑으로 키우고 계시는 분이시다.

좁은 집에 들어서니 애들 네 명을 업고 안고 분주하다. 한 명은 입양한 석규, 한 명은 석규를 키우기 위해 24시간 봐주고 있는 9개월짜리 아기, 한 명은 낮에만 봐주는 18개월 남자애, 거기다 옆집 친구 위탁엄마가 여행 가느라 4일 동안 맡긴 3개월짜리 아기까지 돌보고 계셨다.

한 푼이라도 아끼려고 면 기저귀만 쓰셔서 마루 한쪽에 기저귀가 수북히 쌓여 있다. 마흔이 넘은 처녀로 아이 셋 딸린 상처한 남자와, 애들을 보고 결혼한 여자, 옹색한 살림에 보태려고 위탁모 일을 하다가 차마 그 아이를 보낼 수 없어서 울고 떼써서 입양한 위대한 엄마다. 입양된 아들 때문에 다시 돈 받고 애 보지만 불평하는 것은 한 번도 못 봤다.

그 집엔 여전히 아름다운 일들이 일어나고 있었다.

얼마 전부터 석규네 형편을 알게 된 이웃 아줌마가 모 급식처에서 남은 김치며 반찬을 가져다주셨다. 아기랑 힘들 거라고 배려해주신 건데, 이번엔 우리 식구가 걸려서 나눠 먹자고 전화를 하신 것이다.

"요새 김치가 금치잖아. 오죽 애들이 많이 먹어. 덩치도 큰 녀석들이."

김치며 김치찌개며 깻잎은 물론이고, 싸서 사났다고 커피까지 챙겨주셨다. "하구한날 손님도 많이 올 텐데……."

그 엄마 손길 같은 따스함에 왈칵 눈물이 쏟아질 것 같아서 빨리 나왔다.

"아이구, 내가 한 살이라도 젊어서 입양을 시작했더라면 여럿 할 수 있었을 텐데, 너무 아쉬운 거죠. 더 하고 싶지만 좋은 부모 만날 텐데 나 같은 돈 없고 늙은 엄마 만나게 하는 것이 미안해서……."

아들 다섯 둔 내가 가장 부럽다고 얘기하는 그녀 앞에 서면 나는 그저 부끄럽기만 하다.

00/09/28 신종 놀부   "이이 와봐! 씽씽카 사줘~ 빨리."

"엄마! 스티커 빵 사게 돈 줘!"

"엄마! 천 원만 줘~"

"빨리 안 사주면 엄마 빼고 간다~"

눈만 뜨면 타러 나가던 롤러블레이드는 한물 갔고 요새 유행하는 씽씽카 사달라고 날마다 조른다. 이층 형 씽씽카 몰래 타고 다니다 마당 깊숙이 들여놓기까지 한다. 새벽에 일어나 밖에 나가게 옷 달라고 난리를 치질 않나, 요즈음 하선이 하는 행동이 놀부를 능가한다.

가위로 빨대를 잘게 잘라 온 집안에 뿌리기, 형 방문 잠그고 물감 꾹꾹 짜서 방바닥과 옷에 뭉개기, 스티커 빵 사서 빵은 안 먹고 스티커만 가지고 놀기, 껌 사고 판박이 팔뚝에 인쇄하기, 화장실 문 잠그고 머리에 샴푸 칠하기, 안방 문 잠그고 화장하기, 껌 씹고 리모컨에 붙이기, 사인펜으로 형 책에 낙서하기, 옷 벗고 온몸에 그림 그리기, 힘 달리면 침 뱉기. 현관 앞에 오줌 누기, 꽃나무 뿌리째 뽑아놓기, 방바닥에 에프 킬라 뿌려놓고 미끄럼 타기, 전화 오면 뛰어가 먼저 받기, 공부한다고 컴퓨터 뺏어서 자판 두들기기, 밤마다 이불에 오줌 싸면서 기저귀는 절대 안 하기, 우유 먹다 먹기 싫으면 쓰레기통에 쏟아붓기, 엄마 아빠 가운데 끼어들기, 자장면 먹고 싶다고 졸라서 시켜주면 하나도 안 먹기, 샌드위치 가운데만 빼먹기, 커피 타 준다며 커피에 침 뱉기, 옆집 초등학생 형 집 앞에서 놀자고 고래고래 소리 지르기, "바보!" 해놓고 뭐라고 했냐고 물으면 "아니야!" 시침떼기.

휴우~ 끝도 없다. "나쁜은 짜샤!!"

00/10/16 컴퓨터와 롱코트

아침에 남편이 출근하면서 제1차 전국입양부모대회 때 있었던 것들을 정리한다며 컴퓨터를 가지고 갔다.

오전 10시경 '서초동 1668-3 두란노 고시원' 앞에서 모니터를 사무실에 올려놓느라 잠시(1분도 안됨) 자리를 비운 사이, 모든 자료가 들어 있는 컴퓨터 본체가 감쪽같이 사라졌단다.

오!!!!

그 속엔 우리에겐 너무나 소중한 자료들이 고스란히 들어 있다.

엠펙의 귀중한 자료들, 희곤이의 관찰일기, 하선이의 육아일기, 수만 장은 족히 될 각종 사진들이 그 안에 다 들어 있다.

남편은 완전히 초죽음이 되었다. 어쩌다 이런 일이 생겼을까?

어제 저녁 남편은 "처음이라 너무 어려웠는데 다음엔 자료가 있으니까 훨씬 쉬울 거야. 부족했던 것을 보완해서 다음엔 미리미리 잘 준비하자"며 대회를 끝낸 흡족함과 아쉬움을 표현했었다. 그런데 몇 시간만에 그 자료라는 것이 흔적도 없이 사라졌으니 기가 막히다.

나 역시 엄청난 충격에서 벗어나지 못하고 멍청해져서 지금 일어난 일이 무슨 뜻일까 곰곰 생각에 잠겨 있었다. '혹시 모두 털어버리고 다시 시작하라는 사인일까? 그건 너무 힘든 것 아닌가?'

그러는 사이 영환이 영범이가 학교에서 돌아왔다. 영범이가 신나게 자기 방으로 들어가더니 뭔가를 들고 나왔다.

"엄마 엄마!! 짜자~자~짠!"

영범이 손에는 구형이고 후줄근한 롱코트가 들려 있었다.

"그것 뭐야?"

"오늘 학교에서 알뜰시장 했잖아요. 엄마 주려고 사왔어요."

영범이 눈이 자랑스러움으로 반짝반짝 빛났다.

"빨리 돌려주고 와. 엄마한테 맞지 않는단 말이야. 그리고 엄마 코트 있어."

가뜩이나 심란해 죽겠는데 쓸데없는 짓을 한 것 같아 인상을 긋고 냉정하게 한마디 했더니 영범이 안색이 확 달라졌다.

"아빠랑 하선이 것도 사왔는데……."

아무것도 보고 싶지 않았다.

"다 갔다 줘! 사고 싶으면 네 것이나 사."

영범이가 어정쩡하게 밖으로 나갔다. 칭찬을 해줬더라면 좋았겠지만 정말 보기도 싫었다. 잠시 후 영범이 방에 가 보았다.

하 하 하 하!!!

배꼽 빠지게 웃음이 나왔다. 옷장 문고리엔 아주 오래되고 퇴색된 남자양복이 걸려 있고 옷장 서랍엔 인형이 가득 그려진 하선이 옷이 걸려 있었다.

엄마, 아빠 그리고 하선이의 옷.

사고 싶은 것도 많았을 텐데, 가족을 생각해서 이것저것 살피며 골라서 무겁게 들고 왔을 걸 생각하니 웃음이 나왔다. 사 가지고 가면 분명히 칭찬을 받을 거라고 확신하며 얼마나 흐뭇했을까? 그 바람에 힘든 줄도 모르고 정신없이 왔을 텐데, 두 번 보지도 않고 냅다 돌려주라고 했으니 얼마나 상처가 됐을꼬. 기특한 자식!

입을 수 없는 옷이긴 했지만 값진 옷임엔 틀림없는데, 한번 걸쳐 보기라도 할 것을……뒤늦게 아쉽다.

00/10/16 죽긴 왜 죽어?   "나야!"

피죽도 못 먹은 사람처럼 다 죽어가는 목소리로 남편이 전화를 했다.

"목소리가 왜 그래?"

"몰라서 물어? 삶의 회의, 살아서 뭐해. 눈 감으면 코 베 가는 세상 왜 사냐. 이런 세상 뭐 하러 살아. 나 한강에 빠져 죽을래."

"무슨 소리야. 그깟 컴퓨터 잃어버렸다고 한강에 빠져?"

"그깟 컴퓨터라니, 몇 년 동안의 내 삶이 거기에 들어 있는데…… 지금 빠지면 춥겠지?"

"춥기만 해. 하선이 바꿔줄게."

"아니 바꿀 것 없어. 맘 약해져서 안 돼. 우리 아들들 잘 키워
줘. 특히 하선이 엠펙 일 한다고 울리지 말고 많이 놀아 주구."

"아빠 바꿔줘! 빨리."

아빠인 줄 알고 하선이가 마구 보채서 수화기를 넘겨줬다.

"아빠! 고시원이야? 빨리 와. 으응? 엄마는 안 보고 싶어. 아빠
자전거 타자. 응, 응, 응."

고개를 끄덕이며 뭔가 한참 통화를 하다 다시 나를 바꿔줬다.

"내가 웃기는 얘기 해줄까?"

"뭐?"

"영범이가 %·&*#@……그러니까 당신 양복을 사 왔더라고."

"할렐루야!! 끝나는 대로 빨리 들어갈게."

지치고 살맛 안 날 때 자식만큼 빨리 회복을 시켜줄 수 있는 것
도 없는 모양이다.

이른 새벽, 명곤이 방.

"아빠 되게 속상하셨겠네."

"음, 한강에 빠져 죽고 싶다고 하셨어."

"아이쿠, 그딴 일로 한강 가기로 하면 몇십 번은 갔겠다. 차라리
잘된 일이야. 아빠가 얼마나 정성을 쏟았는지 알지만 컴퓨터라는
것이 말이야, 하루가 일 년을 의미하는지도 몰라. 얼마나 빠른 속
도로 변해가는데. 묵은 자료는 금방 쓰레기가 될 수도 있어. 차라
리 새로 시작하는 거지 뭐. 묵은 자료 있으면 자꾸만 거기에 미련
이 남게 마련이거든. 아빠가 못하실 것 같으니까 하나님이 하루아
침에 없애셨나봐. 더 잘하실 수 있다고 전해줘. 좋은 경험하신 거
야. 인생은 다 그런 거 아니겠어? 하루아침에 기별 없이 사라질 수
도 있는 거니까. 엄마! 나 말이야. 엄마 말대로 사회복지과 들어갈

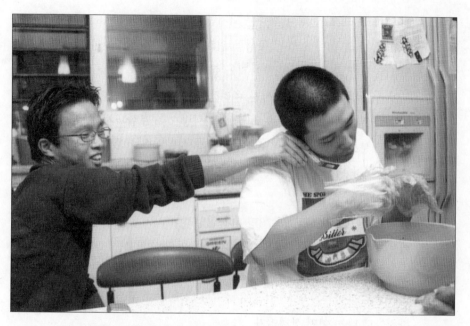

원수 같은 놈들이었다가, 든든한 버팀목이었다가, 병 주고 약 주면서 어느새 훌쩍 청년이 된 녀석들

까봐. 생각 많이 해봤는데 그게 좋을 것 같다는 생각이 들어."

누가 어른인지……. 아무튼 가슴이 따뜻해지면서 컴퓨터에 관련된 미련을 털어버리기로 했다.

00/10/22 엄마, 할 수 없어요

"엄마, 할 수 없어요. 엄마는 애랑 모든 걸 공유해야 되는데 난 일부분만 함께 하기 때문에 엄마 못 돼요. 언니나 누나는 되지만. 엄마 아주 중요해요. 엄마 좋아요. 우리 엄마 입양된 동생들 위해 기도 많이 했어요. 어려움도 있었지만 그 후엔 더욱 좋아지곤 했어요."

어제 저녁 말리 홀트 여사가 우리집에 오셔서 어색한 한국말로 해주신 말씀이다. 아이들을 누구보다 사랑으로 보살피시고 보듬으시는 분으로 평생 홀트타운에서 온 정성을 쏟으시다가 이젠 처녀할머니가 되신 말리 홀트 여사의 이야기를 들으면서 말할 수 없는 감격에 잠겼다.

부모님이 자신의 밑으로 8명이나 입양하시고 키우시는 것을 지켜보시고, 다시 자신의 삶을 다 바치신 분의 말씀치고는 소박하기 그지없다.

그분은 아이들과 모든 걸 공유하지 못해서 엄마 못 된다고 말씀하시는데 나는 어떤 상태인가.

엄마! 눈만 뜨면 듣게 되는 엄마 소리, 시시콜콜 달려와 말할 때 들어줘야 좋아하는 아이들, 남들이랑 정신없이 말할 때 샘나서 끼어들다 무안당하는 아이들, 5분의 1이 아니라 각각 100% 사랑 받고 싶어서 안달하는 아이들의 엄마로서 잘 하고 있는가?

속상할 때 제일 먼저 뛰어와 위로 받고 아플 때 응석 피울 수 있는 편안한 대상으로 여겨지는 엄마라면, 엄마라고 불리는 것만으로도 이미 애들한테 받아야 할 모든 것을 받은 셈이다.

세진엄마가 세진이에게 해준 것은 엄마가 되어준 것밖에 없다고 하시더니 엄마가 되어주는 것만큼 값진 것이 없는 모양이다. (세진이는 지체장애를 가진 입양아로 엄마의 극진한 사랑을 받고 있다.)

괜스레 엄마라는 말에 가슴이 벅차서 시어머니와 친정어머니께 전화를 했다.

"여보세요?"

부드럽고 감미로운 시어머니의 음성에 바보같이 눈물이 나려고 한다.

"아직도 바쁘지? 고생 많다. 너네 쌀 떨어지지 않았냐?"

"어머니, 고맙습니다. 덕분에 아주 잘 지내요."

사십 중반에 접어든 이 나이에도 부모님이 계시니 이렇게 든든하고 좋을 수가 없다.

"정 바쁘면 미안해하지 말고 하선이 갖다 맡겨. 괜찮아."

친정어머니, 팔십 노모가 번데기같이 쪼그라든 체력에도 딸이 고단할까 하선이를 맡기라고 하신다. 내가 정말 엄마 역할 할 수 있을까?

00/10/24 뭐가 없다고요?   비가 내리고 있다.

주황색 감 위에도 아직 파란색이 더 많은 감잎에도 비가 툭툭 떨어지고 있다. 오랜만에 내리는 비여서 반가워야 하는데 하나도 반갑지 않다. 울고 싶은 내 마음을 알기라도 하는 듯 주룩주룩 내리는 빗줄기가 친근하게 느껴질 뿐이다.

"아영이 검사 결과가 나왔는데 뇌가 세 군데나 없는 것으로 나왔어요."

"뭐가 없다고요?"

아침에 아영엄마랑 전화 통화를 할 때만 해도, 아영아빠가 아영이의 효과적인 치료를 위해 직장에 사표를 내기로 최종 결정을 내렸다며 비장한 각오로 서울에 올라오셨는데, 아영이의 뇌는 최악의 상태로 이런 경우는 너무나 드문 경우라니 큰 충격이 아닐 수 없다.

눈물을 흘리며 애매한 밥만 축내고 있자니 아영이네 가족이 들어섰다. 벌써 얼마나 울었는지 눈이 토끼눈처럼 빨갰다. 하루종일 굶고 속끓였을 부모의 마음을 아는지 모르는지 아영이는 그저 태평하기만 하다.

울더라도 밥이나 먹고 울자고 달래서 실컷 먹고 나자 한바탕 꿈을 꾼 것 같다며 허탈해서 웃었다. 의사는 앞으로 일어날 수 있는 모든 일을 각오해야 한다고 했단다. 간질, 행동장애, 정신장애, 언어장애, 장기적 물리치료 등등…… 멀쩡하게 걷고 말하고 크는 것을 당연하게 여겼는데 갑자기 그 모든 것이 기적처럼 여겨진다고 했다.

낳은 자식보다 더 마음에 걸리고 행여 지나가는 소리라도 애들 얕보는 것 같으면 기분 상하는 것이 입양부모다. 그런데 뇌 기형인 아영이에게 아무것도 해줄 것이 없다는 현실 앞에서 우리는 무력하게 울고만 있다.

아영이 부모이기 전에 현찬이와 하영이 부모이기도 한 전순걸, 신주련 부부. 이 부부를 위해 기도한다. 아영이를 생명싸개 속에 감추시고 모든 비밀을 풀어가시는 하나님께서 아영이를 일으키사 우뚝 서게 해달라고, 앞으로 닥치게 될 많은 어려움을 넉넉히 이길 수 있는 힘과 지혜를 주십사고…….

(전순걸, 신주련 부부는 친생자인 아들 현찬이를 두고 하영, 아영 두 딸을 입양했다. 언니인 하영이는 밝고 씩씩하게 잘 자라고 있지만, 아영이는 입양 6개월만에 선천성 뇌기형 판정을 받았다. 하지만 아름다운 이 부부는 파양하라는 주위의 권유를 뿌리치고 '아영이는 하나님의 선물이며 그 어떤 장애도 떼어놓을 수 없는 우리 딸'이라고 선언하고, 기쁘게 아영이를 키우고 있다. 이들 부부의 입양 이야기는 『선물』이라는 책으로 출간되어 있다.)

00/10/26 나   어제 오늘은 참 우울한 날이었다.
엊그제 아영이의 소식을 듣고 목이 아프도록 울었다. 막막한 심정은 금세 예전에 겪었던 아픈 기억을 떠오르게 했고 얼마 전 잃어버렸던 컴퓨터 본체까지 생각나게 했다.

아영이를 보고 나니까 좀 살 것 같았다. 짧게 자른 아영이의 머리통을 만지면서 '어디가 어쨌다는 거야? 개뿔도 모르는 사람들이 괜히 지껄인 거겠지' 하며 맑디맑은 눈망울을 쳐다봤다. 그들이 옆에 있다는 것이 커다란 위안이 되었다.

나는 형제가 셋이다. 위로 언니와 아래로 여동생이 있다. 원래는 아홉이었는데 넷은 일찍 세상을 떠났고, 우리와 오랜 시간을 함께 했던 형제는 2남 3여다.

나에게 삶이 얼마나 대단한 건지 몸소 알려준 사람은 두 오빠들이다. 그들은 얼마나 유능한지 일찍 하늘나라로 전출되어 갔다. 한 명은 심장마비로 서른 일곱 젊은 나이에, 한 명은 간암으로 쉰 넷에. 한 명은 이별을 알리는 어떤 시간도 주지 않았고, 한 명은 3개월 시한부 선언을 받고 6개월을 살다 갔다. 두 오빠들은 자다가도 깨어나 목이 아파서 끼룩끼룩 몸을 비틀며 나를 울게 만들었다.

나는 죽음이라는 것에 질려서 그런지 죽는 일이 아니면 웬만해서 꼬투리를 잡지 않는다. 일이 꼬이면 금세 '그게 죽을 일인가? 내일 죽는다고 해도 끝장 내야 하는 일인가?' 스스로에게 물어본다. 참을 수 없을 만큼 화가 치밀다가도 '오늘 이 하루를 살겠다고 오빠는 진통제도 없이 짐승 소릴 내면서 고통과 맞서 싸웠는데……' 싶으면 금방 숙연해진다.

입양부모는 남의 자식을 키워주는 사람들이 아니다. 서로에게 평생 절대적인 영향력을 끼치는 가족이 되는 것, 부모 자식으로 형제 자매로 삶을 나누는 관계로서, 그 어떤 것도 이들의 관계를 훼손시킬 수도, 훼손할 수도 없다.

아영이는 너무나 많은 고통을 감수하며 생명을 유지할 것이고, 그것을 지켜봐야 하는 가족들에게는 형용하기 어려운 아픔이 있을 것이다. 그들이 여한 없이 최선을 다할 수 있도록 도와주고, 격려해주고, 쉴 수 있도록 우리 사회가 배려해줬으면 좋겠다.

00/11/01 <u>원수가 따로 없다</u>   며칠 동안 바쁘기도 했지만
일이 하기 싫어서 급한 대로 밥만 대충 그슬려 먹고 보이는 곳만 치워놓고 살았다. 아이들에게도 관대해져서 방도 치우라는 말만 하고 숙제도 대충 훑어보고 "어쭈구리 잘했는데. 어째 엄마보다 훨씬 잘하네!" 칭찬을 아끼지 않았다.

그러면 될 줄 알았다. 애들은 나의 얄팍한 계산에 잘 속는다고 생각했는데, 어저께부터 방안이 의심스러워지기 시작했다. 오늘은 애들이 모두 학교에 간 후 애들 방을 둘러봤다.

"으윽!! 원수가 따로 없구먼. 나쁜 녀석들! 이게 방이라고 치웠어? 나쁜 새끼들. 으으으윽."

방은 바야흐로 완전히 돼지 우리였다. 침대 시트, 책상 밑, 책꽂이, 장롱 속, 모든 곳이 엉망진창이었다.

"이 자식들이 도대체 왜 연필은 깎아서 서랍에다 넣는 거야. 이 자식들, 사람 미치게 만드네. 벌써 침대 밑판에 금이 갔잖아. 아니 이건 또 뭐야. 먹던 우유곽은 왜 여기다 모셔놨대. 아이구 이 새끼 예쁘게 개놓은 옷을 이게 뭐라고 뭉개놓고 수건은 왜 여기다 쑤셔 박아놨대. 책은 왜 있는 대로 빼서 쌓아놨담. 장난감은 또 이게 뭐야. 뒤죽박죽이잖아."

오전 내내 방을 치우며 욕을 바가지로 해댔다.

그 때 하선이가 콩콩콩 뛰어와 "엄마, 하선이 운동화 빨았어. 잘했지. 빨리 와봐." 하더니 화장실로 데려갔다.

세상에나! 자기 운동화를 가져다 깔판을 빼서 물을 부어놓고 화장지로 북북 문댔는지 엉망으로 만들어놨다. 운동화 빠는 것을 보고 흉내를 낸 모양이다.

넋을 잃고 쳐다보는 내게 "하선이 잘했지. 혼자 했어" 한다.

크이~ 내가 못살아. 그래도 "잘했어." 맘에도 없는 말을 버릇처럼 내뱉는다.

'정말 머리 아파 죽겠네. 머리에 김 날 때 애들 들어오면 클 나는데, 밥이나 먹고 나거든 들어와라. 그래야 좀 진정이 되지.'

모래투성이 현관에 물을 쫘악 쏟아부으며 빗자루로 박박 문지르면서 분을 삭이고 있는데 영환이가 히히 웃으며 들어섰다.

"어~엄마!"

"엄마라고 부르지도 마. 방이 그게 뭐냐? 이제부터 엄마라고 하지 말고 꿀꿀 그래. 돼지같이 더럽게 하고 사니까."

"히히히, 돼지?"

조금 있다 영범이가 생글생글 웃으며 돌아왔다.

"어~엄마!!"

"뭐가 엄마야. 이제부터 엄마라고 하지 마. 방이 그게 뭐야? 세상에나, 어쩜 그렇게 어질러 놓을 수가 있냐?"

"헤헤, 엄마~"

장난하는 줄 아는 모양이다.

"장난 아냐. 너네 방에 돼지 넣어줄 거야. 돼지 우리니까."

"야~ 너무 좋겠다. 돼지 있으면 좋은데……."

갑자기 영환이 얼굴이 환해지며 싱글벙글 웃는다.

"뭐가 어째? 돼지가 여기저기 똥 싸놓을 텐데 어디 거기 같이 살아봐라."

"히히 그래도 돼지 있음 좋겠다."

으이그 웬수가 따로 없군!!

"다음부터 방 깨끗하게 치우고 살아. 오전 내내 얼마나 힘들었는지 알아?"

"네!!"

대답 소리는 시원시원하더니 잠시 후 들어가보니 책가방, 신발주머니, 잠바 등이 뒤엉켜 있다.

"야 이 자식들아! 잠바 걸어놔!!"

웬수들 때문에 나 완전히 욕쟁이 아줌마 됐다!

00/11/01 행복한 며느리

시아버님은 지난 봄 2차 디스크 수술 후 왼쪽 다리가 불편하게 되었고, 얼마 전 장애 3급 판정을 받았다. 처음엔 의료 사고라며 맘 고생을 많이 하시다가 이젠 장애인이 된 김에 장애자용 승용차와 핸드폰을 사는 것으로 약간의 위로를 삼으셨다.

워낙 검소함이 몸에 밴 시아버님은 오래되긴 했지만 멀쩡해 보이는 당신의 자동차가 아까워서 몇 번이나 내게 어떻게 했음 좋겠냐고 물으셨다. 눈치 없는 나는 지금 가지고 있는 소형차가 기름도 덜 들고 기동성만 있으면 되기 때문에 필요없다고 말씀드렸다.

시일이 지나면서 시아버님이 당신이 쓰시던 차를 내게 주고 싶어하신다는 것을 알게 되었다. 며느리 차는 고물이기도 하지만 파워핸들도 아니고 완전히 수동인 것이 마음에 걸리셨던 모양이다. 그래서 염치 불구하고 차를 갖겠다고 말은 해놨지만 새 차가 나왔다고 해도 그런가 보다 하고 있었더니 오늘 아침엔 아버님이 직접 새 차를 끌고 오셨다.

밖에 나가 보니 최신식 컬러에 임시 번호판을 단 멋진 EF소나타가 서 있었다. 자동으로 차 문을 열었다 닫았다 해 보이시며 차 문을 열어 이것저것 보여주셨다.

"이건 LPG 차니까 먼 데 갈 땐 이것 끌고 가. 아무래도 싸게 들 테니까. 차량 명의 변경 서류 가져왔다. 바쁘더라도 이것부터 하는 것이 좋겠다."

가슴이 뭉클해서 뭐라 드릴 말씀이 없었다. 잠시 커피를 마시는 동안에도 계속해서 울려대는 전화기를 보시고 점심때가 다 되어가는데 그냥 일어나셨다.

"난 괜찮아. 신경 쓰지 말고 일 봐라."

'아버님!! 오래오래 사세요. 차 고맙습니다. 잘 쓸게요.'

00/11/03 간이 부었나

"중앙동 동사무손데 영범이랑 영환이 통장 만들어서 가져오세요. 생계비 보내드릴게요."

"고맙습니다."

까맣게 잊고 있었는데 최저생계비를 주겠다는 전화가 왔다. 얼른 은행으로 뛰어갔지만 법적 보호자가 아니어서 허탕을 쳤다.

영범이와 영환이는 실제적이고 심정적으로 우리 자녀다. 한시적으로 가정을 제공하고 있는 것이 아니고, 중간에 우리에게 어떤 변수가 생기더라도 아이들을 불안정한 상태로 보내지는 않을 것이며, 어떠한 경우에라도 부모로서 의무를 다하겠다는 각오로 받아들였다.

하지만 자녀라는 것이 우리만 그렇게 하기로 한다고 되는 것이 아니다. 친척과 형제와 부모와 우리 자신이 평생 가족으로 수용해야 하는데 법적인 문제가 해결되지 않으면 불가불 한계가 그어진다.

자식 문제가 우리 가정의 중요한 사안임에도 불구하고 우리 소관으로 처리할 수 있는 문제가 아니라는 것이 자못 슬프다. 국가로부터 처음으로 최저생계비 명목으로 돈을 받게 되고 보니 반가움보다 씁쓸함이 더 느껴졌다.

이래저래 몇 번을 왔다 갔다 한 끝에 드디어 영범이 통장을 만들어 부랴부랴 동사무소에 갔다. '십몇만 원 되겠지, 뭐. 큰 도움은 안 되겠지만 모았다가 줘야지.'

그런데 최저생계비는 모두 합해 45만 원이나 되었다. 예상 외로 큰 액수를 매달 받게 된 우리 부부는 누가 먼저랄 것도 없이 말했다. "당장 적금 붓자."

'일 년이면 540만 원이고 18세까지 받게 되면 적어도 8년은 받겠지. 그럼 얼마지……' 머릿속에서는 빠르게 숫자가 더해지고 있었다. 하지만 받은 금액을 하나도 쓰지 않고 고스란히 모은다 할지라도 두 녀석이 안전하게 가정을 꾸리는 기초비용으로도 부족한 금액이었다.

"에게게~ 두 녀석 장가 밑천 하기에도 어림없잖아."

몇 분 전엔 많다고 좋아하더니 금세 실망하는 걸 보니 그새 둘 다 간이 부은 모양이다.

00/11/07 피붙이

"누구시라구요? 네, 네, 아~ 영범이 큰아버지요. 네, 네. 아무 때나 오시죠. 괜찮습니다. 아, 예에~ 가정집이에요. 애들이랑 통화 한번 해보시죠."

"영범아! 영환아! 전화 받아봐라. 큰아버지란다."

"여보세요? 네, 네, 아니오. 한 번도 전화 안 왔는데요. 엄마도요. 안 왔어요. 영환이요? 영환아! 전화 받아."

"여보세요? 네, 네, 아뇨. 아저씨 바꾸라는데요?"

어젯밤 뜻밖에 영범이 큰아버지라는 분으로부터 전화가 왔다. 일 년만에 처음으로 받은 전화였다. 남편은 애들 피붙이로부터 전화가 왔다는 사실 하나만으로도 상당히 흥분되어 있는 듯했다.

애들과 통화를 하기 전엔 언제 오겠다는 말이 없어서 남편이 왠지 사정을 하는 것 같았는데 애들과 통화를 하고 나더니 통곡을 했단다. 8남매나 되는 형제가 있지만 애들을 맡을 형편이 되는 사람은 하나도 없다는 말과 함께, 애들엄마는 입버릇처럼 자기가 고아로 컸기 때문에 애들은 절대로 버리지 않겠다고 해서 믿었다고 했단다. 결과적으로 애들을 끝까지 돌보지 않은 것을 대부분 애들엄마 탓으로 돌리려는 느낌이 드니까 단번에 애들엄마 편으로 기우는 내 마음을 발견했다.

'아니 애들은 엄마 혼자 키우는가?'

아무튼 며칠 안으로 찾아오겠다고 했단다. 제발 추석이나 설날 같은 명절 연휴에만이라도 데려갔으면 좋겠다. 주렁주렁 애들 데리고 가서 혼자 부엌일을 하려면 뒤통수가 부끄럽고 바늘방석처럼 불편하다. 아무것도 모르는 녀석들이 정신없이 좋아라 떠들면 공연히 어른들께 너무나 송구스럽다. 크는 거야 우리집에서 큰다지만 피붙이와 왕래가 있으면 좋은 것 아니겠는가. 제발 잘됐으면 좋겠다.

그 동안 애들을 돌보면서 뜻밖에도 애들엄마를 깊이 이해하는 부분도 생겨서 참 측은하게 다가왔다. 남편이라고 있어봐야 도움은커녕 사고나 치고, 끝도 보이지 않는 생활고에 여러 가지 복합적인 문제를 지닌 어린 형제를 직장 다니며 돌본다는 것이 애들엄마로서는 너무나 버거웠을 것이다. 그래서 아이들을 안전하게 맡기기 위해 찾고 찾은 사람이 우리 부부였고, 애들엄마가 취할 수 있는 최선이 우리집에 데려다 놓는 것 아니었을까. 그래야 그나마 글씨라도 깨치고 나쁜 버릇도 고치게 될 것이라고 생각했던 것은 아니었을까.

애들 목소리를 듣고 통곡을 한 피붙이, 그 피붙이를 기다리며 오늘도 애들은 몇 번이나 계속 물어봤다. "큰아버지 언제 오신다고 했어요?"

막연하게 기다리고 있는 아이들에게 명쾌한 답을 해줄 수 없는 현실이 갑갑하다. 피붙이라는 낱말이 애들과 나 사이에 간신히 이루어놓은 친밀감 틈바구니에 큰 수렁을 만들어 놓은 기분이다.

00/11/10 <u>우리 엄마야, 인사해!</u>　　　　　국화꽃 피우는 소쩍새도
아니면서 "내 생일 언제죠? 친구들 누구누구 오라고 하지." 봄부

아이들은 원망하지 않는다. 다만 바랄 뿐이다. 엄마와 함께 살기를……

터 줄기차게 생일을 기다리더니, 드디어 오늘이 영환이의 생일이다. 어젯밤 외출했다 늦게 들어왔더니 영범이가 그때까지 자지 않고 기다렸다가 아주 중요한 사실을 알려준다더니, 내일이 영환이 생일인 것 아느냐고 재차 확인했다.

오늘 아침, 하선이가 나더러 찰흙으로 구슬이랑 뱀 만드는 것 알려준다고 시범을 보여줬다.

"엄마! 해. 나처럼 해봐. 재니써(재밌어). 크로켓. 맞아."

고사리 같은 손으로 구슬은 살살 굴려서 만들고 뱀을 만들 땐 손바닥을 비비면서 어쩌나 곰살맞게 잘 가르치는지, 시간 가는 줄 모르고 놀다보니 애들을 제때 못 깨워 두 녀석 다 미역국은커녕 아침밥도 굶고 학교에 갔다.

부랴부랴 재촉하는 내게 영환이가 현관에서 고개만 삐죽 내밀고 눈웃음을 친다.

"엄마! 학교 갔다오면 먹을 수 있게 준비해주세요."

아이고 귀여운 녀석.

"알았어. 몇 명이나 올 건데?"

"그렇게 많이 오진 않을 거예요." 싱글벙글 웃는다.

뭘 해줄까? 아침 밥상 앞에서 명곤이한테 물었더니 따뜻한 조언을 했다.

"엄마, 나한테 한 것처럼 하지 마."

"그건 또 무슨 소리야? 내가 너한테 어땠는데?"

"손수 만들어주는 것 말이야. 엄마만 힘들지 애들은 시켜주는 걸 더 좋아하니까 시켜주라고."

"난 또…… 알았어."

대답은 알았다고 했지만 그래도 내 손으로 준비해주고 싶었다. 떡볶이, 케이크, 음료수, 과자 등 애들 좋아하는 것 만들어 놓고 이벤트로 애들이랑 도너츠를 직접 만들려고 준비했다.

오후에 외출할 일이 있어서 다 차려놓고 나갔다 왔더니 벌써 영환이와 친구들은 집안을 엉망으로 만들어놓고 노느라고 정신이 없었다.

"애들아! 우리 엄마야, 인사해."

우르르 친구들이 나와서 인사를 하고 영환이는 골목대장처럼 버티고 서 있었다. '우리 엄마'라는 말이 확성기에서 나오는 소리처럼 들렸다.

"엄마 없어서 다 차려놓고 도망간 줄 알았어요."

영환이가 내 귀에 대고 조그만 소리로 속삭이는데 왠지 도망간 줄 알았다는 말이 섬뜩하게 들려서 순식간에 소름이 끼쳤다.

"잠깐 나갔다 올 일이 있었거든."

"그러니까 일찍 들어왔구나."

친구들이랑 낄낄거리며 웃는 소리가 퍼져나왔다.

"애들아! 너희들 다 손 씻고 와. 도너츠 만들 거야."

애들이 환호성을 지르며 손을 씻고 식탁 옆으로 몰려들었다.

온통 밀가루 천지를 만들면서 도너츠를 만들고 노릇노릇 익어가는 도너츠를 바라보며 애들은 기뻐했다. 영범이는 잔칫집 분위기가 좋은지 수북히 쌓인 도너츠를 옆집 친구에게 갖다준다며 접시에 담아다 날랐다.

이것저것 선물을 보여주며 좋아하는 영환이, 입이 다물어지지 않는다. "내일도 선물 준다고 했어요."

"영환이는 좋겠다. 내 생일은 12월인데……."

영범이가 부러워한다.

봄부터 노래하더니 가을비가 내리는 오늘에서야 작은 소원을 푼 영환이가 더욱 귀하게 느껴졌다. 그러면서도 자꾸만 전화에 신경이 간다.

'잊지는 않았을 텐데, 전화라도 걸려 오면 좋을 텐데……'

00/11/12 나쁜 X

갑자기 전화벨이 길게 울려댔다. 어제 너무 늦게 잠이 들어서 벨소리는 들리지만 몸이 움직여지지 않아 남편이 전화를 받았다.

"네? 정00 씨! 어떻게 된 거예요. 어디서 나왔다고요?"

몸이 움직여지지 않긴 뭐가 안 움직여져. '정00'이란 소리에 잠이 화들짝 깨 벌떡 일어나 불을 켰다. 시계를 보니 새벽 4시 50분이다.

"귀신을 속여라, 무슨 교도소. 어제 경찰이 왔다갔는데. 그런 황당한 말에 속을 줄 알아? 새벽부터 전화해서 대체 무슨 소리를 하고 있는 거야."

들리지도 않을 텐데 옆에서 괜히 투덜거렸다.

"영범이 바꿔달라고요? 영범이 전화 받으라고 해."

영범이를 불러오란다.

깊이 자는 애를 깨워서 안방에 데려와 전화를 바꿔줬다.

"네, 네. 아뇨. 본 지 오래됐어요……"

애들엄마가 언제 왔었는지, 전화는 왔는지 묻는 것 같았다.

마음 같아선 수화기에 귀를 대고 엿듣고 싶었지만 애 앞에서 그런 모습을 보일 수 없어서 지켜보고 있었다.

잠시 후 다시 남편이 전화를 받았는데 돌아서는 영범이 눈에서 한 줄기 눈물이 주루룩 흘렀다. '반가워서 우는 모양이구나! 가엾은 것.' 그래도 아빠라고 반가워하는 줄 알았다.

그런데 갑자기 휴지처럼 얼굴이 화악 구겨지더니 꾸역꾸역 벅찬 울음을 울었다. 깜짝 놀라 안아주면서 왜 그러느냐고 했더니 아빠가 소리를 버럭버럭 질러서 무섭다고 했다.

"영범이요. 데려가세요. 누가 뭐래요. 그렇죠. 내일 오전 중으로 온다고…… 아 그러세요……." 남편의 목소리는 점점 더 거세어지더니 단호하고 사무적인 음색으로 바뀌어 있었다.

그 광경을 바라보던 영범이 얼굴이 공포에 질린 듯 두 눈이 토끼 눈처럼 똥그랗게 변했다.

"데려갈까봐 그래? 가기 싫은 거야?"

고개를 빠르게 끄덕였다. 에고 불쌍한 것!

"걱정하지 마. 네가 싫다고 하면 보내지 않을 거니까."

애는 공포에 싸여 있는데 내일 당장 데려가라는 사람이나 이 새벽에 전화해서 소란을 피우는 사람이나, 얼마나 화가 나는지 소리를 꽥 질렀다.

"내일 학교 가야 되는데 뭘 어쩐다는 거야! 웃기고 있어. 그리고 뭘 잘했다고 애한테 소릴 질러!"

남편이 아차 싶은지 다시 말했다.

"내일은 학교 가야 되는데 오전에 오면 어떻게 하죠?" 잠시 후 "네? 무슨 요일이냐고요? 학교 다니는지 몰랐어요?"

에구구! 수화기 밖으로도 꽥꽥 지르는 소리가 새어나왔다.

"불쌍한 사람, 완전히 횡설수설이야. 지 자식 굶기든지 말든지 자기가 키우겠대. 애들을 뺏긴 기분인가 봐. 자기가 직접 데려다 놓고 정신이 없나. 엉망이네. 옆에선 토하는 소리가 들리고."

남편이 한숨 섞인 넋두리를 늘어놨다.

"나쁜 X! 웃기는 짬뽕이야. 오기만 해봐라. 저러니 마누라가 도망갔지. 잘 갔다, 잘 갔어. 나라도 도망간다. 자기 자식? 좋아하네. 낳기만 하면 아빈가? 어림도 없다. 나쁜 X!"

난 너무 욕을 잘한다. 애들 눈에서 억울하게 눈물 빼는 걸 보면 나야말로 분통이 터져 머리가 돈다.

00/11/16 이거 내 시험지 맞아?

며칠 동안 대학수학능력시험 특수에 우리 가족은 온갖 초콜릿과 찹쌀떡, 엿으로 파티를 했다. 수능 시험 보는 장본인만 빼고 나머지 가족들이 더 신났다. 도끼, 두루말이 휴지, 엿, 퍼즐, 포크, 초콜릿, 사탕, 뼈다귀, 카드 등 등 펼쳐서 구경하고 까먹는 재미가 참 쏠쏠하다.

합격을 바라는 물건이 이렇게 많은 줄 미처 몰랐다. 많은 것을 받아서 더 이상 해줄 것이 없으니까 쌓이는 물건들 애들이랑 먹어치우기에 열중이다. 남들은 가슴도 두근거리고 손님 오는 것도 자제하고 일손이 잡히지 않는다는데 우리집은 수능 시험 전날에도 손님으로 북적거렸고 아래층에선 공사한다고 쿵쾅거리면서 도무지 수능 시험을 무서워하지 않았다.

오늘 오전 명곤이는 배를 쭈~욱 깔고 답을 맞춰봤다.

큭큭큭! 한 과목 한 과목 맞추면서, 예상했던 것보다 더 잘 나오면 실실 웃으면서 나머지 과목도 그렇게 나오길 학수고대 바랐다.

우리 아들이 가장 취약하다고 여기는 수리탐구!

"엄마! 이거 내 시험지 맞아? 이거 완전히 기적이다 기적! 이거 내 실력 맞나?"

모자는 주체할 수 없을 만큼 좋아서 키들키들 몸부림을 쳤다.

"세 개라, 내 생전에 초등학교 때 빼고 수학에서 세 개 틀려보긴

첨이다.”

신바람이 나던 명곤이가 갑자기 “엄마!” 부르더니 벌떡 일어나 눈을 부릅떴다.

“왜?” 얘가 또 뭘 따지려고 이러나 싶었다.

“엄마 말이야. 내가 공부하고 있는지 아닌지 은근히 전화해서 ‘너 거기 어디야! 공부하는 거 맞아?’ 그랬지! 그리고 뭐 사줄 테니 나오라고 불러낸 것도 사실은 의심 나서 그런 거지, 맞지?”

사뭇 심문하듯 따지는 명곤이한테 어찌 둘러댈까. 그건 사실이었다.

“미안해! 사실 엄만 되게 걱정됐었어. 너한테 너무너무 고맙다. 히히. 혹시나 다른 사람들이 동생들이나 엄마 때문에 공부 못 했다고 할까봐 조마조마했거든.”

“조금만 기다려. 나가서 얘기해도 될 거야. 공부는 자기가 알아서 하는 거라고.”

태연한 척은 했지만 절대 태연할 수 없는 아들의 시험이었다.

조금 성적이 올라도 이렇게 좋은데 대학 붙으면 얼마나 좋을까.

“엄마! 나 사회복지과 갈 거야. 그리고 내일부터 다시 공부할게. 운전학원도 다니고 영어회화도 배우고…….”

자식이 뭔지, 근사한 계획을 세우는 것을 듣기만 해도 행복하고 예쁘다.

00/11/18 친정어머니   보기 싫어서 오기 싫다고 하시지만 가끔 오시면 팔순 연세도 잊고 청춘인 줄 아시는지 여기저기 치워주고 가시는 친정어머님!

우리 애들한테 가장 잔소리를 많이 하시고 못마땅하게 여기시는 분이 친정어머님이시다. 시부모님도 기회만 있으면 안타까워서 애들한테 스스로 알아서 하라고 잔소리를 하시는데, 친정어머님의 안타까움은 가슴이 다 타는 정도인가보다.

"여자 나이 사십 넘으면 갱년기야. 이것아! 네 뼈 다 부서지는 줄도 모르고 맨날 이게 뭐냐. 집구석에 여자는 하나뿐이니 누구 하나 도와주는 사람이 있어야지. 쯧쯧."

"엄마! 제발 아무것도 하지 마세요. 제가 천천히 다 할 거예요. 그냥 쉬었다가 가세요."

"너는 몸이 너댓 개 된다더냐? 너야말로 가만히 있어. 내가 알아서 할 테니까."

그저 자식이 걸려서 몸 아끼지 않고 애쓰시는 친정어머님이 고마우면서도 솔직히 그런 모습이 싫을 때가 더 많다. 고생하는 것 친정어머님께 보여드리는 것도 싫고, 당신 딸 힘들까봐 애들한테 뭐라고 하는 소리는 더 듣기 싫다. 이래서 자식 키워봤자 소용없다고 하는 모양이다.

오늘은 점심도 멋진 곳에서 잔뜩 먹어서 배도 부르고 약간의 감기 기운이 있어 누워 있는데 소식도 없이 동생이랑 친정어머님이 오셨다.

"병이 날 만도 하지. 지가 무슨 무쇠라고……저것들이 무슨 눈치가 있어서 치우겠냐고……."

말이 끝나자마자 나는 울컥 "괜찮아. 엄마 제발!" 하고 신경질을 내고 말았다.

화가 나신 엄마는 "야! 가자. 나 갈란다." 하시더니 휑 가버리셨다.

가슴에 행복감은 흔적도 없이 사라지고 찬바람만 매섭게 불어

닥쳤다. 조금만 참을걸. 그깟 걸 왜 못 참았을까.

'엄마 죄송해요. 제가 잘못했어요.'

00/11/21 가락국수 한 그릇

어제 영범이의 교묘한 강권 (학교에 뜨거운 코코아 꼭 가져올 것)에 못 이겨 낼 아침 싸주겠다고 말은 했지만, 코코아를 사러 가야 하는데 귀찮아서 미적미적거리다 밤 12시가 되어버렸다. 혼자 가긴 너무 싫고 약속은 지켜야 하니까 남편한테 함께 가자고 살살 꼬드겼다.

"그거 지금 꼭 사야 돼?"

"응!"

"명곤아! 엄마가 마트에 같이 가잖다."

"으~ 치사! 진짜 치사하다. 이런 밤중에 마누라 혼자 보내도 되는 거야?"

"엄마가 아빠랑 같이 가고 싶다고 그러시잖아요. 같이 갔다오시지……."

명곤이가 역성을 들어줬다.

"아~ 정말 귀찮아. 그리고 지금 밖에 춥단 말이야."

"관둬. 나 혼자 갈 거야."

다른 때 같으면 여지없이 혼자 가야 하는데 옆에서 지켜보던 자칭 백수 아들이 따라나섰다.

"기왕 간 것 이것저것 먹고 싶은 것 실컷 사자"며 모처럼 장대 같은 아들 앞세워 쇼핑을 갔더니 그 재미도 제법이다. 이젠 백수가 되었으니 아르바이트로 용돈을 해결하겠다는 명곤이, 알토란 같은 꿈을 내게 말해주어 기쁨을 안겨주는 아들. 백수면 어떠하리!

"시간 있을 때 열심히 배워. 영어도 배우고 책도 읽고, 멋지게 보내봐. 난 너를 보면 너무 좋다."

"그럴 거예요. 이제 한 달만 기다리세요. 그때 되면 제가 운전해서 모시고 다닐 테니까. 히히히!"

무거운 짐 번쩍 들어주고 알뜰 쇼핑 조언하고 행복이 넝쿨째 몰려왔다.

집에 오니 새벽 1시.

아들 녀석이 파까지 송송 썰어서 뜨끈한 가락국수를 대령했다. 이 세상에서 가장 맛있는 가락국수다.

00/11/24 예뻐서 쳐다본다

나는 참 다중인격을 가졌나보다. 감사가 넘치고 즐겁다가도 금세 슬퍼서 울기도 잘하고 그러다가 헤헤거리고 웃고, 작은 일 가지고도 쉽게 상처받고 그만큼 쉽게 위로받기도 잘하는 다중인격의 소유자.

사람들은 이중인격자도 매몰차게 몰아세우는데, 나 같은 인간은 어찌 다뤄야 되는지 가끔은 나 자신조차 난감해서 울음이 터져 나온다.

영범이랑 영환이를 보고 있노라면 꼭 거울 속에 비친 나 같은 때가 있다. 지지리도 말 안 듣는 꼴이 똑같다. 말끄러미 쳐다보고 있노라면 애들은 시선을 어디에 둬야 할지 민망해서 '왜 쳐다보냐'고 묻는다.

차마 '미워서, 어이없어서 쳐다본다'고 할 수 없으니까 '예뻐서 쳐다본다'고 둘러댄다. 그 말에 애들은 속없이 히죽거리며 웃는다. 그럼 대개 풀어진다. 그런데 문제는 가끔 주체할 수 없이 밉고 쳐다보기도 싫을 때가 있다는 것이다.

요 며칠 동안이 그랬다. 아침이면 '빨리빨리, 늦겠다'가 노래고

© 유연길

짜자잔～

신종 놀부 유하선의 오늘의 요리
"달콤한 라면 정식"

조리 과정은 똑같지만 달콤한 맛의 비결은 요리사의 손맛에 있습니다.

우헤헤, 이 요리를 정말 내가 만들었을까?   일단, 감사의 기도를 하고. 중얼 중얼……

당연히 엄마 먼저 드려야지.   엄마, 달콤하쥐～

밤엔 잔뜩 어질러진 방을 쳐다보며 한숨을 거듭 내쉬었다. 할 수 없이 남편이 나서서 애들 공부 봐주고 잔소리를 대신 해주지만 잔소리 없으면 그 어떤 것도 스스로 알아서 하는 건 없다.

그런 저런 것이 다 미워서 목소리 톤은 올라가고 애들은 애들대로 눈치코치 없이 더 속을 썩인다. 꼭 이럴 때 관심 끌려고 이상한 행동하고, 사랑하는지 확인하고 싶어서 더 눈에 거슬리게 나댄다.

오늘은 도저히 더 끌면 안되겠다 싶어서 애들을 모두 이끌고 장충체육관으로 〈홍길동전〉을 보러 갔다. 말똥말똥 신기해서 쳐다보는 아이들, 뭔가 먹고 싶어서 장사꾼들 넘보는 아이들에게 먹을 것 한 가지씩 들려주고 혼자 물끄러미 생각해보니 한없이 측은하고 불쌍하다.

오늘 아침만 해도 아무도 손 대지 않는 일거리들 틈바구니에 혼자만 덜렁 남겨진 콩쥐처럼 처량했는데, 시끌벅적한 마당놀이 한 모퉁이에서 구경은 뒷전이고 공연에 몰두해 구경하는 애들한테 미안해서 침울하다. 너무 진하게 많이 미워한 벌로 한 번씩 안아주고 머리를 쓰다듬어주었다.

아무것도 모르고 좋아서 "엄마, 엄마!" 불러대는 애들. 나도 좀 성숙해질 수 있는 방법은 없을까?

00/12/10 <u>아름답고 예쁜 엄마에게</u>　　　"엄마! 오후에 애들 내가 봐 줄 테니까 아빠랑 맘 푹 놓고 교회 있다 오세요."

어쩐 일인지 명곤이가 동생들을 돌봐준단다. 〈행복채널〉 촬영팀이 온다고도 했지만 명곤이가 애들을 다 맡아 준다니까 이 귀한 시간을 잘 활용해 뭐라도 해야 할 것 같은 초조감마저 생겼다. 그런데 가는 날이 장날이라고 오늘따라 교회에서 회의가 길어져

졸면서 지루한 시간들을 보내야만 했다.

집에 도착해서 창문을 보니 불도 다 꺼지고 문도 잠겨 있었다.

'아니 이 녀석들이 어떻게 된 거야. 우리가 너무 늦게 왔나? 아무래도 할머니 댁에 가서 난리를 치고 있겠군. 어머님 편찮으시다고 했었는데…… 죄송해서 어쩌나…….' 그러면서 현관을 들어서는데…… 마루문을 열자마자 폭죽이 터지고 아이들 웃음소리가 터져나왔다.

카메라가 얼굴 가까이 다가오고 마루엔 크리스마스 트리가 세워져 현란한 불빛을 내뿜고 있었다. 커튼엔 풍선들이 달려 있고…… 내게 주는 카드도 예쁘게 걸려 있었다.

'아름답고 예쁜 엄마에게.'

놀랍기도 하고 너무나 고마워서 눈물이 핑 돌았다. 가슴이 마구 벅차올랐다. 난 아무것도 준비하지 못했는데…….

식탁엔 아이들이 만든 떡볶이가 냄비에 가득 담겨 있고 아이들은 "아주 먼 옛날 하늘에서는 당신을 향한 계획 있었죠……" 제비 같은 조그만 입을 쫘악쫘악 벌려서 합창을 해줬다. 우린 모두 다 집이 떠내려가게 합창을 했다. "사랑해요. 축복해요." 카메라가 찍든 말든 너무 행복해서 그런 건 눈에 들어오지도 않았다.

영범이와 영환이가 이 세상에 태어나 첫 번째 맞이하게 되는 크리스마스! 형제는 트리 앞에서 나를 있는 힘껏 끌어안으며 커다란 눈을 깜박거리면서 사랑을 속삭였다. 불을 껐다 켰다, 소리를 크게 혹은 작게 하며 자랑을 한다.

지금은 이 애들이 사랑스럽다기보다 의지적으로 사랑하지만, 언젠가는 희곤이처럼 사랑스럽기만 한 그런 날이 반드시 올 것이라 믿는다.

〈행복채널〉을 녹화하는
날이다. 우린 각자 분주한 아침을 맞이했다.

"얘들아! 다들 청소하자!"

남편은 이 방 저 방 애들을 불러모아 청소를 했다. 모처럼 온 가
족이 모여 아침밥도 먹었다. 너무 오래간만이어서 괜스레 가슴이
설레어 즐거웠다. 희곤이는 학교 안 가니까 늦잠 푹 자고 영범이랑
영환이는 빨리 방송국에 가고 싶어 일찍 옷 입고 언제 가냐고 추궁
했다. 마치 방학을 한 것 같은 분위기였다.

"우리 말이야, 오늘 다같이 노래하기로 했거든. 그러니까 밥 먹
고 노래 연습하자."

남편도 다 모인 것이 좋은지 노래 연습을 하자고 했다. 그런데
갑자기 명곤이랑 희곤이의 표정이 굳어지며 숟가락을 내려놓았
다.

"난 노래하면 안 나갈 거예요. 언제 우리가 노래한다고 했나
요?" 명곤이가 뾰루퉁해지며 반항을 했다.

"기왕이면 가족이 다 나가는 건데 노래하면 좋잖아!"

"싫어요!" 무 자르듯 냉큼 싫다는 대답이 튀어나왔다.

"뭐가 싫어, 임마! 가족이 뭐냐? 싫어도 때론 할 수 있어야지."

당황한 남편이 발끈했지만 조금은 농담으로 대응하는 듯했다.

"그래도 싫어요. 우리 의견도 있는 거잖아요."

애들은 정말 싫은 모양이다. 급기야 아빠는 언성을 높였다.

"가족도 작은 사회야. 아주 기초적인 작은 단위의 사회! 그러니
까 싫어도 해야 하고 때론 양보도 할 수 있어야지."

"가족 이전에 개인이기도 하잖아요. 강요하지 마세요."

점점 분위기는 사나워져서 명곤이랑 남편 사이에 팽팽한 긴장

감이 돌았다. 희곤이는 난 형 말에 동의한다는 듯 고개 숙이고 있고 애들은 무슨 영문인지 몰라 쳐다만 보고 있었다.

너무나 열 받은 남편이 폭탄선언을 했다.

"어유~ 방송이고 뭐고 다 집어치우자! 이게 무슨 가족이냐!"

남편은 부득부득 말대꾸하는 아들 앞에서 무력감을 느꼈는지 얼굴을 두 손으로 감싸 안고 무척 괴로워했다.

"난 이 집의 가장이야. 나라고 방송국에 가는 게 썩 내키는 줄 알아? 나도 어색하고 싫단 말이야. 그렇지만 우리 가족이 나가면 다른 사람들한테 도움이 될까 해서 나가는 거라고. 기왕 나가는 거 다같이 노래 연습 한번 하자는 것이 그렇게도 잘못됐냐? 그게 그렇게도 잘못됐어? 이게 어디 가족이고 내가 무슨 가장이야! 각자 자기 주장이나 내세우고."

"그렇지 않아요. 전 아버지나 어머니가 우리한테 자유롭게 의사 표시를 할 수 있도록 키워주신 걸 감사하게 생각하고 있다고요. 아빠 의견을 무시하는 것이 아니라 방송에 나가서 노래하는 것이 싫다는 얘기라고요. 누군가에게 보여주기 위해 노래한다는 것이 싫……"

명곤이는 자기가 말하는 것을 아빠가 지나치게 확대 해석한다고 여겼는지 끝까지 물고 늘어졌다.

"다 그만둬! 방송이고 뭐고 난 안 간다. 다들 자기 맘대로 하라고!"

남편은 벌떡 일어나 안방으로 들어가 누워버렸고 명곤이는 명곤이대로 속상해서 씩씩거렸다. 온 집안은 갑자기 냉기가 돌면서 고요해졌다. 영범이랑 영환이, 하선이는 별일 아닌 줄 알았다가 심각해지는 광경을 보고 어리둥절해서 쪼르르 창문 앞에 서서 굳은 표정으로 시무룩하게 청승을 떨었다. 방송국에 가지 않겠다는 남편의 말이 떨어졌을 땐 아마도 가슴이 덜컹해서 작게 한숨을 내쉬는 것 같았다. 학교에 방송국 간다고 말하고 친구들에게 떠벌렸는데 얼마나 놀랐을까. 아빠 화난 것보다…….

삽시간에 이런 식으로 평화가 깨질 수도 있다니 참 이상했다. 난 너무나 아찔했다. 설사 나가게 된다 하더라도 한바탕 싸우고 나간다는 사실 자체가 참 어울리지 않는다는 생각도 들고, 다들 굳은 표정으로 앉아 있을 생각을 하니 끔찍했다. 우리 가족이 이 정도밖에 안되었나 하는 실망감이 온 맘을 덮쳤다.

어느 쪽도 양보하지 않고 금방 대립상태로 돌입하는 모습도 비참했다. 한 쪽만 양보하면 될 텐데 그깟 노래가 뭐 중요하다고 이 지경으로 몰고 갔을까.

앉아서 죽은 듯이 눈을 감고 기도를 했다. 각자 엉클어진 감정에서 빠져나오게 해달라고…….

방송국에 가야 할 시간은 두어 시간 남았기 때문에 조금 쉬고 나면 다시 회복될지 모른다고 생각했다. 머리도 감고 하선이도 씻기고 영범이랑 영환이 옷도 챙겨줬다. 그리고 조용히 남편한테 갔다. 남편은 인생 다 산 사람처럼 누워서 멀뚱히 쳐다봤다.

"쉬었으면 이제 그만 일어나! 너무 속상해하지 말고. 명곤이는 방송에 나가는 것이 신경 쓰이고 뭔가 해야 하는 게 싫어서 그랬대. 다같이 노래 못하면 어때. 훌훌 털고 일어나서 가자!"

그러자 남편은 내키지 않은 표정으로 마지못해 일어났다.

다시 일손이 바빠졌다. 부지런히 이것저것 준비하고 방송국으로 향했다. 작은 차에 겹겹이 일곱 명이나 탔지만 누구 하나 투덜대지도 않고 침묵만이 고요히 흘렀다.

"아빠! 미안해요. 제가 잘못했어요."

숨이 멎을 것 같은 침묵을 깨고 명곤이가 사과했다. 난 사과하는 명곤이가 마냥 기특하고 의젓했는데 화가 다 풀리지 않은 남편은 시큰둥했다. 애들은 아빠의 마음을 풀어주려고 무척 노력했다. 희곤이도 꽁했던 표정들을 걷어치우고 아빠를 기쁘게 해주려고 애를 쓰고, 점심을 먹으면서도 애들이 너스레를 떨었다.

"우와! 이 집 음식 너무 맛있다. 내가 먹어본 것 중에 제일 맛있는데? 안 그러냐?"

"그래! 너무 맛있다."

애들이 맛있게 먹으니까 남편의 기분도 조금씩 풀어지는 것 같았다. 대기실에서 노래 한번 불러보자는 제안에 부르지 않겠다던 명곤이가 제일 크게 불렀다.

어색하기만 한 방송 녹화, 무슨 말을 했는지도 기억 못할 만큼 쑥스러웠다. 우리 가족은 그런 대로 무사히 녹화를 마쳤다. 아침부터 아빠의 기분을 엉망으로 만들었던 명곤이도 부모님께 잘해드리지 못해서 미안하다고 말했다.

남편은 온 가족 모두 나온 김에 63빌딩 가자면서 화가 다 풀렸다는 신호를 보냈다. 아이맥스 영화를 봤는데 관객은 우리 가족까지 다 포함해도 15명이 안 되었다. 재미도 없고 모두 피곤해서 다들 늘어지게 자고 일어났다.

"아~흐! 잘 잤다." 기지개를 켜는 가족들, 서로 쳐다보며 웃었다. 언제 싸웠나 싶게 다시 헤헤 호호 웃으면서 돌아왔다.

참! 가족이 뭔지…….

돌아오는 길엔 우리의 승리를 축하해주는 듯 흰눈이 조금씩 휘날렸다. 첫눈이었다. 마치 대본도 없고 결말이 어떻게 날지도 모르는 영화 같은 날이었다.

00/12/16 빨래 이야기　　　　　　　　　"엄마! 도복 어딨어?"

태권도장에 가려는 희곤이가 도복 어딨냐고 묻는다.

"아참! 빨지도 않았다."

〈행복채널〉 보고 전화 받느라 빨래하는 걸 깜빡 잊고 있었다.

"내 그럴 줄 알았지." 조금은 한심하다는 표정이다.

"한 번 더 입지 그러냐!"

몰리는 엄마가 불쌍해 보였을까? 명곤이가 역성을 들어줬다.

"땀 냄새가 얼마나 지독하다고. 할 수 없지 뭐. 다른 거 입고 할 게."

툴툴 털고 도장으로 가는 녀석한테 미안하기도 하고 고맙기도 하다.

하루라도 빨래 안 하면 큰일나는 우리집, 가끔은 작은 산봉우리 같은 빨래더미를 쳐다보고 외로움을 느낀다. 돌돌 말려 있거나 반쯤 뒤집혀진 양말, 바지통이 채 빠져나오지 못한 바지, 혁대가 그대로 끼어 있는 바지, 한 번 입고 벗어놓은 옷가지들을 쳐다보면 얼마나 외롭고 쓸쓸한지 모른다. 제대로 벗어놓기라도 하면 훨씬 수월하겠지만 나부터도 빨래감을 내놓을 땐 아무 생각 없이 벗어놓으니 나무라면서도 양심에 찔린다.

예전엔 빨래를 꼭 손으로 빨아야 직성이 풀리던 시절이 있었다.

애들이 속을 썩인 후 온 가족이 썰물처럼 다 빠져나가면 혼자서 빨래를 따뜻한 물에 담그고 비누칠해서 빨래판에 세게 문지르며 목청껏 찬송가를 불렀다.

더 많이 화가 나서 감정 수위가 높아지는 날이면 욕조에 빨래 담

아이들이 불고 있는 건 꿈이다. 비누방울처럼 영롱하고 찬란한 꿈

그고 세제 푼 다음 들어가 발로 밟고 가끔 빨래를 뒤집을 겸 들었
다가 세차게 내리치며 욕을 했었다.

"나쁜 놈의 새끼들아!"

햇볕에 꼬들꼬들 말린 하얀 빨래를 개키며 느끼는 개운함도 좋
고 나중에 애들과 눈이 마주치면 괜스레 혼자 미안해서 씨익 웃곤
했었다.

손빨래가 주는 여러 가지 유익에도 불구하고 너무 많은 빨래 때
문에 손목 인대가 늘어나 콩알만큼 불쑥 솟아 고생하게 되자 보다
못한 남편이 세탁비누를 내팽개치면서 깨끗하게 빨아지지 않아도
좋으니까 손빨래는 하지 말라고 호령을 했다. 그 후 빨래는 무조건
세탁기에 빨게 되었는데 처음엔 공짜로 하는 것 같더니 시간이 흐
르자 기계의 도움을 받더라도 빨래는 여전히 힘들고 귀찮은 것으
로 남아 있어서 가끔 아들한테 한소리 듣게 된다. 빨래 안 하고 사
는 방법은 없을까?

00/12/16 용기가 나지 않아서   영범아, 영환아!

아까 자정이 거의 다 되어갈 즈음 너희들이 그렇게도 보고 싶어하
던 엄마한테서 전화가 왔었어. 슬프게 울면서 전화를 했더구나.

너희들이 보고 싶은데 볼 용기가 나지 않아서, 차마 볼 자신이
없어서 찾아오지 못했다고 했어. 어젯밤에도 꿈속에서 너희들을
만났었대.

엄마 자신도 보육원에서 컸는데 너희들만큼은 절대로 그렇게
키우고 싶지 않았다면서 죄송하다고 그러더라. 너희들을 처음 우
리집에 데려올 때만 해도 이렇게 하려던 것이 아니었대. 점점 시간
이 흐르니까 전화를 들었다가도 다시 내려놓게 되고, 여기까지 왔

다가도 실컷 울고 다시 돌아갔다고 그러더라. 너희들을 볼 용기가 없었대.

너무 보고 싶고, 잊어버린 것은 절대 아니지만 전화할 생각은 다시 없었다고 하더라. 그런데 엄마 친구가 텔레비전을 봤다고 전화를 했대. 몇 번이나 죄송하다고 말하는데 가슴이 다 녹아내리는 것 같더라.

너희들 엄마 너무 불쌍했어. 내가 아무 때나 와도 괜찮고 바라는 것이 있다면 너희들 만나주는 것밖에 없다고 말해도 자꾸만 염치가 없다고 했어. 텔레비전에 나간 너희들 모습 엄마도 봤더라면 더 좋았을 텐데 아쉽더라.

다행히 너희 아빠는 봤던 모양인지 연락을 했다더라.

너희 아빠는 너희 엄마랑 또 다른 느낌으로 불쌍하게 느껴진단다. 인생이 불쌍하다고 해야 할까? 가정을 잘 지키지 못해서 사랑하는 가족들이 다 흩어진 채 혼자 살고 있으니 얼마나 슬프겠니. 너희 엄마는 정말 불쌍한 사람이란다. 너희들이 빨리 커서 잘 도와주고 위로해주고 사랑해줬으면 좋겠어.

엄마로부터 소식이 없어서 많이 섭섭했는데 그것 때문에 국민기초생활보장 대상자가 될 수 있었던 것은 아닐까 싶구나. '모든 것이 합력하여 선을 이룬다' 는 말이 여기에 어울리는 말인지 모르겠다만, 지금까지의 인도하심에 하나님의 개입이 강력하게 느껴진단다. 너희들을 가장 안전하게 보호하기 위한 것들이었다고 생각한다. 가슴 아프고 슬픈 일이지만 우린 서로 사랑하니까 뭐든 다할 수 있을 거야.

엄마 연락 없더라도 원망하지 말았으면 좋겠어. 잊지도 말거라.

내일 아침 너희들한테 이 얘기를 해줘도 좋을지 망설여지는구

나. 괜스레 더 마음 아프게 할까봐. 크리스마스 때 꼭 오겠다고 했으니까 그때 갑자기 만나면 더 기쁘지 않을까? 지금부터 말했다가 혹시라도 오지 않으면 더 실망하게 될지도 모르잖아.

너희들을 충분히 사랑해주지 못해서 늘 안타깝고 아쉽단다.

그래도 말이다, 늘 한결같이 사랑해!

00/12/19 우리, 잘 살자!　　　　　　또 편지를 쓴다. 이번엔 내 얘기야.

엄만 왜 이렇게 바보 같은지 모르겠어. 자식만도 못한 엄마를 믿고 사는 너희들이 가엾게 느껴진다.

너희들은 할아버지 댁에서 장난치고 웃고 이것저것 먹고 구김살 없이 잘 지내는데 나는 왜 그렇게 신경이 쓰이는지 미치겠더라. 할아버지와 할머니는 그런 대로 괜찮은데 고모들 눈치가 얼마나 보이는지 지레 초조하고 긴장돼서 좌불안석이란다.

할아버지 댁에 음식 만들어 가는 것도, 애들 많아서 소홀히 했다고 섭섭한 마음 들까봐 미리미리 많은 걸 준비하게 된단다.

자식이 많으니까 좋을 때도 많으면서 또 그것 때문에 늘 주눅이 드는 것도 사실이야.

사람들이 북적거리는 자리에 있으면 누군가 너희들을 해치는 것도 아닌데 지나치게 보호하려고 쓸데없이 촉각을 곤두세우게 된단다. 이러다가 어느 날 전사가 되어 있는 것은 아닐까 걱정이 되는구나.

이러면 안 되는데, 정말 이러면 안 되는데 하면서도 나도 모르게 칼날처럼 예민해지니까 사소한 일에 목숨을 거는 일도 생기게 된단다.

같은 처지의 입양부모들을 만나면 긴장은커녕 물 만난 고기같

74

이 반들반들 윤기가 나고 맘도 편안하고 위로도 되고 불끈불끈 용기가 생기는 것도 느낀단다. 너희들도 나중에 서로 같은 경험이 있는 친구들끼리 있어보면 엄마 맘을 알게 될 거야.

가끔 거세게 흘러가는 세파를 거슬러 올라가느라 고단하고 버겁게 살기보다 물 흐르는 대로 합류하여 편안하게 살고 싶다는 유혹도 받는단다.

죽은 물고기는 물살 타고 둥둥 떠내려가지만 살아있는 물고기는 아무리 작아도 필사적인 사투를 벌이면서 물살을 거슬러 올라가잖아. 힘들고, 아무리 허우적대도 제자리 혹은 뒤로 밀릴 때도 있겠지만, 그래도 생명력이 있는 것들은 물살대로 떠내려가지 않는 법이니까. 엄마 역시 세파를 거슬러 가느라 고단하고 버겁게 느껴지지만, 이것들은 곧 살아있음의 증거겠지?

안 해도 되는 고생을 왜 사서 하느냐, 보편적이지 않다, 즉 '평범하지 않다'라는 말을 들으면 엄마는 할말이 없단다. 나의 생각이나 감정, 혹은 가치관은 아무리 살펴봐도 너무나 평범하고 그저 그런데 뭐가 평범하지 않다는 건지 이해할 수 없거든.

사람들로부터 이해받지 못하고 너희들을 엄마의 사랑스런 자식으로 온전히 인정해주지 않으면, 그 어떤 칭찬이나 격려도 귀에 들어오지 않을 뿐만 아니라 섭섭하고 서러워서 눈물만 나고 정말 미치겠단다. 어디 숲속 외진 곳에서 우리끼리 똘똘 뭉쳐서 살고 싶은 충동까지 느끼지만 너희들은 원하지 않을 거야. 친구가 엄마 아빠보다 더 좋을 테니까. 하긴 엄마도 원하지 않아. 사회로부터 고립되는 것은 정말 싫거든.

너희들에게 뭐든지 다 해주고 싶고 늘 찰랑찰랑 넘치도록 사랑하면서 귀하게 키우고 싶단다. 내가 왜 이렇게 또다시 오기가 발동

했는지 모르겠다.

　우리 잘 살자!!

00/12/20 누가 총에 맞았다고?

남편이 자꾸만 헛소리를 한다. 코에선 연기 냄새가 난다더니 비몽사몽 잠결에 잠깐 깨면 이상한 소리를 했다.

　"희곤이가 그러는데 친구가 무슨 총인가를 쐈대. 그래서 많이 다쳤나봐. 저녁 먹으러 나간다는 걸 나가지 말라고 했어. 아빠가 너무 아프니까 기타 치며 노래도 불러주고 팔다리도 주물러달라고 했는데 안 해주네."

　"무슨 소리야. 누가 뭘 쐈다고 그래. 쐈는데 저녁은 왜 먹어?"

　이상한 소리를 하니까 더럭 겁이 났다. 희곤이는 방에서 책보고 있는데 대체 무슨 잠꼬대 같은 소리를 하는지…….

　"분명히 들었어. 총으로 쐈대. 진짜야."

　남편은 너무나 확실하게 들었다고 고집을 피웠다.

　"희곤아! 무슨 소리냐?"

　금시초문이라는 듯 고개만 설레설레 흔들던 희곤이 얼굴이 씰룩거리더니 갑자기 큰소리로 웃었다.

　"하하하! 그 소리였구나! 그거 말이야. 친구가 전에부터 한턱 낸다고 했거든. 한턱 낸다는 말을 보통 쏜다고 하는데, 아까 그 친구가 오늘 저녁 쏠 테니 나오라고 했거든. 나가도 되냐고 했더니 아마 그걸 가지고 그러시나봐."

　나참 기가 막혀! 아들과 의사소통이 안 되어 웃기는 해프닝까지 벌이고 있으니 우리도 모르게 너무 늙었나보다.

00/12/21 염색

애가 셋일 때만 해도 시댁에 자주 찾아가서 밥도 해먹고 시어머님 새치머리 염색도 해드리면서 도란도란 살갑게 살았는데, 애들이 다섯으로 늘어나니까 스스로 주눅도 들고 눈치도 보여서 자주 찾아가지 못했다.

마음이 멀어진 것은 아닌데 잘하지도 못하면서 부담만 더해지니까 자주 드리던 전화조차 편치 못하다.

오늘은 시아버님 생신이다. 어제 저녁 온 가족이 모여 함께 식사는 했지만, 아침만큼은 큰아들인 우리 가족이랑 함께 하고 싶다고 하셨다.

식구들을 몰고 어디 간다는 것은 정말 많은 에너지가 필요하다. 서두르고 서둘렀지만 시댁에 도착했을 땐 9시가 넘었다.

"시장하시죠? 죄송해요. 너무 늦어서……."

잔걸음을 치며 미안해서 절절 매는 내게 부모님은 연속극 보고 먹게 되어 오히려 좋다며 함께 식사하는 것만으로도 기뻐하셨다.

식사가 끝나고 어머님은 몇 번이나 오늘 바쁘냐고 물으셨다.

"왜 그러시는데요?"

"나 말이야. 염색 좀 해줄래? 혼자 하려니까 네가 해주는 것만 못해서 그래. 이젠 잘 보이지도 않고 흰머리는 왜 그렇게 많은지……."

"해드릴게요. 걱정하지 마세요."

어머님은 환하게 웃으시며 곧바로 염색약을 섞고 장갑도 챙기시고 머리에 바르기만 하면 되도록 모든 준비를 해놓으셨다. 어머님의 머리는 전보다 훨씬 더 하얀 머리가 빼곡하게 들어서서 그걸 바라보는 내 마음이 사뭇 서글펐다.

"그래도 머리숱은 여전하시네요."

"머리숱 많니? 그러잖아도 남들이 머리숱 많다고 부러워하더라."

"흰머리는 많아도 머리숱도 여전하고 머릿결도 너무 좋아요."

작은 일에 기뻐하시는 어머님을 편히 앉으시게 하고 앞쪽 머리, 옆머리 골고루 싹싹 비벼서 정성껏 염색을 했다. 언제나 피부도 고우시고 적당히 멋도 부리시는 등 연세보다 젊게 사셨는데 어느새 칠십 할머니가 되셨다.

"빨리 작품 하나 남겨놔야 될 텐데, 왜 이렇게 시간이 빨리빨리 지나가는지 모르겠구나. 언제 죽을지 누가 아냐? 죽기 전에 작품 하나 남겨놔야 하는데……."

날마다 그윽한 먹 냄새 맡으시며 열심히 붓글씨 쓰시는 모습이 참 아름답다.

"아무것도 안하고 하루종일 글씨만 쓸 수 있으면 좋으련만…… 맨날 밥하려면 귀찮기만 하고 밥맛도 없고……."

어머님이 이렇게 말씀하시면 꼭 시험 앞둔 수험생 같다.

"내가 말은 이렇게 해도 사실 내 손으로 밥해서 먹을 수 있다는 게 참 다행이다 싶을 때가 많단다. 만약 네가 차려주는 밥 앉아서 얻어먹어야 된다 생각하면, 아유~ 생각만 해도 답답하다. 얘, 어떨 땐 내가 아버지한테 나 죽으면 혼자 홀아비로 사는 연습해야 된다고 한단다. 나 없어 봐라. 네가 제일 고생할 거다. 그러니까 너 나한테 고마워해야 돼. 내가 이만이라도 하니까 너 그나마 편하게 사는 거야."

"알고 있어요. 어머니 아버님께서 건강하시고 모든 걸 꾸려 가시니까 제가 맘 푹 놓고 이것저것 신경 쓰며 살지, 부모님이 도와주지 않으시면 아무것도 못해요."

염색하는 동안 어머님과 나는 예전처럼 자근자근 대화를 나누며 서로 여전히 사랑하고 있음을 확인했다.

"네가 염색한 건 오래가더라."

그 말 한마디에 나는 손을 떼지 못하고 계속해서 머릿속을 문지르며 흰머리가 검은 머리되라고 기도했다.

00/12/23 지들 큰 건 생각 안 하고　　　희곤이는 90년 4월 8일 우리집에 왔다. 다음날부터 나는 희곤이의 유치원비와 양육비를 벌기 위해 동네 아이들을 모아놓고 공부를 가르쳤다.

잘 가르치는 것도 아닌데 언제나 많은 아이들이 채워져서 조금도 불편하지 않게 즐거운 생활을 할 수 있었다. 자녀양육에 간접적으로 큰 역할들을 해준 사랑스런 제자들이 어느새 의젓한 대학생이 되었거나 혹은 재수를 하는데, 다 커서도 잊지 않고 우리집에 놀러왔으니 너무 반갑다.

"십 년 세월이 짧은 건 아닌가 봐요. 애들이 얼마나 많이 컸는지……."

자기들 큰 생각은 안 하고 희곤이, 하선이, 처음 보는 영범이, 영환이를 쳐다보며 좋아했다.

하루종일 옛 이야기가 끊이지 않았다. 그 시절, 25평 좁은 집이었지만 애들은 공부가 끝나도 집에 가는 걸 싫어했다. 언제나 뭉그적거리며 더 놀다 가려고 애를 썼고, 해마다 겨울이면 안동 하회마을이나 부여, 문경새재 등으로 여행을 갔었다.

아이들은 지금도 그때가 그리워 사진을 쳐다보며 눈물을 흘린다고 했다. 내년엔 꼭 함께 여행갈 수 있게 각자 아르바이트를 해서 돈을 비축해놓겠다고도 했다.

얘기가 어느덧 미혼모와 성으로 흘렀다.

대학생이 된 후 급격하게 변하는 친구들을 보고 무척 놀랐다는 애도 있고, 어떤 애는 친구가 아는 오빠와 관계를 맺은 후 남자는 모른 척하고 친구는 임신일까봐 절절 매는 걸 봤다면서 분개하기도 했다. 그러면서 자연스럽게 성교육(?)이 이루어졌다.

한 아이는 쌍꺼풀 수술을 하고 왔다. 앞으로도 여기저기 성형수술을 하고 싶다고 했다. 한 아이는 살 빠지라고 발목에 무거운 모래주머니를 매달고 왔다.

겉멋에만 관심 있는 것 같던 아이들도 시간이 흐르자 자신들의 미래에 대한 여러 가지 고민들을 털어났다. 앞으로 어떤 진로를 택할 것이며, 어떤 일들이 자기한테 맞을 것인지. 잠시도 떨쳐버릴 수 없는 미래에 대한 불안감을 감추기 위해 순간적이고 눈에 띄는 외모에 집착한다는 생각이 들었다. 왜 그렇게 가엾던지…….

"너희들이 얼마나 많은 가능성을 가지고 있는 줄 아니? 자기 자신이 원치 않는 위험에 노출되지 않도록 조심해야 돼! 행복이나 자부심은 자기가 주도적으로 펼쳐가야 되는 것이지 아무도 대신 채워주지 않거든. 부모가 채워주던 시절은 어느새 다 지나갔지. 다들 용감한 개척자가 되어서 멋지게 자기 인생을 펼쳐가길 바란다. 알았지?"

00/12/24 떡 까고 계시네   크리스마스 연습 때문에 일찍 교회 가야 되는데 서둘러 방 청소를 하러 들어간 녀석들이 하라는 청소는 안 하고 티격태격 싸웠다.

"네가 이거 치우기로 했잖아."

"내가 언제? 여기까지는 형아가 치우기로 했잖아."

하선이는 형들이 싸우는 틈바구니에서 장구를 둥둥 치면서 구경하고 나는 밖에서 몇 번이나 들어가 혼내려다 꾹꾹 참고 있었다. 싸우면서 인생 사는 이치를 배우는 법이니까.

이 녀석들이 어떤 과정을 거치며 지혜롭게 대처해 나가는지 기다리고 있는데, 한참 조정을 하는가 했더니 뭔가가 제대로 안 되는지 언성이 높아지고 있었다.

"뻥까고 계시네~" 영환이가 비아냥거리는 소리를 날리자마자 "그게 왜 뻥이야. 웃기고 있어." 영범이의 반격도 대단했다.

영환이의 말이 떨어지기가 무섭게 장구 소리가 멈추더니 하선이가 "떡 까고 계시네~"를 자꾸만 반복하면서 마치 고장난 레코드가 돌아가는 것처럼 외우고 있었다.

떡까고 계시네~

뻥까고 계시네~

떡카고 계시네~

떡까고 계시네~

처음 들어본 말이 멋지게 들렸을까? 발음을 이리저리 해보는 것이었다.

'이크! 나쁜 말은 금방 배운다더니 저렇게 배우는군.' 어이가 없어서 웃음이 나왔다. 하선이의 강력한 독선생은 바로 위 영환이다.

하라는 청소는 하나도 못하고 싸움만 하다가 밥을 먹게 되었다. 영환이는 분이 풀리지 않아 굳어 있었다.

"너희들 싸우는 것 다 들었어. 청소하라니까 싸움만 하고. 예쁜 말을 써야지, 아까 네가 사용한 말은 좋은 말이 아니었단 말이야."

"자꾸만 자기가 잘했다고 우기잖아요."

"내가 들으니까 네가 형한테 마구 덤비고 따지던데? 그러면 형이 싫어하지. 하선이가 너한테 부득부득 덤비고 따지면 좋아?"

고분고분하지 않은 동생 때문에 속상하던 영범이 표정이 약간 풀어지는 듯했다.

그때 "떡까고 계시네~" 하선이가 천연덕스럽게 말했다.

"하선아! 그런 말은 예쁜 말이 아냐. 그러니까 쓰지 않았으면 좋겠어."

"떡까고 계시네~ 히히히."

"쓰지 말라니까?"

언성이 약간 높아지자 영범이가 변호하고 나섰다.

"똑같은 거네~ 그러는 거예요."

"아니야~ 떡까고 계시네~ 이거야."

하선이가 발끈했다. 내참 웃겨서……. 옆에 있던 영환이도 어이가 없는지 피식 웃었다.

"그러니까 우리 나쁜 말 쓰면 안 돼! 하선이가 금방 따라하잖아."

영범이가 갑자기 많이 큰 것같이 느껴졌다.

00/12/24 감동

애들이 크리스마스 발표를 한다는데 보내기만 하고 신경을 못 썼다. '남들처럼 하겠지 뭐.' 많은 부분에서 지쳐서 그랬는지 막판까지도 시큰둥했다.

"엄마! 저 하는 거 볼 거예요? 히히히."

영환이가 다가와 속이 간지러운 듯 몸을 꼬며 물어봤다.

"왜, 보지 말았으면 좋겠어?"

"네, 네! 보지 마세요."

말은 보지 말라는데 그 모습이야말로 꼭 보라는 것처럼 들렸다.

"나는 보고 싶은데 왜 보지 말라고 하니. 그럼 보지 말까?"

속마음 다 알면서 나도 딴청을 부렸다.

"엄마가 보면 창피하잖아요. 보지 마세요~옹."

엉덩이를 불쑥 내밀고 손으로 톡톡 치며 애교를 피더니 무리 속으로 뛰어갔다. 갑자기 무슨 역을 맡았기에 저럴까 궁금증이 일어났다.

드디어 발표회가 시작되었고 영환이 차례가 되었다.

노래도 하고 연극도 하는, 이름하여 뮤지컬! 다니엘이 등장하는 연극인데 그 중 영환이는 간신 역! 너무나 능청맞게 대사도 완벽하게 하고 노래도 자신 있게 하고 있었다.

무대에 서서 자기 역할을 잘 해내는 녀석을 보자 갑자기 가슴이 뭉클해서 하마터면 눈물을 흘릴 뻔했다. 누군가 날 쳐다볼까봐 신경이 쓰였다. 고까짓 것 가지고 운다고 놀릴 것만 같았다.

꺼칠하고 불안하게 떨리던 눈동자, 길거리를 배회하고 버려진 소파에서 잠자고, 거짓말과 도둑질, 잦은 결석, 어느 누구의 관심도 받지 못하던 영환이가 대사도 외우고 무대에 서서 구김살 없이 웃으며 연기도 하고 노래도 하는 걸 보니, 너무나 감사한 마음이 송골송골 솟아났다.

우렁찬 박수를 받으며 무대에서 내려온 영환이가 내게 달려와 와락 안겼다.

"보지 말라니까 왜 봤어요."

"네가 하는데 어떻게 안 봐! 눈 감고 있으려고 했는데 안 되던 걸? 너무 궁금해서…… 너무 잘했어. 아이쿠 예쁜 것!!"

영환이는 폴짝폴짝 뛰면서 자꾸 안기려고 하고 이미 안겨 있던 하선이는 형을 밀어내려고 팔꿈치로 쿡쿡 찔렀다. 못난 나를 그래도 엄마라고 치대고 의지하며 안정감을 찾아가다니 은혜 위에 은혜였다.

행사가 다 끝나고 교회의 한 자매가 내게 다가와서 눈시울을 적시며 말했다.

"언니! 아까 영환이가 앞에서 너무나 밝은 모습으로 연극을 하는데 얼마나 감동이 되는지 눈물이 났어. 영환이 처음 왔을 때 모습이 아직도 눈에 선한데 어쩜 그렇게 많이 달라질 수 있는지…… 언니 고생 많았어."

주책같이 깊은 곳에서 눈물이 자꾸만 차올랐다. 누군가 쳐다보고 웃긴다고 할까봐 울지 못했던 눈물이 한마디의 격려로 자제력을 잃은 모양이었다.

"나야말로 너무나 감동적이었지. 내가 감사하지, 내가 감사해."

감사하단 말 말고 내가 무슨 말을 할 수 있을까. 이번 크리스마스에서 내게 가장 큰 감동을 준 사람은 골칫덩어리로 힘겹게 느껴왔던 영환이었다.

00/12/25 나만 시키고 그래!

어제도 청소하려다 싸움만 하고, 이름하여 크리스마슨데 혼자 일어나 일 더미 위에서 꼼지락거리자니 왜 그렇게 청승맞고 콩쥐 같던지, 은근히 화가 나고 짜증이 났다.

'나만 이게 뭐야? 다 똑같은 가족이고, 특히 남편은 어른이잖아? 명곤이는 또 뭐야? 이젠 다 컸잖아. 그럼 시키지 않아도 눈치껏 제 할 일 찾아서 해야 하잖아. 그런데 눈치는커녕 다들 퍼 질러 자고 나만 일하고 있으니 이게 뭐냐고. 옷은 뭐 벗어 놓기만 하면 저절로 빨아서 서랍에 들어가는 줄 아나보지? 밥 먹고 설거지 한번 똑똑히 해본 사람 있어? 자기 맘 내킬 때 청소기 한번 둘둘 돌

'사랑한다' 는 말은 움직이는 동사인 거 알지? 얘들아, 사랑해!

려주면 충분히 도와줬다고 생각하나보지? 흥!! 웃기고들 있어.'

한번 속이 뒤틀리니까 신경질이 부글부글 넘쳐서 모든 것이 눈에 거슬리기 시작했다. 에라 모르겠다. 청소기나 돌려야지.

왜~앵!!!!

일부러 안방 문을 열어놓고 청소기를 돌렸다. 조금 있다 예상대로 남편이 나오더니 잠깐 서 있다가('꼭 이래야 되겠어?' 하는 못마땅한 표정), '흥! 어디 시비만 걸어봐라~' 벼르는 게 보였는지 슬그머니 안방 문을 닫고 들어갔다.

이번엔 명곤이 방으로 들어갔다. 양말, 바지, 잠바가 엉망진창으로 구겨진 채 정신 없이 입을 벌리고 자고 있었다.

"유명곤!! 이제 일어나! 엄마 지금 위험 수위야. 그러니까 일어나서 네 방 치워."

이 녀석 뚱딴지같이 왜 아침부터 신경질이냐는 표정으로 부스스 눈을 뜨더니 도로 눈을 감았다.

"유명곤!! 일어나라니까. 엄마 지금 폭발 직전이란 말이야. 방이 이게 뭐야. 일어나 치우란 말이야. 이제 그만 일어나!!"

이불을 후다닥 걷어버리고 더 크게 소리쳤다. 뭔가 심각성을 감지했는지 마지못해 10분 후에 일어나면 안 되겠냐고 했다. '그놈의 10분은 아무 때나 적용되는 모양이지? 눈치코치 되게 없는 놈!'

더 우겼다가 사건이 더 나쁜 쪽으로 번질 우려도 있고 더 망가지는 내 모습이 보기 싫어서 시간 꼭 지키라는 소리만 하고 방문을 닫고 나왔다.

이번엔 영범이 영환이 차례!!

"너희들 지금부터 방 치우고 나서 나가 놀아야 돼! 어제처럼 싸우다 끝나면 혼날 거야. 알았지?"

제일 고분고분한 아이들이지만 5분도 안 되어 다했다고 나왔다. 들어가보니 세상에나! 이런 게 방 청소면 바퀴벌레도 대청소하고 사는 거겠네, 비아냥거려주고 싶을 정도로 엉망이었다. 그래도 한 번 더 모든 인내심과 침착성을 발휘하여 청소 방법을 알려줬다. 가족 중 가장 고분고분했던 정상을 참작해서.

"우선 큰 쓰레기는 줍고, 물건 정리하고, 청소기로 밀고, 걸레로 닦으란 말이야."

조금 있다 영범이가 청소기를 돌리고 영환이가 걸레를 빨러 갔는데 갑자기 이 녀석의 째지는 불평이 크게 들렸다.

"나만 시키고 그래!!'

'뭐? 저만 시켜? 뻑하면 지만 시킨다고 씩씩거리는데, 뭘 그리 시켰다고 그깟 것 가지고 투덜거리는 거야. 아니꼬워서 들어줄 수가 없군.'

영범이가 뭐든 하면 많이 했지 영환이는 빠질거리고 안 하는 편인데다 실제로 시키는 것도 별로 없는데 '나만' 시키다니. 이래저래 화가 치미는 판국에 휘발유를 뿌린 격이었다.

"야 이 자식아! 뭐가 어쩌고 어째? 언제 누가 너만 시켰어. 말해봐!! 형은 청소기 다 돌렸어. 그리고 넌 뭘 했는데 그렇게 불만이 많아. 엉? 그렇게 불평하려면 아무것도 하지 마. 알았어?"

홧김에 이 방 저 방 들리도록 소리를 버럭 질렀다. 잔뜩 움츠러든 영환이가 멀뚱하게 서 있고 집안엔 고요만 흘렀다.

혼자 마루 걸레질을 하며 '나만 시키고 그래!' 영환이의 말을 곱씹어 봤다. 귀에서 자꾸만 쟁쟁거려서 떨쳐낼 수가 없었다. 그러다 피식 웃고 말았다.

그게 바로 나였다. 언제나 넘치는 일거리 앞에서 '나만 하고 있잖아' 싶으면 괜스레 고독하고 쓸쓸하고 억울하고 신경질 나는 그런 것. 아침 내내 남편, 명곤이 하나하나 붙잡고 시비 붙으려고 했던 내 모습!

내 모습이야말로 '불평하려면 아무것도 하지 마!' 가 어울렸다. 안 하면 되는 걸, 왜 하면서 신경질 내고 옆 사람들 들볶았을까?

청국장을 끓이고 아무 일도 없었던 것처럼 아침밥을 차렸는데 잘못했다가 파편 튈까봐서 다 내 눈치만 살피며 조심하는 눈치다.

'이그~ 다덜 미안혀~용. 성질 더러워서…….'

"그냥 노골적으로 말해,
사랑한다고……" 2

2001. 1 -2001. 5

01/01/05 이상한 꿈

아주 이상한 꿈을 꾸었다.

남산만하게 만삭인 배가 얼마나 무거운지 옆으로 누워 배를 바닥에 누이고 있었는데, 어이없게도 아기 아빠가 누군지 몰라 머리가 터질 지경이었다. 아기를 키워야 할지 입양을 보내야 할지 갈등하며 괴롭게 신음 소리를 내고 있었다.

'후음! 어찌 입양을 보내야 할꼬! 어떤 비난을 감수하고라도 키워봐야 되는 것 아닐까? 이런 내 모습을 남편이 알게 되면 어떻게 반응할까. 분명 자기 애가 아닌데 받아줄 리가 없어. 만약 혼자서 아기를 키우게 된다면 뭘 먹이고 살아야 되는가!'

고민에 싸여 탄식과 한숨만 내쉬다가 불쑥 한 생각이 섬광처럼 번쩍 떠올랐다. '난 자궁 절제 수술을 했잖아. 그러니까 임신은 절대 할 수 없는 거야. 의사한테 말해봐야지…… 그럼 그렇지, 그럴 리가 없어. 임신이 아니라 무슨 병에 걸렸을지도 몰라. 어쩌면 암일지도 몰라 이렇게 배가 부른 걸로 봐서……'

휴우~ 안심이다. 얼마나 반가운지 한걸음에 달려 병원에 도착했다.

"자궁 없는 거랑 상관없어요. 아무튼 만삭이니까 곧 아기 낳을 준비하세요."

의사가 조금의 여지도 없이 딱 잘라 대답하는데 어찌나 황당한지 눈물이 핑 돌았다.

고민이 극에 다다랐을 때 잠이 후다닥 깼다. 그제야 난 내가 다시는 아기를 가질 수 없다는 사실을 새롭게 깨달았다.

불임!

왜 그렇게 허망해지고 어이도 없고 쓸쓸한지 한없이 눈물이 났다. 한동안 멍청히 넋을 잃고 앉아 있었다. 아주 오래 전 영구불임 수술을 했을 때도, 99년 봄 자궁 절제 수술을 하고 나서도 전혀 느껴보지 못했던 불임이라는 사실이 뼛속 깊이 슬픔으로 다가왔다. 생식능력이 없다는 것, 영원히 아기를 낳을 수 없다는 사실을 거부하고 싶었다.

남편이나 나를 닮은 아기를 가질 수 없다는 사실이 이토록 가슴 아플 줄은 정말 몰랐다. 내 무의식 속에 아기를 갖고자 하는 마음이 내재되어 있었다니 스스로 놀라웠다. 그런 마음은 조금도 없는 줄 알았는데……적어도 자식을 더 낳았으면 좋겠다는 생각은 물론이고 원한 바도 없었는데…… 모든 것이 낯설었다.

꼼지락 꼼지락 작은 몸을 움직이고 입술을 삐죽거리며 젖을 찾는 모습, 한밤에 울어젖히는 삶의 외침을 들을 수 없다니……바보같지만 며칠 동안 정말 우울했다.

하선이를 쳐다보면 그나마 얼마나 다행스럽고 감사한지 멀쩡한 애를 업어서 재워놓고 한참 동안 들여다봤다.

"하선아! 고맙다."

37개월짜리 애 엄마라는 것이 가슴 짜릿하게 고맙고 다행스러웠다.

묘한 꿈을 꾸고 나서야 불임부부들의 설명할 수 없는 그 깊고 암울한 아픔을 헤아릴 수 있게 되었고, 지켜줄 수 없는 아기를 잉태한 미혼엄마들의 고통도 감히 상상할 수 있었다. 그 황당함, 꿈속이었지만 정말 아찔했다. 미혼엄마들의 한결같은 소원은 '자고 났더니 임신은 꿈이었더라'는 것이라는데…….

꿈 덕분에 새삼 느끼게 된 불임의 고통과 우울증을 경험하고 나니까 다시 입양을 할 수 있게 된다면 감회도 새로울 뿐 아니라 정말 기쁠 것만 같았다.

다시 아기의 비릿한 젖 냄새를 맡아봤으면……, 따스한 목욕물에 아기를 담그면 아기는 내 손가락을 꽉 잡고 으앙 울음을 터뜨렸다가 서서히 안심을 하고 물장구를 칠 텐데…… 아기를 위해 젖병을 소독하고 분유를 타고 기저귀를 갈아주고 유모차를 끌고 때론 업어 주고 예방주사 맞으러 가고…….

내 꿈과 내 기분을 듣고 난 후 남편은 핀잔을 줬다. "아휴~ 이제 완전히 미쳤군. 그만 해." 창피하니 어디 가서 그딴 꿈 얘기는 하지도 말라고 했다.

그러거나 말거나 돈 드는 것 아니니까 나는 황홀한 꿈을 오래오래 음미했다. 하선이 동생 '하숙이'를 안아보는 달콤한 꿈을…….

01/01/08 왜? 친구들 없어?   일주일 동안의 유치원

방학을 마치고 오늘 개학을 하는 줄 알았다.

9시 40분. 하선이를 깨우고 옷을 부랴부랴 입혀 셔틀버스를 타려고 나갔다. 빙판 길을 설설 기며 달리는 버스들을 보니까 걱정이 되면서도 눈덩이를 가지고 한 발로 차며 하선이랑 즐겁게 버스가 오기만을 기다렸다.

20여 분을 기다려도 차가 오지 않았다. 오래 서 있으니 귀도 시리고 몹시 추웠다. '참 이상도 하지. 내가 늦게 나와서 그냥 지나갔나? 그럴 리가 없을 텐데……아님 차량이 오다가 고장이라도?' 은근히 걱정이 되었다.

차를 놓쳤다면 그건 순전히 게으름뱅이 내 책임이니 어쩌겠나 데려다 줘야지. 집에 와서 키를 가지고 눈이 소복하게 쌓인 차를 털고 설설 기어 유치원에 갔더니 유치원 앞에 애들 발자국이라곤 하나도 없었다. '참 이상도 하지. 애들이 한두 명도 아닌데 어째 애들 발자국이 하나도 없을까.'

유치원 현관에 들어섰다. 적막! 적막!!

'수업 시간인가? 참 신기하군. 애들이 이렇게 조용하게 있을 수 있다니……'

문소리를 듣고 선생님이 나오셨다.

"오늘 개학 아닌가요?"

"아유~ 어떡해요. 수요일 날 개학이에요."

아이고 무안해라…….

"집에 그냥 가자."

"왜? 친구들 없어?"

고개를 반짝 들고 하선이가 물었다.

"응! 친구들 내일 모레 온대. 우리 집에 가서 놀자."

"그래!!"

더 이상 물어보지 않는 하선이가 고맙다.

01/01/11 노골적으로 말해!   모 방송국에서 애청자를 위한 음악회를 하는 날이다.

남편은 바쁘다고 하는 걸로 봐서 못 갈 것 같고 부모님은 취향에 잘 맞지 않을 것 같은데 혼자 가는 것도 내키지 않아 갈까말까 망설이다가, 4주 동안이나 병원에서 머물러야 하는 아영엄마가 퍼뜩 떠올랐다. 함께 간다면 아영엄마에게도 그런 대로 위로가 되지 않을까 싶기도 하고, 나도 바람도 쐬고 좋은 추억거리가 하나 생길 것 같아 전화를 했다.

몇 시간 동안만 아영아빠가 병원에 계시기로 하고 음악회 가자는 제의에 아영엄마는 선뜻 즐거워하며 가겠다고 했다. 오래간만에 명곤이가 집에 있기에 밥과 국을 끓여놓고 아이들의 저녁식사와 돌보기를 부탁하자 선뜻 해주겠다고 했다.

병원으로 가는데 마치 데이트를 하러 가는 것처럼 기분이 들떠서 모두에게 깊은 감사의 마음에 콧노래가 나왔다. 동생들을 봐주기로 한 명곤이와 희곤이, 음악회 초대장을 보내준 이에게도…….

병실에서 많은 분들의 의아한 눈총(딸을 입원시켜 놓고 웬 음악회?)과 부러움을 받으며 아영엄마를 데리고 나왔다. 우아하게 저녁을 먹고 들어선 여의도의 아트홀엔 〈아름다운 세상, 희망 음악회〉라고 커다랗게 현수막이 걸려 있었다. 마치 우리를 위한 음악회처럼 느껴졌다.

아름다운 세상이라…… 정말 아름다운 세상에 어울리는 귀한 사람, 그는 아영엄마라는 생각이 밀려오자 그 귀한 분과 함께 나란히 앉아 있다는 사실이 너무나 감사했다. 올해 좋은 일만 있으라는 덕담을 들으며 우린 두 손을 꼬옥 잡고 있었다.

끝나자마자 병원으로 돌아오니 10시, 집에 전화를 했다.

"나야!" 미안함과 애교가 뒤섞인 목소리로 늦게 되었음을 전하려는데 "끊어" 하는 남편의 야멸찬 목소리와 뚜뚜거리는 소리가 이어졌다. 갑자기 냉혹한 현실로 툭 떨어진 느낌이었다.

아영아빠는 화난 우리 남편을 회유하기 위해 KFC에서 막판 떨이라며 햄버거와 빵을 한 보따리 샀다.

자기가 퇴근했을 때 아내가 집에 없는 걸 가장 싫어하는 우리 남편, 팅팅 입이 부어서 집에 들어서는 나를 보자마자 나가라고 소리쳤다. 어쩌다 한번 늦었다고 큰소리 치는 것이 섭섭했지만, 느물느물 닭살 돋는 닭띠 아줌마의 명언 한마디로 분위기를 제압했다.

"그러지 말고 그냥 노골적으로 말해. 사랑한다고……."

01/01/15 명곤이의 가출　　　"명곤아! 이제 그만 일어나. 밥 먹자."

배시시 이불을 걷고 눈을 뜨더니 또다시 눕기를 몇 번, 하루이틀도 아니고 너무나 화가 치밀어서 끝장을 보겠다는 심사로 침대에 걸터앉았다. 눈치 빠른 우리 아들, 엄마의 품은 뜻을 알아차렸는지 눈을 부릅뜨고 난리를 폈다.

"내가 뭐 어쨌는데, 왜 지금 일어나서 밥 먹어야 되는 건데 이래요. 싫다는데……내가 뭘 잘못했는지 말해보란 말이에요."

적반하장도 유분수지 이건 아주 가관이었다.

"야 이 새끼야, 그걸 몰라서 물어? 제때 일어나 밥 먹을 때가 있기나 해?"

열을 팍! 받아서 소리를 쳤더니 거의 반사적으로 벌떡 상체를 일으키며 명곤이가 몸을 부르르 떨었다.

"왜 욕하고 그래요. 예, 예? 뭐가 어쨌다고 욕까지 하냐고요. 왜, 왜, 왜!!!"

갑작스런 반응에 어이가 없어서 한동안 어안이 벙벙해졌다. 욕 한마디에 격분하는 아들놈이랑 말하고 싶지 않았다.

"난 네가 눈을 부라리며 흥분할 만큼 잘못한 거 없어. 난 무질서한 이런 생활을 내버려두지 못하겠단 말이야. 네 생활을 한번 돌아보란 말이야, 어떤가. 이런 정도의 잔소리도 듣기 싫다면 집에 뭐하러 있냐? 돈이 필요해서? 갈 곳이 없어서? 그래서 어쩔 수 없이 얹혀 사는 거야? 난 네가 이렇게 산다면 잔소리 좀 해야 되겠다.

간섭을 해야 되겠다고."

그러자 이번엔 자리를 박차고 벌떡 일어났다.

"비교하긴 싫지만 다른 애들은 수능시험 끝나고 어떻게 사는 줄이나 아세요? 왜 그렇게 잠시도 못 봐주고 뭐라고 하시는 거예요."

"내가 그렇게 지나치게 잔소리를 했단 말이야?"

그건 정말 억울했다.

"지나치지 않아도 한방에 기분 잡치게 하는 거 알기나 하세요?"

"그럼 아무 말도 하지 말란 말이냐? 난 그렇게 못해. 말할 거야. 이 정도도 견디기 어려워서 엄마한테 지금처럼 불손하게 나오려면 차라리 나가지 그러냐?"

"알았어요. 나가면 될 거 아녜요."

말과 동시에 옷을 주섬주섬 입더니 밖으로 나가는 것이었다. 우리 아들의 이런 모습은 처음이었다. 그 경황에도 침착한 엄마가 황당한지 현관에서 "한 달 후에 옷 보낼 거예요" 했다.

'웃기는 짬뽕이군. 자기가 무슨 군대라도 가는 줄 아나보지? 잠시야 친구 집에서 빈대 붙어 살겠지만 적어도 이 달 말 합격자 발표하면 들어오겠지. 추위에 고생이나 실컷 해봐라.'

엉겁결에 실컷 싸우고 명곤이가 나가버리자 고요해진 집안 공기가 불안을 조장했다. 발표를 앞두고 불안하고 예민해진 아들 녀석 심기 하나 살펴주지 못하고 결국 가출하게 만들었다는 자괴감으로 무척 우울했다.

애매한 커튼과 이불 시트만 걷어다 빨아놓고, 시무룩해져서 희곤이랑 남편한테 명곤이가 가출했다고 말해도 아무도 믿지 않았다.

저녁 땐 손님이 잔뜩 오셔서 고기를 굽고 정신이 없는 중에도 가끔씩 스치는 명곤이 생각 때문에 맘이 편치 않았다.

한참 식사가 끝나갈 무렵 산적 같은 모습의 명곤이가 기가 팍 죽은 모습으로 들어왔다. '치~ 네 시계는 하루가 한 달이냐? 자식.' 그러면서도 반갑다.

알고 보니 조카를 시켜서 죄송하다고 사과 전화를 했는데 남편이 받고 안 전해줬단다. 괜히 나만 속 태운 셈이다.

명곤아! 미안하다. 네가 요즈음 신경이 예민해졌다는 걸 미처 몰랐어. 빨리 발표가 나고 합격자 명단에 네 이름이 들어 있었으면 좋겠다.

근데 말이야. 아무리 그래도 엄마한테 눈 부라리는 짓은 하지 마라. 엄마가 너무 비참해지잖아. 초라해지기도 하고…….

널 사랑한다.

01/01/15 우리집 수동 세탁기

보기 드문 강추위에 세탁기로 들어가는 수도가 얼었다.

먼 옛날 강추위에 날마다 쌓여가던 똥 무더기처럼 빨래가 쌓여가더니 드디어 양말이 없다, 수건이 없다 아우성이어서 더이상 버틸 수가 없게 되었다.

어젯밤, 빨래를 목욕탕으로 옮겼다. 욕조에 쌓인 엄청난 분량의 빨래를 본 남편은 어이가 없나보다. 장갑을 끼고 자세를 잡으려는데 어떻게 하면 되느냐고 묻더니 바지를 걷고 들어섰다. 별로 기대한 바도 아니어서 그저 발로 밟아달라고 시큰둥하게 말했는데 정말 빨아 주고 싶어하는 것 같았다. 따뜻한 물을 받고 세제를 풀더니 손으로 벽을 짚고 꾹꾹 밟으며 빨래를 했다.

"희곤아! 이리 와. 우리 같이 빨래하자. 넌 이걸 헹구고, 명곤아! 넌 빨래를 꼬옥 짜는 거야."

우리집 목욕탕엔 자발적 헌신자 하선이를 포함해서 네 남자가 밟고 비비고 물을 튀기며 혼신의 힘을 다 쏟고 있었다. 더 이상 노동이라고 느낄 수 없을 만큼 신들이 났다. 남편은 제법 아빠랑 형을 흉내 내는 하선이를 쳐다보며 즐거워했다. 희곤이도 바락바락 빨래를 비비며 즐거워했고 하선이는 잠시 후 옷을 홀라당 벗던지고 목욕을 하는 건지 빨래를 하는 건지 모를 정도로 헤헤거렸다.

세탁기 고장난 것을 참으로 애통하게 생각했는데 갑자기 나타난 수동 세탁기 덕분에 왈칵 눈물이 날 만큼 행복해서 한참 동안 웃으며 쳐다봤다.

01/01/15 희곤이와 반말

희곤이는 혼자 다니는 경우가 거의 없다. 어제는 자기 키의 곱배기쯤은 족히 될 만큼 키 큰 친구들을 데려와 비디오도 보고 좁은 침대에 붙어 자더니 오늘 아침 교회 수련회를 떠났다.

또래 중에서 가장 작지만 다부진 몸매, 풍부한 유머, 친절함으로 친구들과 친하게 지내는 걸 보면 기분이 좋다.

"엄마! 나 희곤이, 여기 백화산이야. 잘 도착했고 따뜻해."

목적지에 도착해서 전화까지 해주는 자상한 아들이다.

"잘 놀다 와. 기도도 많이 하고 기왕이면 은혜도 받고 오면 좋겠지?"

"헤헤 알았어. 또 전화할게. 끊는다. 안녕!"

반말, 처음부터 끝까지 반말로 일관하는 모습도 여간 푸근하게 느껴지는 것이 아니다.

처음 우리집에 왔을 때, 일곱 살짜리 꼬마는 소름끼치게 존댓말을 꼬박꼬박 잘 했었다. 엄마와 아들의 첫 대화가 존댓말로 이루어진다는 것은 문득문득 낯선 거리감을 느끼게 했기 때문에 하나도 반갑지 않았다. 단지 완벽한 존댓말을 구사할 수 있는 능력이 신기할 뿐이었다.

오랜 시간이 흐른 후, 슬그머니 반말을 하던 희곤이의 모습은 쉽게 잊을 수가 없다. 아주 어색하게, 약간은 수줍은 듯, 넌지시 하던 반말, "엄마! 그랬어~?" 돌아서서 피식 웃으며 놀라운 변화에 가슴이 설레었다.

처음만 어색했지 한번 말을 트자 점점 익숙해지더니 곧 존댓말보다 반말이 자연스럽게 되었다. 교육적이든 아니든 엄마 아빠에게 들려주는 희곤이의 반말은 아직까지도 좋다. 이제 우리집에서 꼬박꼬박 존댓말을 쓰는 사람은 영범이랑 영환이뿐이다.

그 애들은 언제쯤 말 트고 살게 될까?

01/01/19 <u>명곤이를 위해서라도</u>　　　　　"엄마, 나 낼부터 총잡이 하기로 했어." 무슨 소리냐는 표정을 지었더니 "주유소에서 아르바이트하기로 했는데 한 달 동안 할 예정이야. 오후 2시 30분에서 10시 30분까지 과천 주유소에서……" 했다.

일차 발표에서 고배를 마신 후 아무것도 정해지지 않은 시간들이 주체하기 어려웠나 보다.

"힘들지 않겠어? 보수는?"

"돈 버는 일인데 쉬운 일이 있겠어요. 월 60만 원 준다나봐요." 대견함보다 그냥 쓸쓸했다.

"놀면서 돈 타는 게 싫어서……."

엄마 아빠가 우리 아들 발목을 움켜잡아서 자유롭게 못하는 것 같아 가슴이 아팠다.

"엄마 아빠가 너한테 짐이 되냐?"

"짐이 되지."

물어보긴 했지만 솔직히 그렇지 않다는 말이 듣고 싶었는데 당연하다는 듯 대답하니까 상당히 놀랐다.

"그러니까 오래 사세요. 둘 중 한 분만이라도 어떻게 돼봐. 내 인생은 끝나지. 애들 다 어떻게 해. 내가 다 책임져야 하잖아."

"그럴 필요 없어. 엄마 아빠가 보험 들어놨으니까 적어도 경제적인 부담은 되지 않을 거야."

"나 참! 어떻게 그렇게 말할 수 있어. 어디 사람이 돈만으로 살아?"

할 말이 없다. 과도한 부담을 지고 살게 만든 이 어미의 잘못일 따름이다.

오래오래 살아야 되겠다. 큰아들 명곤이를 위해서라도…….

01/01/21 <u>선0야</u>   커다란 아들을 둘이나 둔 엄마가 되었는데 아직도 너라는 호칭이 더 자연스러운 나를 이해해다오.

우리가 처음 만난 지 벌써 14년이나 흘렀으니 세월이 참 빠르구나. 그때 넌 중3이었던가?

눈만 마주쳐도 잘 웃던 너. 넓은 밭도랑에 길게 줄서서 함께 콩 심으며 깔깔거리던 웃음소리며 산새 소리가 긴 세월을 뛰어넘어 아직도 귓가에 들리는 듯하구나.

서늘한 나무 그늘 아래서 「창세기」를 들려줬을 때 너희들은 처음 듣는 얘기라며 신기해했었지.

'부담'이라고 하면서도 언제나 동생들 편에 서는 아들. 고맙다, 명곤아!

천 포기도 넘게 김장하던 일, 아저씨랑 보육원 페인트 칠하고 부침개 부쳐 먹던 일, 도란도란 이불 속에 발 넣고 무슨 얘긴가 하던 것도 생각나는구나.

네가 보육원 입구 군부대 초소에서 보초 서던 멋진 군인과 사귄다는 소식을 들었을 땐 내 맘까지 다 설레었단다.

고등학교 졸업하자마자 마침내 가정을 꾸렸다는 소식이 들리고 아들까지 낳았다는 소식을 들었을 때는 얼마나 대견하고 기특했는지, 기회가 있을 때마다 행복하게 살기를 기도했었단다.

가끔 새초롬하게 애들 옷 입혀서 데리고 다니는 모습은 늘 즐거움과 기쁨을 주었었지.

그런데 수줍은 듯 피식피식 잘도 웃던 네 모습은 다 어디 가고 풀 죽은 모습으로 고개를 푹 숙이고 무슨 죄인처럼 "죄송해요"만 반복하던 너!

연휴를 앞두고 네 생각이 참 많이 드는구나.

때로 네가 불쌍해서 눈물을 글썽일 때도 있지만 요즈음은 미울 때가 더 많은 것, 너 아니? 아무리 형편이 옹색하고 애들 볼 용기가 없다지만 그 말이 왠지 궁색한 변명으로만 들리는 게 잘못된 걸까?

전에도 말했지만 애들한테는 너보다 더 나은 부모는 없단다. 애들, 특히 널 꼭 빼닮은 영환이는 네가 오기를 얼마나 눈 빠지게 기다리는 줄 알고 있니?

선0야!

제발 부탁이다. 애들이 너의 작은 가슴에나마 안길 수 있도록 자리 좀 내다오. 애들한테는 너의 작은 가슴이 이 세상 그 무엇보다 더 넓은 공간이 될 거라는 것 너도 알 거야.

애들이 아무 때나 너의 손길을 기다리는 건 아니란다. 다 때가 있는 법인데 지금처럼 계속 연락 끊고 지내면 분명 땅을 치며 후회할 날이 오고 말 거야.

네가 지속적으로 연락을 한다면 애들은 지금보다 훨씬 더 잘 자라게 될 거야. 정서적으로 안정된 생활을 하게 될 테니까…….

나중에 잘할 생각하지 말고, 아무것도 못 해준다 하더라도 제발 소식이나 전하면서 살자구나. 애들은 지금 너를 필요로 하고 있다는 것 절대 잊지 마라.

애들을 돌보지 않는 충분한 이유는 그 어떤 것도 없다는 것을 네 스스로 알고 있으리라 믿는다. 만약 애들아빠 핑계를 댄다면 너무나 구차하겠지?

오늘 당장 전화를 하고 찾아오는 것은 네 의지에 달려 있고, 너 스스로 지켜나가야 할 행복이란다. 한 번밖에 없는 너의 소중한 인생을 아무렇게나 팽개치지 말기를 간절히 바란다.

01/01/22 이 기쁜 소식을   "도대체 누가 합격한 거야?"

연거푸 확인한 합격자 명단에 명곤이 이름이 없자 신경이 예민해져 은근히 투덕투덕 마찰을 일으키는 일이 잦았다.

아무래도 강남대에 붙을 것 같은데(왜냐하면 강남대만 사회복지과를 썼고 명곤이의 성격에 잘 어울릴 것만 같았으니까. 그리고 짧은 인생 살면서 우리 아들이 부유한 자보다는 가난한 자, 힘 없는 자 편에 설 수 있는 일을 하게 되었으면 하는 것이 나의 바람이기도 했으니까), 엇나가면 어쩌나 걱정이 되었다.

조금 전 강남대학교 홈페이지에 들어갔더니 합격자 명단이 떴다. 반가우면서도 조마조마했다.

합격자 명단에 "사회복지과 810706 유명곤"이라는 글씨가 뚜렷하게 보였다.

우와! 비명을 지르며 호들갑스럽게 남편을 부둥켜안고 마침내 안도의 숨을 내쉬었다.

영범이가 놀라서 왜 그러냐고, 대학에 붙은 것이 그렇게 좋으냐고 물었다.

"이 녀석아! 그걸 말이라고 해. 이제 명곤이 형이 대학에 다니게 됐단 말이야."

들뜬 목소리로 시부모님께 전화를 했다.

"기쁜 소식을 전할게요. 명곤이가 대학에 붙었어요."

"그래? 어디, 어디 붙었냐? 그 학교가 어디에 있냐? 명곤이는 어떠냐?"

어머님은 좋으셔서 목소리 톤이 한껏 올라간 채 물으셨다.

"주유소에 있어서 아직 몰라요."

"야야! 이제 그거 그만두라고 하면 안 되겠냐?"

"끝까지 하도록 내버려두죠."

"알았다. 축하한다. 그 동안 고생 많았다."

너무 좋다. "명곤아! 대학 붙었어!" 혼자 허공에 대고 소리를 질렀다.

01/01/26 입양이 뭔지 아니?

영범이랑 영환이는 여러 가지 특수한 상황 때문에 아주 특별한 감정을 갖게 한다. 아무리 숨죽여 없애려 해도 펄떡거리는 싱싱한 슬픔이 내 마음을 황량한 사막으로 만들어버린다.

"너희들 입양이 뭔지 아니?"

"입양(입양) 그거 지난번 텔레비전에 나왔었어요."

영범이가 얼른 나섰다. 나는 아주 침착하게, 아주 부드럽게 아이들을 쳐다보며 말했다.

"가족이 되는 방법에는 몇 가지가 있단다. 결혼도 있고 아기를 낳는 방법도 있지만, 입양이라는 방법으로도 가족이 된단다."

한 마디도 놓치지 않겠다는 듯 아이들의 눈이 반짝거렸다.

"하나님은 사람들이 서로 사랑하면 그 선물로 아기를 주시는데 그 대신 엄마 아빠는 아기들을 사랑으로 키워야 하거든. 대부분의 엄마 아빠는 사랑으로 아기들을 키우지만 때로는 아기를 키우기엔 너무 어리거나 아님 키우고 싶지 않은 사람도 있어. 그러면 하나님은 아기를 무척 사랑하기 때문에 행복하게 살 수 있도록 다른 엄마 아빠에게 보내기도 한단다. 그런 걸 어려운 말로 입양이라고 해. 무슨 말인지 알겠어?"

"왜 그걸 입양이라고 해요?"

"아가를 낳은 엄마 아빠가 키우지 않고 하나님이 정해준 다른 엄마 아빠가 키우는 걸 입양이라고 부르기로 사람들이 서로 약속했거든."

"그렇구나!"

"우리집 사람들은 여러 가지 방법으로 가족이 되었어. 첫째, 엄마 아빠는 엄마가 서로 다르지만 결혼을 해서 가족이 되었고, 둘째 명곤이 형은 엄마가 낳아서 가족이 되었고, 셋째 희곤이 형이랑 하선이는 입양을 해서 가족이 되었지. 너희들도 입양으로 가족이 된 거나 마찬가지야."

"왜 희곤이 형이랑 하선이는 '유' 자를 써요?"

"그건 자녀는 아빠의 성을 따르게 되어 있거든. 그러니까 유자를 쓰지."

"그럼 왜 우린 정영범, 정영환이에요?"

"그건 말이야, 너희들 진짜 엄마 아빠가 너희들을 잘 돌보지 못하니까 하나님은 너희들이 무척 걱정이 되었단다. 그래서 여기로 보내기로 하신 거야. 그런데 입양이 되려면 엄마 아빠가 '이 아이들을 입양 보내겠어요' 하면서 도장을 찍어줘야 성이 바뀌는데 너희들 아빠는 그렇게 하는 것이 싫으셨나봐. 그래서 성을 바꿀 수가 없었지. 하지만 너희들은 아주 오래오래 여기서 살게 될 거야, 클 때까지. 다 커서 어른이 되면 그땐 너희들이 엄마 아빠를 찾아갈 수 있어. 엄마 아빠는 너희들이랑 살지 못해서 아주 슬플 거야. 나중에 너희들이 잘해 드려야 해."

"네!!!"

힘있게 대답한 아이들은 금세 킥킥대고 웃었다. 하나도 심각하지 않으니까 오히려 허망했다.

열 살, 열한 살! 어른들이 생각하는 것과 사뭇 다르다.

01/01/31 <u>거짓말은 듣고 싶지 않다!</u>　　　　　방학을 시작하면서

돼지 저금통을 세 개 샀다. 영범이, 영환이, 하선이 것.

가끔 청소를 하면 천 원씩 주기도 하고 세뱃돈도 넣고…… 개학할 때 통통하게 살찐 돼지를 잡아서 가지고 싶은 것을 한 가지씩 사기로 했다. 영범이랑 영환이는 다양한 품목을 선정하느라 문방구를 들락거렸다.

돼지가 묵직하게 차가는 걸 보면서 그만큼 아이들의 꿈도 야물어가는 것처럼 느껴져 볼 때마다 흐뭇했다. 소변 마려울 때처럼 돈만 보면 참을 수 없게 쓰고 싶다더니, 돈을 보고도 참을 수 있게 된

애들이 기특하기도 했다.

그런데 어느 날! 제법 배가 통통하던 하선이의 돼지가 텅 빈 배를 드러내고 뒹굴어다녔다.

"하선이 돼지가 왜 저래?"

모두가 모른다며 자기들이랑 아무런 상관이 없다고 발뺌을 했다. 증거가 없어서 고개만 갸우뚱거리며 혹시나 낯선 물건이 생기는지 애들 방 살림만 살펴봤다.

오늘 낮, 디지몬 딱지가 가득 든 작은 가방을 하선이가 꺼내왔다. 영환이 형아 거라면서 가지고 놀다가 가지런히 챙겨서 제자리에 갖다놨다. '옳거니, 드디어 증거물을 찾았군.'

아이들을 불러다 놓고 혹시나 거짓말을 할까봐 미리 선수를 쳤다.

"제발 진실만을 말해다오. 거짓말은 듣고 싶지 않다. 거짓말하면 엄만 너무 슬프고 화가 난다. 부탁인데 꼭 진실만을 말해다오. 하선이의 돼지에 손 댄 사람 빨리 말하렴."

영범이는 고개를 흔들었고, 영환이는 애교스럽게 내 무릎을 만지며 생글생글 모른다고, 자기는 절대 아니라고 했다. 그렇게 부탁했건만 태연하게 거짓말을 하다니. 속에서 오장육부가 뒤집어져 한대 후려치고 싶었지만 세계 평화를 위해 참았다.

"아직 기횐 있다. 빨리 사실대로 말해!'

침묵~

"전 아니에요. 진짜예요."

영범이는 자긴 아니란다.

"영환이 네가 그랬구나. 그렇지?"

영환이가 갑자기 뻣뻣한 나무토막으로 변해버렸다. 숨은 쉬고 있을까? 눈도 깜박거리지 않는다.

숨이 멎을 것 같은 건 차라리 나였다. 소리를 지르지 않기 위해 목소리를 최대한 깔았다.

"사실대로 말해. 너야?"

고개가 아주 천천히 아래 위로 끄덕거렸다.

"왜 그랬어? 왜, 왜!!"

치유된 것 같더니 또다시 꿈쩍도 하지 않았다. 초점 잃은 눈과 허망한 무표정뿐, 아무것도 없다. 억장이 무너진 듯 통곡을 하고 싶었다. 하루아침에 원점으로 돌아온 것 같은 이 비참한 순간을 쳐다봐야 하다니 정말 괴롭다.

넋을 잃고 앉아 있다가 아이를 화장실로 끌고 갔다. 그냥 아무런 반항도 없이 따라왔다. 깜깜한 화장실에 들여보내고 크게 외쳤다.

"말하고 싶은 생각이 나면 문 두드려!!"

문은 고요했다. 숨막히는 3분, 한숨을 푹푹 쉬며 남편에게 신세 한탄을 했다. 남편은 영환이를 안방으로 불러들였다.

"사실대로 말해봐. 엄마가 하는 얘기가 무슨 소린지……."

"저 그게 하선이 저금통에서 돈을 꺼내다가……."

이 녀석, 날 우습게 본 건지 아님 아빠한텐 겁을 먹은 건지 허겁지겁 말을 했다. 어설픈 거짓말까지 곁들여서.

"몽둥이 가져와!!"

남편의 외침에 영환이의 눈동자가 불안하게 움직였다.

"사실대로 말하면 안 때릴 거지요."

"사실대로 말해. 때리지 않아."

그러나 또다시 거짓말!! 남편은 빗자루를 거꾸로 잡아들고 엉덩이를 내리쳤다.

"말할게요. 말할게요."

휴~.

영범이란 녀석은 돈 꺼내는 것을 봤으면서도 엄마 아빠한테 말하지 말라는 동생 협박 때문에 잘못을 묵인한 죄로 두 대 맞고, 영환이는 다시는 그러지 말라고 두 대 맞고 자기들 방으로 들어갔다. 잠깐 동안이었지만 악몽을 꾼 것같이 아찔했다.

01/02/03 첫 대학 등록금

"명곤이 등록금은 내가 내줄 테니 그리 알아라."

시아버님이 첫손주의 대학등록금을 손수 내주시겠다고 하셨다. 이게 웬 복인지, 웃음을 감출 수 없었다.

"고맙습니다. 에헤헤. 그런데 얼만지 알고 말씀하신 거예요? 바꾸기 없기예요. 몇 백만 원 한다던데."

"얘 좀 봐~ 내가 그 정도는 내줄 수 있다, 야." 하시면서 눈을 흘기셨다.

커다란 배려에 너무나 감사했고 등록금 내려던 돈을 어떻게 유용하게 쓸까 생각했다.

그런데 막상 명곤이의 대학등록금 고지서를 받아 드니 너무나 많은 상념에 젖어버렸다.

265만 원 상당의 금액. 한참 들여다보고 또 들여다보고 그러면서 내 마음은 변하기 시작했다. 이 첫 번째 등록금만큼은 부모 된 우리 부부가 내고 싶다는 욕심이 생겼다. 아무에게도 양보하기 싫었다. 비록 시부모님이라 하더라도…….

우리 엄마는 아주 먼 옛날 내 대학등록금 고지서를 받아 들고 마감 날까지 피눈물을 흘리며 애매한 걸레조각만 촘촘히 누비셨다.

마지막 날, 그 하루가 엄마에겐 얼마나 고통스럽고 피가 말랐을까. 그러나 나는 그런 엄마 심정은 안중에도 없었고, 마감 시간이 지나자마자 등록금 고지서를 박박 찢어서 움켜쥐고 섧게 울었다. 세상이 모두 끝난 것처럼, 다시는 내게 그 어떠한 기회도 주어지지 않을 것처럼 절망하면서……

그랬던 내가 어느새 아들의 대학등록금 고지서를 받게 된 것이다.

시아버님께서 고지서를 달라고 전화를 하셨다.

"아버님 죄송해요. 명곤이 등록금 제가 꼭 내고 싶어요. 이번만 아버님이 양보하시죠."

"내가 내준다고 했잖냐."

"말씀만으로도 받은 걸로 할게요. 다른 거 사주시고 다음에 내주세요."

"괜찮겠어?"

아쉬움이 잔뜩 묻어 있는 음성이셨다.

"네!"

마감 하루 전 고지서를 남편에게 줬다. 남편은 두말도 하지 않고 고지서를 가지고 가더니 바로 납부했다. 여태껏 살면서 우리 남편이 이번처럼 능력 있게 보인 적은 없었던 것 같다. 든든하고 멋있고 능력 있어 보여서 한참 동안 눈이 촉촉해졌다. 마음 한편으로 팔십 하나가 되신 친정어머님이 너무나 아련하게 걸려왔다.

'오~ 불쌍하신 우리 어머님.' 항상 미안하다고 말씀하시며 무슨 죄인처럼 날 대하시던 그 모습, 어머니는 그 당시 걸레를 꿰매고 계셨던 것이 아니라 가슴을 바늘로 한 땀, 한 땀 뜯어내고 계셨던 것이다.

나 때문에 하염없이 눈물 흘리셨던 어머님이 이젠 내 마음을 아
프게 한다. 어머니의 마음을 지금도 다 헤아리지 못하는 딸이라서
더욱 그렇다.

01/02/07 화들짝 놀라 달아난다

분주한 틈을 타서 먹거리를
준비하는데 하기 싫어서 몸이 뒤틀렸다. 애들 눈에도 그 모습이 불
쌍해 보였을까? 영범이랑 영환이가 이제 그만 하고 쉬라고 했다.
나머지는 자기들이 치울 테니 걱정 말고 누워 있으면 안마를 해주
겠단다.

　괜찮으니까 숙제나 하라고 했더니 얼른 알림장을 펼쳐서 보여
줬다. '부모님 도와주기.'

　애들 성화에 앞치마를 입은 채 마루에 누웠더니 세 녀석이 달려
들어 안마를 해줬다. 조물락조물락 작은 손으로 팔다리를 주물러
주는데 너무나 행복했다.

　"아이고 시원해라. 아이고 시원해. 이런 거 누가 안 찍나?"

　흡족한 목소리로 시원하다고 하는 만큼 아이들은 더 힘을 줘서
주물러줬다.

　"근데 엄마는 이렇게 하면 왜 시원해요?" 영범이가 물었다.

　"글쎄다. 아무튼 시원하네."

　하선이는 내 등에 올라가 반대로 눕더니 발장구를 치며 안마를
한다고 수선을 폈다.

　아빠도 오시면 안마를 해주겠다고 별렀다.

　마침내 남편이 들어오자 애들은 벌떼처럼 달려들어 누우라고
하더니 또 조물락조물락 주무르기 시작했다.

　우리의 피곤은 이런 것으로 화들짝 놀라 달아난다.

성격은 반대지만 똑같이 사랑스런 녀석들

<u>01/02/09</u> **사그락 사그락**   어제 밤부터 소담스레
눈이 오기 시작했다.

애들이랑 사물놀이 음악 틀어놓고 결판지게 놀다가 스르르르
잠이 들었다.

한참 자다가 문득 깨어 일어나 보니 12시 30분이었다.

어디선가 사그락 사그락 비질하는 소리가 들렸다.

아니 이 밤중에 웬 비질하는 소리?

창 밖을 내다봤다.

명곤이가 긴 빗자루를 들고 촘촘히 집 앞을 쓸고 있었다.

눈 오는 걸 보면서 은근히 걱정했는데 한밤에 아들이 눈 쓰는 모
습을 보니 그렇게 아름다울 수가 없다.

들어오면 안아주려고 기다렸지만 골목까지 쓰는지 비질은 계속
되었다.

사그락 사그락!!

<u>01/02/17</u> **맨날 당하고 산다**   친정에서 낮 동안
하선이랑 보내던 조카가 어제 함께 집에 오더니 하선이의 태도를
보고 깜짝 놀랐다.

"아니 쟤가 왜 저래? 살아남기 위해선가? 완전히 딴판이네."

하선이란 녀석이 할머니 댁에 가면 사분사분하고 말도 잘 듣고
먹는 것도 욕심 내지 않고 말도 조용조용 하더니, 집에 오니까 형
들한테 소리 지르고 짜증 내고 먹는 것 욕심 내고, 뭔가 치열한 삶
이 느껴진다며 혀를 내둘렀다. 우리 하선이가 어쩌다 두 얼굴의 사
나이가 됐는지 가슴이 철렁댔다.

그런데 명곤이 희곤이는 하선이의 집안 버릇없음을 너무 비약

해서 걱정하지 말라고 한다.

명곤이랑 희곤이 말로는 옛날 속담 중에 집에서 새는 바가지 밖에서도 샌다는 말은 순전히 틀린 말이라고 했다. 집에서 고분고분한 척(부모가 무섭게 해서 제대로 말하지 못하는 경우)하는 애들이 밖에 나오면 시쳇말로 완전히 개차반 되더라고 했다.

하지만 자기들처럼 집에서 바락바락 할말 다하는 애들은 밖에 나가서 절대 남한테 버릇없이 하지 않는단다. 어떤 것이 더 부모를 욕 먹이는 방법이겠냐고, 다 배운 대로 하는 법이니까 걱정하지 말란다.

어떻게 배웠는데 배운 대로 하냐고 위험천만한 질문을 했더니, 상대가 바락바락 덤벼도 상대방 감정 풀릴 때까지 내버려두는 거라고, 저대로 살다가 가게 내버려두는 거라고 했다.

"야 이 자식아! 내가 언제 저대로 살다 가게 내버려뒀어?"

"말하자면 그렇다는 얘기지. 무슨 말을 못 해."

명곤이가 혀를 끌끌 찼다.

난 맨날 애들한테 당하고 산다.

01/02/28 <u>한 통의 편지</u> 　　　　　영범이가 안방 컴퓨터 앞에서 뭔가 하더니 절대로 들어오지 말라고 당부를 했다. 무슨 일이냐고 물으니 그렇게 궁금하면 들어와 보라고 금세 말을 바꿨다.

들어오라는 얘긴지 들어오지 말란 얘긴지 모르지만 봐주기를 원하는 건 확실했다.

모니터 화면엔 한 통의 편지가 온갖 치장을 하고 있었다.

엄마에게

114

엄마! 그 동안 우리를 키워주셔서 정말 고맙습니다.

이 은혜 잊지 않을게요.

아참! 제가 이제 4학년이 되니까 얌전히 있을게요.

그럼 안녕히……?!

2001년 2월 27일 화요일

영범이가.

예쁘게 장식을 마치고 프린트까지 해서 주는데 대견하고 기특해서 가슴이 뭉클하고 눈물이 핑 돌았다.

다 읽고 웃으면서 냉장고 문에 붙여놨더니 너무나 기뻐했다. 영범이는 가끔 사람을 감동시키는 재주가 있다. 남편은 얼마나 감동이 되었는지 스스로 사랑 받을 짓을 한다며 흐뭇해했다.

사랑스런 영범이의 생글거리는 눈이 오늘따라 더욱 예쁘다.

01/03/06 하선이의 일기

일기를 쓰러 형들이 방으로 들어간 사이, 하선이도 헌 공책과 연필, 지우개를 들고 방으로 가더니 한참만에 일차로 뛰어왔다.

"엄마! 하선이 일기."

자랑스럽게 펼쳐서 건네준 공책을 쳐다봤다. 헌 공책엔 빼곡이 지렁이 기어간 자국처럼 상형문자가 씌어 있었다.

어떻게 해야 할까 고민하다가 하선이 보고 읽어달라고 했다.

"선생니미가 선물을 줌미다.

선생니미가 생년피를 줌미다.

선생니미가 채글 줌미다.

선생니미가 곰도이푸 줌미다.

선생니미가 디지몬 카드 붐미다.”

너무도 엄숙하게 손가락으로 가리키며 읽어 내려가는데 얼마나 우스운지 입이 한참 동안 다물어지지 않았다.

“아~ 너무나 잘했어요.”

아낌없는 칭찬에 하선이도 입이 헤~ 벌어졌다.

01/03/09 애들 많은 집이라고……

차 가지고 우편물을 부치러 간 명곤이와 조카가 5분도 안돼 헐레벌떡 뛰어들어왔다.

“엄마! 어떡해…… 사고냈어.”

‘그냥 걸어서 가라니까 타고 가겠다고 우기더니……’ 속으로는 부글부글거리면서도 애가 놀란 것 같아 태연한 척 따라나갔다.

“세워 놓은 차를 긁었어요.”

조카는 풀이 팍 죽어서 서 있었다. 하지 말라는 운전을 했으니까 염치가 없는 모양이다.

옆에 그랜저 뒤쪽 차 문에 움푹 들어간 자국을 보고 가슴이 덜컹해서 눈으로 가리켰다. ‘저거냐?’ 맘속에선 수십만 원이 왔다갔다하는 것이 머리가 아팠다.

“아니에요. 그 뒤 차.”

후~ 다행스럽게 박았다는 차는 삼성 SM으로 앞 범퍼에 색이 약간 긁히고 문 둘레 띠가 다친 정도였다. 내 차는 사이드미러가 박살이 나 있었다.

차 주인 아저씨는 안면이 있는 분이었다.

“죄송합니다. 아침부터……고쳐드리도록 하겠습니다.”

애들은 끽 소리도 못 하고 걸어서 우체국에 다녀왔다.

견적이 많이 나올까봐 걱정했는데 상대방의 차는 125,000원, 내

116

차는 39,000원 나왔다.

아이고 아까워라.

둘은 아르바이트를 하든지 장학금을 타서 갚겠다고 했다.

"너네 놀랬지?"

"어! 아까 그 아저씨 말이야, 얼마나 무서웠다고. 차를 꽉 박자마자 뛰쳐나오시더니 마구 소리를 지르시는 거야. 면허증을 내봐라, 등록증을 내놔봐라, 어디 사냐, 젊은 것들이…… 그러다가 내가 우리집을 가리키니까 그 아저씨가 뭐라는 줄 알아? '애들 많은 집 말이냐?' 그러는 거야. 그렇다구, 엄마 불러오겠다고 했더니 안색이 변하면서 갑자기 부드러워지는 거 있지. 후~ 말도 마. 죽는 줄 알았다고."

애들 많은 집이라고 그나마 봐주시다니 그 와중에도 우스워서 깔깔거렸다.

01/03/10 홍역!

며칠 전부터 영환이가 병든 닭처럼 후줄그레 입술이 타들어가서 마음이 사뭇 아팠었다. 병원에 갔더니 감기라기에 며칠 동안 약을 먹였지만 변화가 없었다. 오늘은 결석을 시키고 아침에 소아과 병원에 데려갔다.

"여행 다녀온 적 있어요?"

선생님은 갑자기 여행을 다녀왔냐고 물으시더니 날더러 입안을 보라고 하셨다. 하얀 물질이 끼어 있는 틈새로 빨간 물집 같은 것이 촘촘히 박혀 있었다. 그때까지도 나는 그게 뭔지 몰랐다.

"홍역이에요. 저건 홍역 특유의 증세거든요. 여기 보세요. 등 쪽에도 열꽃이 있죠?"

하늘이 무너지면 이런 느낌일까, 억장이 무너지면 이런 느낌일까? 아득하고 캄캄했다.

증세로 봐서 예방주사를 맞지 않은 것 같다고 하시는데 속에서부터 탄식 소리가 새어나왔다. 나머지 아이들을 생각하면 정신이 너무나 아찔해서 자꾸만 울먹여졌다.

"형도 있고 동생도 있어요. 도와주세요."

다행히 하선이는 99년에 예방주사를 맞았으니, 2차 접종을 해보자고 했다. 하지만 영범이는 이미 늦었다고 한다.

허둥지둥 집에 와서 명곤이한테 말을 하는데 얼마나 눈물이 나오는지 펑펑 울었다.

격리해야 된다는 말에 혼자 방에 있을 영환이가 불쌍해서 장난감이랑 먹을 걸 많이 사왔다. 뭔가 영환이에게 특혜가 주어지고 있다는 낌새를 알아차린 하선이는 형한테 가겠다고 떼쓰다가 미친 듯이 소리치는 엄마한테 놀라서 울음을 터뜨렸다.

열이 펄펄 끓는 영환이를 보면 가슴이 뻐근해져서 뭘 해야 되는지 다 잊어버린다. 곰곰이 생각해보니 여행이라곤 지난번 용인 케리비언베이 간 것밖에 없는데 아무래도 그때 감염된 것 같다. 이미 감염되었는지도 모를 영범이 때문에 더욱 심란하다.

01/03/11 <u>어미개처럼……</u>   어딘가 홍역균이 묻어 있어
온 집안에 퍼지게 될까봐 너무 무섭다.

방을 깨끗이 치우고 그릇도 더 뽀득뽀득 닦고, 온통 으르렁거리면서 소란을 피우는 내 모습이 마치 갓 새끼를 낳은 어미개 같다.

오매불망 틈만 나면 영환이 방에 가려는 하선이한테 절규에 가까운 소리를 질러대고, 그 소리에 미끄러져 나뒹구는 하선이의 모습을 보면서, 나는 지금 틀림없이 어미개에 가깝다는 생각이 들었

다. 평소에 그렇게도 느긋한 척하더니 전염병이라는 무서운 적 앞에서는 꼼짝없이 한 마리 으르렁거리는 어미개로 변해 버린 것이다.

바짝바짝 타들어가는 영환이의 입술, 밤새 죽을까봐 이마를 만져보며 지냈더니 목도 아프고 머리에서 벌이 웽웽거리는 소리가 나는 것 같다.

남편은 병실도 없다는데 자꾸만 입원시키자고 억지 소리를 하고 시댁에 하선이랑 영범이랑 보내자고 야단이다. 그도 엄청 무서운가보다. 그렇다 하더라도, 정말 살 떨리게 무섭다 하더라도 남편만큼은 태연한 척해줬으면 좋겠다.

영환이는 이제 온몸에 불긋불긋 꽃이 피어났고 음식물을 잘 넘기지 못한다. 조금 전 의욕적으로 밥 한 순갈 입에 넣자마자 신음소리가 나면서 눈물이 차올랐다. 슬그머니 다리를 오므리며 돌아앉는데 너무 불쌍해서 안고 울었다.

오렌지를 까주고 사과도 작게 썰어 조금씩 먹여주자니 밖에서 하선이가 떠나가라 부른다. 자기도 다리 어깨 배가 아프다고 하면서 자기랑 같이 있어 달라고 울부짖는다.

가엾은 녀석들! 사랑하는 내 새끼들!

01/03/14 사연이야 어떠하리

"나 있잖아. 다른 거 사러 갔다가 게임기 사왔어. 텔레비전에 끼워서 하는 거래."

"하선이 무슨 게임 왕 시킬 일 있어? 그딴 걸 사오게. 지금 컴퓨터로 하는 것도 걱정인데……."

철부지 같은 남편이 한심해서 비아냥거리며 나무랐다.

"그렇긴 한데 얼마나 좋아할까……."

아들이 좋아하는 거라면 물불 가리지 않는 남편은 마치 첩을 거느리는 바람난 영감을 연상케 한다.

그런데 갑자기 급한 일이 생겨 게임기는 꺼내보지도 못하고 하룻밤을 그냥 지내게 되었다. 새벽에 눈을 뜬 남편은 밤새 여러 가지 생각을 한 모양이었다.

"여보! 이 게임기 말이야. 아무래도 영환이 줘야 할까봐. 영환이는 아파서 누워 있는데 매번 하선이만 주려니까 좀 그렇다. 당신은 어떻게 생각해?"

"너무 좋다. 말이 영환이 거지 다들 같이 가지고 놀거잖아. 그렇잖아도 답답해했었는데 아무도 모르게 빨리 영환이 갖다줘. 엄청 좋아할걸? 헤헤헤. 당신 어쩜 그렇게 멋진 생각을 해냈냐?"

변덕스럽게 어제와는 달리 얼마나 좋은지 자꾸만 콧소리가 나려고 했다.

남편은 텔레비전을 애들 방으로 옮기고 게임기를 몰래 들고 가더니 영환이랑 속닥속닥 속삭였다. 갑자기 영환이의 얼굴에 생기가 돌고 몸 동작이 빨라졌다. 영범이랑 하선이는 애들 방에서 뭔가 사건이 일어나고 있다는 걸 눈치 채고 자꾸만 그 방을 기웃거렸다.

영환이가 좋아하는 표정을 보니 흐뭇하다. 비록 살 때야 딴 맘 먹고 샀다지만 사연이야 어떠하리, 주인만 잘 찾아가면 되는 것을.

영환이는 방바닥 가득 기구들을 펼쳐놓고 밥도 잘 먹고 말도 하기 시작했다. 사람 맘이 열린다는 것이 참 묘하다. 웬수 같던 게임기가 큰일을 해냈다.

01/03/17 딸 　　　　　　입양기관의 국내입양 담당 부장님과
통화하다가 4개월 된 '아주 잘생기고 아까운 여자' 아기가 아주 난

처한 상황에 놓여 있어 마음이 아프다는 이야기를 들었다.

입양 자체가 어려운 상황이지만 우리가 한다면 가능할 수도 있겠는데, 혹시 그 애를 입양하지 않겠냐고 해놓고 깔깔 웃으셨다. 우리집 상황을 잘 아는지라 웃음으로 얼버무린 것이었다.

하지만 그 순간, 터질 듯 쿵쾅거리는 맥박 소리와 더불어 일시에 몰려오는 흥분을 느꼈다. 마치 의사한테 "임신입니다"라는 얘기를 들은 것 같은 충격에 아무런 말도 할 수 없었다. 딸은 생각도 못했는데 절호의 찬스가 아니겠는가.

말의 뉘앙스로 볼 때 그야말로 농담인데, 그 한마디로 자식에 무슨 한 맺힌 여자처럼 도대체 왜 이리 흥분하는지 나 자신도 이해하기 어려웠다.

남편에게 '아주 잘생기고 아까운 여자'에 포인트를 둬서 조심스레 말했지만 예상대로 일언지하에 안 된다고 했다. 그래 놓고는 이 남자 난데없이 "여보! 당신 결혼기념일 선물 뭐 해줄까? 꼭 받고 싶은 거 말해. 꼭 갖고 싶은 거 해줄게! 강산이 두 번씩이나 바뀌게 살았는데……" 한다.

'야! 이 남자 또 실수하는구나. 겁도 없이 이런 걸 묻다니……'
입술이 달싹거릴 만큼 대답은 딱 하나인데, 시베리아처럼 썰렁해졌을 경우 그 뒷감당이 무서워서 차마 입 밖으로 내질 못하고 끙끙댔다.

"말해봐! 뭔지……."

"말해도 돼? 나야 뭐…… 하나밖에 더 있어?"

이렇게 벌떡거리다간 심장이 멎을 것만 같았다.

"그게 뭔데? 말해봐!"

"후회할 텐데……."

장난도 아니고 숨을 몰아 쉴 만큼 가슴이 답답했다.

"괜찮아 말해."

"하……숙이." (하선이 동생을 대표하는 이름임.)

무거운 침묵이 한참 동안 흘렀다. 저 남자 얼마나 가슴이 답답할까 싶었다.

"다른 거 없어?"

"아무것도……."

정말 아무것도 원하지 않았다.

더 이상 아무런 말도 나누지 않았기 때문에 다 끝났으리라 여겼다. 어쩌면 당연한 결말일지도 몰랐다. 우리 형편에 말이나 되겠는가.

늦은 밤, 남편은 중대회의가 있다며 큰애들을 불렀다. 명곤이랑 희곤이가 '갑자기 중대회의라니' 궁금한 표정으로 모여 앉았다.

남편은 진지함과 장난기가 반쯤 섞인 모습으로 반대표가 던져질 수 있도록 분위기를 조성(상속이 줄어들 것이다. 시끄러울 것이다. 먹는 것이 부실해질 것이다……)한 후 낮에 언급했던 딸에 대한 의견을 물었다.

"명곤아! 너 신중하게 생각하고 말해봐! 이건 아주 중요한 문제야. 너의 한 표가 아주 중요하지……."

명곤이가 말했다. 딸이면 방이 반드시 따로 있어야 한다. 남자들만 살았기 때문에 딸을 키우는 데 필요한 정보를 잘 모르고 있다. 애들끼리 남겨 놓고 잠시 외출하는 것도 불가능하다. 자긴 책임 못 진다…….

남편은 고개를 끄덕이며 안도의 숨을 몰아쉬었다. 그런데 다음 순간, "전 찬성이에요. 근데 딸보다 아들이 좋지 않을까? 딸은 초

'아주 잘생기고 아까운 여자' 아기가 문턱 앞에 앉아 있었다. 우리들 마음의 문턱 앞에······.

보지만 아들은 이미 노하우가 빵빵하니까…….”

하하하, 모두들 웃는데 남편만 주먹으로 식탁을 내리치며 한숨을 쉬고 고개를 푹 숙였다.

“희곤아! 넌 어떠니? 넌, 아니 너만이라도…… 아빠 말이 뭔지 알겠지?”

“4개월이라고? 헤~ 그럼 밤에 응애응애 울겠네?”

“울기만 하냐? 똥도 싸고…….”

남편의 눈에서 광채가 났다.

“그런데……으음! 여자라……남자가 더 낫지 않나? 찬성은 아니지만 반대도 아니야.”

희곤이의 얼굴엔 진지함과 웃음이 배어 있었다. 아기를 상상하고 있는 것 같았다.

“반대면 반대, 찬성이면 찬성, 딱 부러지게 말해야지.”

“아참! 내년이면 희곤이가 고3이네. 너 잘 생각해야겠다.”

명곤이가 새로운 문제점을 제시했다. 모든 시선이 희곤이에게 몰렸다. 희곤이는 그때면 애가 몇 살이냐는 등 나이 계산과 행동발달을 짐작해보면서 이것저것 물었다. 우리 부부의 얼굴엔 팽팽한 긴장감이 감돌았다.

“고3이래야 학교에서 늦게 오는데 뭐 상관 있어?”

“그러니까 반대야 찬성이야? 한 명이라도 부탁한다…… 선물도 해줄 수 있어.”

확실한 반대 이유를 찾기라도 한 듯 남편이 채근을 했다.

“아빠! 그거 연고주의적 발상이에요. 그러지 마세요. 희곤아! 사실대로 네 의견을 말해.”

명곤이의 예리한 반격! 그러면서도 “근데 선물은 뭐야?” 하고 물었다.

"난 찬성이야……헤헤헤! 근데 할아버지는 뭐라서?"

있는 대로 뜸을 들여서 다들 숨통 막히게 하더니, 결국 찬성표를 던졌다.

불쌍한 남편, 으~ 소리치며 마루에서 희곤이를 끌어안고 시정하라는 협박조의 몸부림이 시작됐다.

"아버지! 이러시면 안 되죠."

큰 덩치의 명곤이가 구석으로 몰자 남편은 꼼짝도 못했다. 우헤헤헤!!!!!!!!!

"아니 이게……몸으로 밀어붙여……."

농담처럼 웃으면서 나눈 얘기였지만 우리 부부는 약자의 손을 들어준 아들들이 대견하게 느껴졌다. 하지만 변한 것은 아무것도 없다. 딸이 실제로 오게 될지 말지는 하나님 외에 아무도 모른다.

01/03/22 리포트   명곤이가 학교에서 입양에 관한 리포트를 쓰려고 하는데 어딜 가면 입양 관련 자료를 구할 수 있냐고 물었다.

"가긴 어딜 가. 안방에 가든가, 엄마한테 정중히 인터뷰 요청하든가."

그러다가 불현듯 이 녀석은 입양을 어떻게 생각할까 궁금해서 물어봤다.

"내게 입양은 그냥 일상일 뿐이야."

답변을 듣고 조금은 놀랐다. 우리집에서 입양은 다들 그냥 일상이었구나.

"나도 한때 입양에 대해 깊이 생각했던 적이 있었어. 이해하고 싶었지만 어려웠거든. 그래서 기도도 하고 생각도 하다가 한 가지 결론을 얻게 되었지. 입양은 하나님의 큰 사이클에 포함되어 있는 한 가지일 뿐이라고. 내가 그걸 다 이해해야 할 이유가 없다고 말씀하시는 것 같았어. 굳이 다 이해할 필요도 없는 거지 뭐. 그렇지 않아? 하나님이 주도적으로 이끌고 가시기 때문에, 또 다른 아기가 온다고 해도 그것 역시 그런 의미이기 때문에 반대할 이유가 하나도 없는 것이기도 하고……."

우리 아들이 이처럼 멋지게 커줬다니 믿어지지 않았다. 가슴이 벅차서 이 감동을 오래오래 간직하고 싶었다.

"많은 사람들은 입양을 착한 일이다. '좋은 일이다' 라고 말하는데 엄마는 그런 말에 동의가 잘 되지 않거든. 꼭 필요한 일이긴 해. 서로 사랑을 나누기 때문에 피차 기쁜 일이니까. 넌 어떻게 생각해?"

"엄마가 아무리 그렇게 말해도 입양은 착한 일이고 좋은 일이야. 왜냐하면 많은 사람들이 입양이 필요하다는 건 다 알거든. 그런데도 대부분의 사람들은 여러 가지 이유로 하지 못하기 때문에 그 일을 하는 소수는 착하고 좋은 일을 하는 사람으로 취급될 수밖에 없어. 비교가치에 의해서랄까? 하지만 많은 사람들이 그 필요에 동의하고 다들 입양을 하게 된다면 그땐 하지 않는 소수가 나쁜 사람이라는 말을 듣게 되겠지. 하지만 적어도 지금은 입양한 사람들이 불가불 착한 사람들로 보이겠지. 의도와는 상관없이 그렇다는 걸 받아들여야 할 거야."

그럴 듯한 말이긴 하지만 그래도 뭔가 아쉬움이 남아서 다소 멍청한 표정으로 앉아 있었더니 격려하는 말까지 덧붙였다.

"그렇다고 주눅 들지 마. 어차피 입양은 보편화되어야 하니까.

한 명의 아이라도 입양 가는 데 도움이 된다면 해야지 어떻게 하겠어. 힘 내!!"

아들이 이처럼 든든해 본 적도 없었다는 생각이 들었다.

"근데 엄마! 장학금 탈 수 있게 엄마가 리포트 써줄래?"

"야! 너 웃긴다. 엄마 그런 거 못 해. 네가 써!! 인터뷰 해줄게."

01/03/25 그분만이 아시겠지

너무도 귀한 선물을 받았다. 결혼 20주년 기념 선물. 너무 소중해서 모두에게 비밀로 하고 싶을 만큼 눈물겹다.

지난 세월을 돌이켜보다가 아이들을 위해 종신보험에 가입하고 청약서 뒷면에 유언도 남겼다. "너희들이 안전하게 준비를 하여 남을 돕는 데 필요한 기초가 되기를 바란다. 사랑한다."

종신보험이 주는 의미와 죽을 때 가장 남기고 싶은 것이 무엇일까 생각할 기회였다.

부모로서 무슨 일이 있더라도 도움을 받기보다 남을 돕는 데 필요한 기초를 세워주고 싶다. 또 좀 궁핍하게 살더라도 많은 돈을 남겨서 입양아를 위한 기금으로 쓰여졌으면 좋겠다.

우리 아이들은 하나님이 주신 재능대로 주님의 사랑에 듬뿍 잠겨 남을 돕는 멋진 인생을 살아줬으면 하는 바람뿐이다.

이제 결혼기념일만 되면 둘 다 보험금을 붓도록 연납으로 해놨다. 아주 의미 있는 결혼기념일이 될 것이다.

남편은 또 하나의 선물로 다시 입양을 해도 좋다는 승낙을 해줬다. 내 생에 또다시 이런 기회가 주어졌다는 것이 꿈만 같다. 생각만으로도 가슴이 벅차오르고 맥박이 빨라진다.

이번에 입양할 때만큼은 단 한 사람도 걱정하지 말고 축복해줬

으면 좋겠다. 어렵겠지만 그래도 "축하축하축하!!!" 우편함이 넘쳐
나도록 축하를 받고 싶다.

지금도 집안엔 일이 넘치는데 기저귀 차는 아기까지 데려오다
니, 도대체 현실감이 있는 생각일까? 이런 걸 좋아하는 여자도 있
다는 것이 우습고 기가 막힌다.

그러나 "지극히 작은 자에게 한 것이 곧 나에게 한 것"이라는 말
씀이 떠오르면 힘이 솟는다. 홀로 누워 있는 아가에게 엄마가 되어
줄 수 있다는 것 하나만으로도 마음이 풍선을 탄 것마냥 붕붕 들뜬
다. 무엇이라도 할 수 있을 것만 같은 열정과 환희가 샘솟는다.

무엇이 날 이렇게 만들었는지 나도 모르겠다.

그분만이 아시리라.

01/03/26 역성   계속 문제가 있어 보여서

관찰하고 있던 영범이의 일기장에 어떤 아이가 몹시 때렸다는 내
용이 적혀 있었다.

"아니 이게 뭐야? 어떤 녀석이 우리 아들을 때려? 이 녀석이 미
쳤나? 이게 어디라고 우리 아들을? 이 녀석 어디 있어. 당장 가자.
아주 이 녀석 다리 몽댕이를 뽀사뿌릴까부다!!!"

완전히 흥분해서 씩씩거리는 나를 보더니 영범이의 눈에 눈물
이 고여오면서 회심의 미소가 퍼졌다. 4학년 같은 반 친구 하나가
지속적으로 괴롭혔던 모양이다.

저녁 때 식탁에서 희곤이한테 말했더니 나보다 더 흥분했다.

"그 자식 누구야! 당장 데리고 와. 이게 까불고 있어. 살살 꼬셔
서 집까지 끌고 오면 다시는 괴롭히지 못하게 해줄게."

"집채만한 형이 몇이냐? 셋이나 되는데 맞고 다녔다는 말이야?"

"형이 많기만 하냐? 조금 있으면 태권도 3단이나 되는 형이 있다고 그래."

남편도 지나칠 정도로, 틀림없이 요절내 줄 수 있다는 듯 거들었다. 우리 가족은 완전히 조폭 가족 같았다.

영범이는 가족 전체가 나서서 자기 편이 되어주자 속에서부터 나오는 웃음을 참느라고 입가가 꿈틀거렸다. 나 역시 어린애처럼 이렇게 역성 들어줄 가족이 있다는 것이 즐거웠다.

마침 광주에 볼일이 있어 다녀왔더니 이미 사건이 종결되어 있었다.

토요일 오후 희곤이가 친구까지 데리고 그 아이 집으로 쳐들어 갔단다. 등치가 작아서 손볼 것도 없이 "나 영범이 형인데 네가 영범이를 때리고 괴롭혔다는 것이 사실이냐?" 그랬더니 잔뜩 겁을 집어먹고 울면서 다시는 괴롭히지 않겠다고 싹싹 빌었다고 한다.

적극적으로 집까지 찾아갔다니 의외였다. 역시 목소리 큰 엄마보다 더 실리적이어서 든든하다.

01/03/27 무쟈게 큰 주사기 (유하선)

시흥에 사는 수연이가 심장 수술을 마치고 퇴원을 해서 엄마랑 아빠랑 나는 수연이네 집에 갔다. 그 집엔 무쟈게 큰 주사기가 있다.

아빠는 내가 손가락을 빤다고 큰 주사기를 사다가 맞혔으면 좋겠다고 협박을 했지만 그런다고 내가 이 맛있는 손가락을 뺄 놈은 아니다.

바로 그때였다.

수연이 아빠가 수연이 때문에 사다 놓은 주사기가 있다며 주사기를 부엌에서 들고 나오시는데, 그 주사기가 장난이 아니었다. 끝에는 아주 뾰족한 바늘이 무쟈게 크게 달려 있는데 금방이라도 찌를 것처럼 내게로 가져오셨다. 나는 죽는 줄 알았다.

다행히 아빠가 나를 꼭 끌어안으며 손가락을 뺐다고 소리쳐주는 바람에 수연이 아빠는 주사기를 도로 가져가셨다.

엄마도 한마디했다. 아까 낮에 병원에서 주사기로 피를 뽑았는데, 그것도 큰 병으로 하나를 뽑았는데, 엄마는 울지 않았다.

그건 사실이었다. 아까 나도 보았다. 엄마는 주사 맞은 팔뚝을 작은 솜으로 꾹 누르고 있었지만 얼마나 아팠을까? 나는 끔찍하기도 하고 무서워서 제대로 쳐다보지도 못했다.

그런데 그 주사기보다 더 큰 주사기가 바로 저기에 있는 것이다. 우는 것도 떼 쓰는 것도 소용이 없었다. 그냥 막 그 큰 주사기를 바로 내게 가져오는 것이었다.

도깨비는 보이지도 않고 한 번도 본 적이 없어서 별로 무섭지 않지만 주사기는 그렇지가 않았다. 바로 저기서 내 손가락만 쳐다보고 있는 것 같았다.

더 큰 문제가 생겼다. 집에 가려고 나서는데 수연이 엄마는 주사기를 싸 주시면서 엄마 보고 가져가라고 하신다. 난 그때 체면을 차릴 사이도 없이 겁에 잔뜩 질려 있었다.

보기만 해도 겁나는 주사기를 검은색 비닐 봉지에 싸서 가방에 넣어 주셨다. 그 가방엔 분명 주사기가 들어 있다. 엄마는 뭐 하려고 저걸 준다고 그냥 가져온단 말인가.

울어도 소용이 없었다. 그냥 손가락을 안 빼는 수밖에.

01/03/29　효도 받고 싶죠?　　　　　　　　　　"효도 받고 싶죠?"

간식을 먹으면서 영범이가 내게 묻는데 너무 낯설어서 쉽게 대

엄마, 이거 하트 맞쥐~!

답을 하지 못하고 되물었다.

"효도 받고 싶냐고?"

정말 효도 받고 싶었을까? 스스로에게도 물어봤다.

너희들이 행복하게 사는 것이 효도하는 거라고 대답했더니 자기는 꼭 효도하고 싶다고 했다. 나에게 정말 잘 해주고 싶은 거라는데, 나는 사랑스런 존재가 되고 싶다는 고백처럼 들렸다.

"영범아! 너희들이 왜 여기에서 살게 되었는지 알고 있니?"

나는 잘 보이려고 무리하게 노력하지 않아도 된다는 말이 하고 싶었다. 아이들이 나를 빤히 쳐다보더니 왜 갑자기 그걸 물어보냐고 했다. 효도 받고 싶은지 물어보니까 갑자기 궁금해졌다고 했다.

"잘 몰라요."

두 녀석 모두 잘 모른다고 말하는데 별로 말하고 싶지 않은 표정이었다.

"이 세상 모든 아이들은 어른들의 보살핌이 필요하단다. 때마다 먹을 것도 해줘야 하고, 옷도 깨끗이 입을 수 있도록 해줘야 하고, 학교에 다닐 수 있도록 준비물도 챙겨줘야 하고, 학교 갔다 오면 얘기도 들어줘서 서로 즐겁고 행복하게 커야 좋은 어른이 될 수 있단다. 그런데 엄마 아빠는 그런 것들을 해주지 못했던 거야. 엄마는 그것 때문에 몹시 슬퍼하기도 하고 걱정도 많이 했지. 여러 날 고민하다가 '아차! 과천 집으로 데려가면 좋겠구나' 생각하게 되었지. 너희들이 행복하게 크기를 바라셨거든."

한참 동안 진지하게 듣던 영범이가 불쑥 한마디를 던졌다.

"엄마랑 아빠랑 누가 잘못한 거예요? 그럴 거면 뭐 하러 결혼했어요?"

어린 줄만 알았는데 '뭐 하러 결혼했냐'고 묻다니 너무 놀랐다.

"결혼할 때는 두 사람이 아주 사랑했고 열심히 일도 했어. 너희들도 잘 키울 생각이었지. 그런데 너희 아빠가 하던 일이 잘 되지 않게 되었어. 아빠는 속이 상해서 술을 마시기 시작했지. 그럴 때일수록 용기를 내서 일을 해야 했는데 술만 마시니까 일은 점점 어렵게 되었지. 아빠가 일을 안 하시니까 엄마도 점점 힘들게 되었어. 열심히 돈을 벌어야 너희들을 잘 키울 수 있는데 그렇게 안 되니까. 엄마 아빠는 서로 짜증을 내면서 다투게 되었고 마침내 돈도 떨어지고 너희들도 보살필 수 없게 된 거야. 어려움을 이기려고 하지 않고 피하려다 결국 모두 잃게 된 거야. 호랑이한테 물려 가도 정신만 바짝 차리면 산다는 속담이 있는데, 아주 위급한 상태에서도 정신을 똑바로 차리고 대처하면 살 수 있다는 말이야. 또 사람에게는 하기 싫거나 힘들어도 꼭 해야 한다는 마음가짐이 있는데 그걸 책임감이라고 해. 책임감은 아주 중요한 거란다. 그게 없으면 사랑하는 사람들을 지킬 수 없으니까. 누가 잘못했느냐가 중요한 게 아니라 서로 사랑을 나눌 수 없는 게 가슴 아픈 거야."

말 끝에 엄마가 오지 않는 이유를 물어봤더니 영범이가 '돈이 없어서'라고 했다.

"헤~ 전철비가 얼마나 싼데……." 영환이가 비웃었다.

"엄마는 돈이 없어서 오지 않는 게 아냐. 너희들을 보는 것이 너무 미안해서 오지 못하는 거래."

"전화 왔었어요?" 영범이 눈에서 광채가 났다.

"아냐. 전에 엄마가 그랬어. 너희들한테 미안하다고, 그래서 오지 못하겠다고…… 그러니까 너희들이 공부도 열심히 하고 행복하게 살아야 한단다. 나중에 엄마를 만나면 얼마나 좋아하시겠니.

엄마 아빠는 지금 너무 슬플 거야. 너희들의 사랑스런 모습을 보지
못하시니까……."

두 녀석의 표정이 서서히 밝아졌다.

효도 받고 싶냐는 물음에 뭔 얘기를 했는지 나도 잘 모르겠다.

01/04/04 <u>심리 테스트</u>　　　　　영범이랑 영환이가 심리 테스트를 했다.

한 가지를 먼저 한 영환이가 아는 체를 하며 어렵지 않다고 형을
안심시켰다.

조금 긴장한 영범이가 검사지를 받고 선생님과 테스트를 하는
동안 영환이는 또 다른 검사를 하느라 내가 지키고 있게 되었다.
자기가 쓴 걸 볼까봐 두 팔로 가리고 썼지만 은근히 보길 원하는
것 같기도 했다.

지루해진 하선이는 자꾸 집에 가자고 조르다가 칠판에 자기 이
름도 쓰고 그림도 그리면서 버텼다. 다양한 검사를 마친 후 두 녀
석을 더 많이 알게 되어 그들의 특성대로 잘 키울 수 있게 되었으
면 좋겠다.

01/04/07 <u>시아버님의 울먹임</u>　　　　　다리가 없는 장애아 애덤을
입양해서 키우는 밥 킹 씨와 엠펙 가족 간 만남을 롯데호텔에서
가졌다.

이번 모임엔 시부모님이 모두 참석하셨는데, 처음부터 귀를 쫑
긋 세우고 열심히 들으시던 아버님께서 밥 킹 씨에게 할 얘기가 있
다며 시간을 달라고 하셨다.

그 곳에서 가장 연세가 많으신 아버님이 밥 킹 씨에게 다가가는
동안 모든 사람들의 시선은 그 쪽으로 모아졌다. 아버님이 가까이

다가가자 밥 킹 씨가 자리에서 일어났는데 놀란 아버님이 "씨잇 다운!"이라고 크게 말씀하시는 바람에 모두 웃었다.

밥 킹 씨가 자리에 앉자 아버님이 몸을 구부리고 손을 잡으시더니 "너무나 고맙다"고 인사를 하셨다. 한국 사람으로서 부끄럽고, '우리 애들'을 데려다가 잘 키워줘서 고맙다고 하시며 울먹이셨다. 아니 목이 메어 더 이상 말씀을 못하셨다.

참으로 어렵게 입양을 허락하시고 옆에서 지켜보시며 안쓰러워 하시던 아버님이 그런 말씀을 하시리라고는 상상도 못했다.

때때로 새벽부터 종종걸음을 쳐봐야 칭찬할 게 하나도 없다며 며느리의 고단함을 측은하게 여기시던 그 분이, 11명의 아이 그것도 장애아를 입양하여 최선을 다해 키우는 밥 킹 씨의 모습을 가까이 대면하시니까 구체적으로 사랑과 고마움을 느끼셨나보다. 아니 나라를 뛰어넘어 가족애와 흡사한 동질감을 느꼈는지도 모르겠다.

아버님의 잔잔한 도움이 없었다면 지금처럼 행복한 삶을 누리지 못했을 텐데, 애덤 가족을 만남으로 서로를 더 귀히 여기는 마음이 생기게 되었다.

우리나라에서 입양한 밥 킹 씨네 자녀를, 애덤을, '우리 애들'이라고 표현하셨던 것이 떠올라 가슴이 미어진다. 아버님이 느끼셨을 빚진 것 같은 부담감과 미안함과 고마움이 괴로움으로 끝나지 않기를 기도해본다.

01/04/11 슈퍼에 간 하선이

하선이를 데리고 슈퍼에 갔더니 과일 코너 아줌마가 일손을 놓고 칭찬을 하셨다.

"얘 보통내기가 아니야. 얼마나 영특한지 깜짝 놀랐다니까."

어느 날 하선이가 가방을 메고 혼자 슈퍼에 왔는데 뉘 집 앤지 아니까 유심히 살펴봤단다. 슈퍼를 몇 바퀴 돌아보더니 과자 한 봉지를 가방에 넣고 자크를 닫았단다. 옳거니 저 녀석이 이제 어떡하나 봐야지 벼르고 있었단다. 가방을 메기에 보나마나 그냥 나갈 거라고 예상을 했단다. 그런데 계산대 앞에 오자 예상과는 달리 가방에서 과자를 꺼내 계산대 위에 올려 놓고 호주머니에서 오천 원짜리 지폐를 꺼내 건네주었단다. 보통 이쯤에서 그 또래 애들은 그냥 집으로 가는데, 돈을 내고 가만히 서서 거스름돈을 받더니 과자랑 돈을 다시 가방에 넣고 유유히 사라졌다고 한다. 아줌마는 그렇게 차분하게 물건을 사 가는 꼬맹이는 본 적이 없다고 하셨다.

아줌마 주위에서 이 얘기를 듣던 야채 코너 아줌마들도 "쟤, 뭐가 되도 크게 될 거야" 하시면서 맞장구를 쳐주셨다.

푼수처럼 입까지 헤~ 벌리고 좋아한 엄마도 웃기지만 딴 데 쳐다보는 척하면서 수줍어하는 하선이가 너무 재밌었다.

아줌마들은 모두들 똑똑한 아들 둔 나를 부러워하는 눈치였다.

"쟤, 엄마랑 어쩜 저렇게 똑 닮았대?"

떡집 아줌마가 웃으셨다.

"아들이 엄마 닮는 거야 당연한 거 아니에요?"

"그야 그렇지만, 그래도 저렇게 닮을 수도 있나?"

헤헤헤!! 키워 봐요. 그대로 닮지. 우쭐해서 얼떨결에 과일 코너에서 오렌지를 한 박스 덜렁 사왔다.

어깨에 힘이 너무 들어갔나?

01/04/12 더 어둡기 전에   개나리 진달래 목련 앵두 벚꽃이 흐드러지게 피었다. 단풍잎은 아주 작은 잎을 펼치려고 기지개를

켜고 있다. 죽은 듯한 버드나무 가지에 연둣빛 물이 옅게 오르고 있다. 바람은 세게 불지만 온통 봄기운이 사방에 퍼져 있다.

그런데 이런 좋은 날, 난 고난의 시간들을 보내고 있다. 품지도 못할 작은 가슴으로 사랑을 해보겠다고 안간힘을 쓰고 있다. 새 가슴보다 더 작은, 초라한 내 가슴의 궁핍이 피부에 와 닿았다.

영범이가 학교에서 몇 시간 동안 증발했다가 돌아왔다. 학원도 가지 않았고 심리 상담도 영환이만 하고 왔다.

이유를 듣겠다고 붙잡고 있다가 텅 빈 방에서 5분 동안 재깍거리는 초침 소리만 들었다.

"어떻게 된 건지 말해봐."

피아노의 제일 낮은 음처럼 굵고 차분한 음색 속엔 얼마나 화가 났는지 고스란히 배어 있을 것이었다. 다시 5분이 흘렀다.

"네가 이러면 나 너무 속상해. 왜 이렇게 되었는지 알고 싶다."

"저~ 학교 끝나고 놀이터에서 놀다가, 다시 친구들을 만나서 1단지에서 놀다가 친구가 3시 35분이라고 말했는데 가기 싫어서……."

죽어가는 참새 소리가 이럴까? 피죽도 못 먹은 듯한 목소리다.

"엄마가 학교 갈 때 뭐라고 했어?"

"학교 끝나면 바로 학원 가라고……."

"너 이런 게 몇 번째야? 어떻게 생각해?"

"잘못했다고 생각해요."

할말이 없다. 다시 하지 않겠다는 표정도 아니다. 무표정만 있을 뿐이다.

"저쪽 벽에 가서 서 있어."

장승처럼 서 있다. 손을 들고 서 있게 할까 그냥 서 있게 할까 아님 때릴까, 여러 가지로 고민하다가 그냥 서 있게 하기로 했다. 보기 싫어도 세워 놓고 시간을 끌 생각이다. 어떻게 해야 할지 잘 모르기 때문에 시간을 벌어야 한다.

상담 선생님은 호되게 혼내기보다 정서적인 방법으로 혼내주라는데 그게 무슨 말인지 잘 모르겠다. 영범이가 보내는 여러 메시지는 분명 사랑해달라, 특별한 존재로 여겨달라는 것 같은데 내 속엔 그만한 여분이 남아 있지 않다. 본시 나라는 사람은 다그쳐서 뭔가 해낼 만큼 순진한 여자가 아니다. 상당 부분 '배째라' 뻗어버리는 반항적인 기질이 다분하니까.

만사가 귀찮고 조용한 곳에서 자고 싶지만 그런 식으로 시시하게 피하고 싶지는 않다. 정면돌파! 그래야 가장 효과적일 텐데…… 이론과 실제는 어째서 이만큼의 거리가 있어야 하는지 갑갑하다. 벚꽃 아래 벤치에 앉아 있으면 좋아지려나?

더 어둡기 전에 나가봐야겠다.

01/04/18 기필코!　　　　　　　　아! 사람이 이렇게 엽기적으로 수다스럽게 얘기를 할 수도 있구나.

늦은 저녁을 먹으면서 밥이 입으로 들어가는지 코로 들어가는지 알 수도 없을 만큼 끊임없이 이어지는 얘기로 정말 미칠 지경이었다.

내 귀에 보청기처럼 끌 수 있는 장치가 있다면 얼마나 좋을까. 저장용량은 이미 넘쳐서 더 이상 담을 공간이 없는 한계에 다다랐고, 어디론가 숨고 싶은 마음이 간절한데 아이들의 얘기는 끝날 기미조차 보이지 않았다.

이제 그만 숙제하라고 방으로 들여보낸 후 들어와 울어버렸다.

피폐한 나의 마음을 다독일 수 없어서 울음을 터뜨린 것이다.

밤은 깊었는데 여전히 쨍알거리며 떠드는 소리가 날카로운 창살로 뼛속을 건드리는 것 같다.

'아! 제발 이제 그만 입을 다물고 잠을 자렴.'

벌떡 일어나 애들 방으로 가서 밤이 늦었으니 숙제 빨리 한 후 자라고 타일렀으나 소리가 그친 것은 11시가 넘어서였다.

또다시 아침이 밝아오자 작은 무덤 같은 일 무더기 앞에서 사투를 벌였다. 육적인 전쟁이 아니라 영적인 전쟁을, 원망이 아니라 사랑을 하기 위해 몸부림치다 기운이 다 빠졌다.

일을 하다가 일에 깔려 죽느니 차라리 책을 펼치고 여유를 부리자고 마음을 바꿨다. 「잠언」이나 「시편」을 읽을까 하다가 「로마서」를 폈다.

"그러나 우리는 이 모든 일에서 우리를 사랑하여 주신 그분을 힘입어서 이기고도 남습니다. 나는 확신합니다. 죽음도, 삶도, 천사들도, 권세자들도, 현재 일도, 장래 일도, 능력도, 높음도, 깊음도, 그 밖의 어떤 피조물도, 우리를 우리 주 예수 그리스도 안에 있는 하나님의 사랑에서 끊을 수 없습니다." (로마서 8장 37~39절)

가슴이 뭉클했다. 어젯밤엔 기진맥진한 나의 삶에서 벗어나 그냥 주님 품에서 쉬고 싶은 마음이 간절했다. 그래서 "아! 죽고 싶다"라고 중얼거렸다.

남편은 일이 많아서 우울증에 걸렸다는 말을 던져 놓고 내 대답이 채 끝나기도 전, 어느새 코를 골고 자고 있었다. '자기도 하루 종일 고단했겠지' 하면서도 왜 그리 섭던지…….

모든 가족들을 각자 한 인격체로 대접하고 사랑하는 것이 나에겐 가장 벅차고 치열한 전쟁처럼 느껴진다. 이 치열한 전쟁에서 내

유연길……, 부드러운 아빠 달콤한 남편

힘으론 이길 수 없지만 생명의 주관자되시는 그분을 힘입으면 이기고도 남는다는 걸 기억해야 한다. 허물어진 나를 다시 일으켜 무형의 적군들과 용감하게 싸워서 이겨야 한다.

사랑의 근원되시는 그분의 자녀답게 어떤 상황에서라도 사랑을 선택하고 말리라! 기필코!

01/04/19 호도 같은 남자

처음으로 우리 남편이 주인공이 되어 생방송 〈오늘〉에 나왔다.

나는 인터뷰를 하면서 남편은 호도 같은 남자라고 소개했다. 학창시절엔 친구도 별로 없고 조용하여 누구의 주목도 받지 못하던, 파란 열매로 쿠리~ 한 냄새만 풍기는 호도였다. 그런데 결혼 후 나와 부딪히며 파란 껍질이 벗겨져 동그랗고 매끌매끌한 호도의 아름다움을 드러냈다.

아무리 그 모양새가 아름다워도 고소하고 영양가 많은 호도 알이 나올 수 있으려면 또다시 단단한 껍질을 깨야만 하는 법이다. 남편이 단단한 껍질을 깨고 호도의 본질을 드러내게 된 계기는 바로 다섯 아이의 아버지가 된 것이었다. 아들, 남편, 아버지의 역할을 차례로 했지만 다섯 아이의 아버지가 된 다음에야 자신의 본질을 드러낸 것이다.

하지만 이런 진부한 얘기는 다 편집되어 방영되지 않았다. 안타까워라!

대신 그 인터뷰 때문에 아들에게 단단히 꼬투리를 잡혔다.

"아빠! 어제 방에서 듣자 하니 한 아이라도 입양하는 데 도움이 된다면 어떻게 한다고 하셨죠?"

"이 한 몸 바치겠다고 했다. 왜!"

남편이 장난처럼 대꾸를 했다.

"분명히 그렇게 말씀하셨죠. 저요, 이 한 몸 다 바쳐 입영신청서를 냈단 말입니다. 젊은 꿈이 왕따시 쪽났다는 것 아닙니까. 이 마당에 무서울 게 뭐 있겠시유~. 한 아가가 가정이 필요하다는데 뭘 망설이시는 거죠? 입영신청서나 입양신청서나 똑같은 것 아닌가요?"

장난처럼 아빠에게 입양을 독촉하고 있다.

"너 지금 뭐라는 거야?"

남편이 쿠션을 명곤이한테 던졌다.

"내가 틀린 말 했어요? 최선을 다하신대메~ 그럼 해야줘~"

"입양은 만장일치가 되어야 하는 거야……."

"세상에 만장일치가 어디 있어요. 우리 식구는 다 찬성했는데 아빠만 결정 못하고 계신 거잖아요. 가부장적 사고! 이게 우리나라의 입양 발전을 막고 있는 문제라니까요."

"너 계속할래?"

키키키키, 헤헤헤헤……

난감해하는 강도만큼 이죽거리며 약올리는 아들과 헤헤거리며 웃는 마누라 앞에서 꼼짝 못하는 우리 남편이 왜 그리 불쌍해 보였는지 모른다.

01/04/29 이름

지난 주일, 남편은 예수님의 "네가 날 사랑하느냐?"는 물음에 "난 당신을 사랑한다"라고 대답했던 베드로 고백을 들으면서, 자신도 딸을 우리에게 보내신 분이 주님이심을 고백했다고 한다. 이번만큼은 하나님께서 자기에게 직접 메시지를 주셔야만 입양하겠다고 버티더니 결국 확신을 갖게 된 것이다.

딸의 입양을 구체적으로 추진하자는 말에 우리 가족은 상당히 흥분되어 있었고, 어제는 이름을 공모하기에 이르렀다.

나는 '하나'라고 지으면 어떨까 제안했다. 교회 이름도 하나이고, 하나밖에 없는 외동딸이며, 하나님의 나라를 이뤄가라는 뜻의 하나라는 이름이 좋을 듯했다.

영범이는 대뜸 '유OO'로 하자고 했다. 나는 깜짝 놀라 대답도 못했다. 그것은 자기 친엄마의 이름이었다. 마음이 얼마나 뒤범벅이 되었는지 모른다.

명곤이는 '가희'가 어떠냐고 했다가 희곤이한테 퇴짜를 맞았다. 오빠 이름에도 희, 엄마 이름에도 희가 있는데 또 희자가 들어가면 좀 그렇다는 의견이었다.

그러자 명곤이는 다시 '이화'라고 지으면 어떠냐고 했다. 큰오빠가 좋아하는 꽃이라서 지어줬다고 하잖다.

유이화 유이와 유이와 유이와……유하나 유아나 유아나……

희곤이는 이리저리 머리만 굴리고 짓질 못했다.

애는 얼굴도 본 적 없는데 다들 들떠서 난리다.

01/04/30 별난 행사

주일 아침이면 남편은 별난 행사를 치른다. 애들을 한 명씩 목욕탕으로 불러내 정성껏 몸을 씻겨주는 것이다.

온몸에 비누칠을 한 애들은 낄낄대며 웃다가 아빠가 너무나 꼼꼼하게 한 명씩 한 명씩 씻겨주면 수건으로 앞을 가리고 종종걸음으로 자기 방에 들어간다. 얼굴에선 행복감이 줄줄 흐르고 웃음이 끊이질 않는다.

처음엔 그러려니 했는데 차츰 횟수가 늘면서 경건한 행사를 치르는 듯한 감동을 주기 시작했다. 아빠가 된다는 것은 대단하다는 생각도 들었다.

명곤이는 소파에 앉아 아빠가 동생들을 씻겨주는 장면을 물끄러미 쳐다본다. 무슨 생각을 하고 있는 걸까?

예전엔 명곤이랑 희곤이를 씻겨줬었는데 이젠 두 녀석들에겐 씻으라고 말만 하고 작은 녀석들 셋만 열심히 씻긴다. 하긴 남자들이 제일 좋아하는 것 중에 하나가 아들 앞세워 함께 목욕탕 가는 거라고 했던가.

그 동안은 아들만 있었으니까 별 생각 없었는데 이제 딸이 생기면 어쩌지? 딸도 씻겨줄까?

딸만큼은 절대로 아빠 손에 맡기지 말아야지. 애들이 전부 아빠만 찾으니까 이번엔 엄마만 찾는 딸로 키워볼 거야.

01/04/30 뜻밖의 소식

나는 입양을 할 때마다 반드시 시부모님의 허락을 받은 후 해야 한다는 강박관념을 가지고 있었다. 그것이 부모님을 존중하는 것이며 자식된 도리라고 여겼었다.

하지만 부모님 입장에선 여간 황당하고 힘든 순간들이 아닐 수 없었으리라. 자식이 불 보듯 뻔한 고생길로 접어드는데 말리지 않을 부모가 몇이나 있을까. 당신들 보시기에 위험천만한 모험을 감행한다는데 선뜻 두 팔 벌려 찬성할 부모도 찾기 힘들 것이다.

부모님의 그런 심정을 미루어 알기에 허락을 받기까지의 과정이 가슴도 아프고 피할 수 있다면 피하고 싶을 만큼 두렵고 떨렸다.

누가 대문 앞에 업둥이 데려다 놓으면 마지못해 하는 것처럼 설명하기도 좋을 텐데, 혹은 임신한 것처럼 꾸며서 감쪽같이 시부모님을 속이는 상상도 여러 번 했다.

그런데 대철엄마는 입양을 하면서 반드시 부모님의 허락을 받아야 할 필요를 느끼지 못했다고 한다. 보통 가정에서 자녀를 가지려 할 때 부모님의 허락을 받고 자녀를 갖는 경우는 있지도 않을 뿐더러, 부부가 결혼해서 살면 자녀가 생기는 건 자연스럽고 축하받아야 마땅한 일이고, 또 입양도 자녀를 얻는 방법 중 하나라면 부부가 정해서 하면 되는 것이지 이 사람 저 사람한테 물어볼 필요가 뭐 있냐는 논리다.

그럴 듯한 논리에 공감이 되어 이번만큼은 담대하게 입양을 하리라 맘먹었다. 나도 하나님이 주시는 딸을 황홀하게 맞고 싶었다.

하지만 아무리 맘을 다잡아도 구체적으로 날짜가 다가오니까 어쩔 수 없이 시부모님께 죄송하고 부담이 되기 시작했다. 우리 행동이 당돌하다고 여기시진 않을까? 무시당했다는 소외감을 가지시면 어쩌나? 좋은 방법이 없을까?

좋은 방법…… 아무리 머리를 굴려봤자 소용이 없어 열심히 기도를 하기 시작했는데 한 통의 전화가 왔다.

과천 시청에서 온 '뜻밖의 소식!' 그것은 내가 보건복지부 장관상을 타게 되었다는 것이다.

어리벙벙해서 아무 말도 못하다가 시댁에 전화를 했다.

"아버님! 희소식을 전해드리겠습니다! %*&#*@***……모두 아버님 어머님이 도와주신 덕분입니다. 감사합니다. 헤~"

아버님은 무척 기뻐하셨다. 하나님은 결국 이런 방법으로 충격받으실 부모님을 위로하시는 모양이다.

01/05/04 파도치는 물결을 보고

아기가 올 것을 구체적으로 상상하면 가슴이 설레지만 한편으로 몹시 떨리고 불안하다. 남편은 그 두려움을 그저 믿음으로 순종하겠다는 말로 밀어내는 듯하다. 자꾸 생각하면 어떻게 먹여 살려야 할지 아찔하고 가장으로서 걱정이 산더미만큼 커질 테니까.

믿음이 적은 우리 부부는 신경이 극도로 예민해졌다. 우리의 필요를 채워주실 하나님도 있고, 막상 아기가 오고 나면 이런 걱정은 아무것도 아니라는 걸 뻔히 다 아는데 왜 자꾸 이러는지 모르겠다. 부모될 자격이 있는지 의심스럽다.

감사와 걱정과 두려움의 감정이 뒤죽박죽인 채 아기가 머물 둥지를 마련하기 위해 차분히 집 정리를 시작했다. 옷가지도 정리하고 수납 공간도 확보하고 어떻게 효율적으로 일을 해나가야 하는지도 생각했다.

시간의 흐름 속에서 딸을 맞이하게 된 황홀함, 우리집에서 넘쳐날 웃음소리와 향긋한 젖비린내보다, 잠 설치며 보내게 될 고달픈 시간들과 어려움이 눈덩이처럼 크게 느껴진다.

현재 있는 공간에 아기를 넣어봤더니 시간에 쫓겨 허둥지둥하는 모습이 눈에 선해 지레 한숨이 나왔다.

아기가 오기 전에 마치 출산예정일을 며칠 앞둔 산모처럼 일찍 일어나 동네도 산책하고 애들이랑 더 많은 시간을 보내려고 기를 쓰고 있다.

그러나 심란한 마음은 여전하다.

01/05/11 딸을 만나다

다친 손가락 때문에 (딸 얼굴 보고 돌아오는 차 안에서 정신이 나갔는지 멀쩡한 내 손가락을 문 사이에 넣고 세게 닫아버렸다.) 밤새 아파서 끙끙대다가도 딸 생각만 하면 왜 그렇게 입이 벌어지는지 모르겠다.

손가락이 아픈 것보다, 일을 잘 못하게 된 것보다, 생각하면 생각할수록 속이 상하는 것은 딸을 빨리 데려오지 못하게 된 현실이다.

남편은 서두르지 말고 천천히 절차 밟아 데려오자고 하더니 어느 날부터 기왕 우리 딸이 될 거라면 하루라도 빨리 데려오자고 했다. 이렇게 되고 보니 어떻게 생겼는지 얼굴도 모르면서 기다리는 것이 우스웠는데, 이미 최종 결정이 났다는 사실을 알게 된 입양기관에서 아기를 보여주겠다고 하셨다.

딸을 보기 전, 가슴이 얼마나 두근거리는지 일손이 잡히질 않았다. 시흥의 수연이처럼 새침데기일까, 하영이, 아영이, 아님 수하? 아는 여자아이들 얼굴을 떠올리며 어떤 아이일까 상상을 해봤다. 하선이랑 비슷하다는데 정말 그럴까. 그렇게 예쁜 애가 또 있다는 게 가능하긴 할까.

아기를 태울 것도 아닌데 괜히 생전 하지도 않던 세차를 하느라 땀을 뻘뻘 흘리기도 하고, 약속보다 30분이나 먼저 도착해서 초조하게 기다리는데 문 쪽에서 언뜻 위탁엄마가 안고 오는 아기를 보게 되었다.

아! 심장이 순간적으로 멎는 줄 알았다. 모든 것이 꿈결 같았다. '하나님! 감사합니다. 어떻게 저런 예쁜 딸을 주실 수가 있는지요.' 입을 쫘악 벌린 채 다물지 못했더니 턱이랑 볼이 아팠다. 하선이 때도 그랬는데.

조금 있다가 아기가 정식으로 우리 품에 넘겨졌다. 우리 딸이라는 사실이 어딘지 어색하고 낯설었다. 내가 만나봤던 그 어떤 여자

이게 꿈일까?

아이의 얼굴도 아니었다.

이리 쳐다보고 저리 쳐다보고 아기는 친정어머니, 시어머니, 남편 손에 이리저리 옮겨졌다. 마치 마악 산부인과에서 아기가 나왔을 때 흥분해서 살펴보듯이 다들 함박꽃처럼 웃으셨다.

할머니들은 여기저기 보시고 어쩜 귀까지 이렇게 예쁘냐고 좋아하셨다.

명곤이를 처음 본 분만실에서의 첫 상면은 정말 어색했다. 희곤이, 영범이, 영환이, 하선이까지 아이와의 첫 만남은 언제나 어딘지 모르게 어색했는데 이 아이도 여전히 어색하다.

아기를 위탁엄마에게 넘겨주고 남편과 나는 동시에 "에이~ 하선이보다 못하네!" 해놓고 깔깔 웃었다. 할머니들은 두고 보면 알 테지만 하선이보다 더 예쁠 거라고 하셨다.

집에 돌아와 첫 만남을 찍은 동영상을 보았다. 낮에 봤던 느낌보다 더 예뻤다. 애들이 뽀르르 달려와 화면으로 동생을 만나봤다. 다들 입이 벌어진다. 언제 오느냐가 가장 큰 관심사다.

아기에게 젖을 먹이는 엄마가 될 기회가 다시 주어지다니 이게 웬 축복인가. 아기를 낳아준 생모에게도 고맙고, 마지막까지 가정에서 성장하기를 갈망해 우리집에 입양을 권해주신 강 부장님께도 감사하다. 특히 우리 멋진 시부모님께 감사한 마음은 무어라 표현할 길이 없다.

"너희들 포기한 지 오래됐다. 옆에서 큰 도움도 못 주는데 어떻게 반대를 하겠냐! 하나님이 하시고 책임지시는데 걱정해서 뭐하냐. 미안해할 것 없다."

감사의 눈물이 마구 밀치고 올라왔다.

우리 딸을 축하해주시는 모든 분들께도 감사하다.

01/05/12 절대 뺏기지 말아야지

"아이고 하선이 불쌍해서 어쩌나!"

아기를 보고 나오면서 남편은 자꾸만 하선이가 불쌍하다고 했다.

"불쌍하긴 뭐가 불쌍해!! 세상에 그렇게 받아주고 쭉쭉 빠는 애가 어딨다구. 걔 버릇 나빠져서 그 꼴을 어쩌나 했는데 잘됐지. 옛날 같았으면 아니꼬와서 못 봐줬네. 낳은 애를 그래봐. 유별나다고 그러지. 그나마 데려왔으니 봐주는지도 모르고 불쌍하긴 뭐가 불쌍해!!"

괜히 한마디했다가 남편은 두 분 어머니한테 한방 얻어먹었다.

나도 사실은 얼마 전부터 하선이만 처다보면 불쌍해 보이기 시작했다. 괜히 측은하고 마음이 짜안하니 걸렸다.

오늘 아침 남편은 늘어지게 자는 하선이를 바라보며 "아이구, 하선이 불쌍해서 어쩌나!!!" 하더니 가서 끌어안아줬다.

보나마나 우리 남편 또다시 딸한테 홈빡 넘어갈 것 같다.

이번엔 절대 뺏기지 말아야 하는데…….

아무것도 모르는 하선이, "동생 어딨어?" 하면 얼른 컴퓨터에 깔아놓은 사진을 클릭해서 보여주며 활짝 웃는다. 치열한 경쟁자인 줄도 모르고…….

앞으로 하선이의 반응이 기대된다. 불쌍할지, 기특할지, 아님 대견할지…….

두려움 없는 사랑이
어디 있으랴

3

2001. 5 - 2001. 12

01/05/25 하나가 왔다

오늘 오후 3시 30분, 대한사회
복지회 사무실에서 하나를 만났다. 시부모님까지 동행해주셔서
얼마나 기뻤는지 모른다. 특히 아버님께서 무척 좋아하셨다. 방긋
방긋 웃는 하나의 모습에 우린 아주 오래 전부터 가족이었다는 착
각을 했다.

간단한 절차를 밟고 집으로 와서도 하나는 비교적 유순하게 적
응하는 듯했는데, 밤이 깊어지자 불안한 눈빛으로 주위를 계속 두
리번거리더니 비명을 지르며 울기 시작했다. 처음엔 조금 울다 그
칠 줄 알았는데 속수무책이었다. 하나를 업고 골목을 서성대기도
하고 아무리 정성껏 흔들어줘도 눈물을 줄줄 흘리며 서럽게 울었
다. 우는 소리가 너무 애절하여 차라리 함께 펑펑 울고 싶었다. 다
들 눈시울이 빨개졌다.

낯선 환경이 무서운 건가? 살 냄새 익숙한 위탁모를 찾는 것 같
은데 아무리 간절해도 들어줄 수 없는 걸 어찌할까.

"하나야! 이제 괜찮아. 이제 내가 너의 엄마란다. 네가 지금 이
리저리 찾고 있는 사람들은 널 오래도록 지켜줄 사람들이 아니었
어. 내가 널 평생 지켜줄 엄마란다. 울지 마. 다시는 네 눈에서 이
처럼 가슴 아픈 눈물 흘리지 않도록 있어줄게. 우리 하나야. 가여
운 우리 딸아!"

그렇게 서럽게 울다가 겨우겨우 흐느끼더니 지쳤는지 등에서
잠이 들었다. 가엾은 것!

01/05/26 이렇게 하루하루

하룻밤을 지낸 하나, 환한 얼굴로 웃어준다. 마치 '이젠 다 이겨냈어요' 라고 말하듯이 방긋방긋 웃으며 눈을 맞춘다. 감사해서 눈물이 쏟아진다.

할머니도 새벽에 전화하셔서 안부를 묻고 이모도 출근 전에 달려오고 형들도 하나 앞에서 재롱잔치를 벌이고 있다. 우린 이렇게 하루하루 친해질 것이다.

01/05/27 할아버지 댁에서……

처음으로 하나가 할아버지 댁에 다녀왔다.

시아버님은 만나자마자 하나가 처음으로 할아버지 집에 왔다고 반겨주시며 품에 안아 얼러주셨다. 여우 같은 하나는 눈웃음까지 살살 치면서 할아버지를 더욱 기쁘게 해드렸다. 흡족하게 웃으시던 시부모님은 하선이를 사뭇 걱정하셨다.

"하선이가 아수보느라 얼마나 맘 고생을 하겠냐. 아무것도 모르는 하나보다 하선이에게 더 잘해줘라. 그래야 결과적으로 하나한테 잘해 줄 테니까."

이래저래 손자들을 챙기시는 모습에 감사할 뿐이다.

하나만큼은 절대 넘보지 말라고 경고했건만 여전히 밥 먹을 땐 남편 품에 하나가 안겨 있었다. 잠시 뉘어놓자 금세 깨갱거리는데 다리도 불편하신 아버님이 벌떡 일어나시더니 하나를 번쩍 안으셨다.

"아이고 별일이시다. 어쩌면 저렇게 예뻐하시냐?"

하나를 쪽쪽 빠는 남편을 보시면서도 아무런 말씀도 하지 않으신다. 하선이 때는 "하이고 눈꼴 서서 못 보겠다" 면서 핀잔을 하셨는데, 당신도 똑같은 마음이라서 그럴까?

명곤이는 사뭇 흡족해하시는 할아버지의 모습이 믿을 수 없다는 표정이다.

어머니는 "생모 나이가 몇이냐?" 하시더니 "젊고 건강한 엄마가 낳아서 더 쌩쌩하고 좋을 거야. 너희가 낳아도 이처럼 초롱초롱하지 못할 거다" 하셨다.

하나야!! 사랑 많이많이 받고 자라서 너도 더 많은 사람들을 사랑하며 살려무나…….

01/05/28 주가의 널뛰기

하나가 오면서 우리 식구들의 주가가 대폭 널뛰기 모양새를 드러냈다.

자상하고 섬세한 영범이는 장점이 유감없이 발휘되고 있어서 사뭇 칭찬의 연속이니 주가 폭등이다. 하나도 방긋방긋 웃으면서 화답하여 오빠를 기쁘게 해주자, 영범이는 알뜰 시장에서 인형도 사오고 흔들침대에서 어떻게 해야 아기가 좋아하는지도 벌써 파악했다. 영환이랑 하선이의 주가는 더 이상 떨어질 곳이 없을 만큼 바닥세를 보이고 있다.

"하선아! 하지 마!!"는 요즘 하선이가 가장 많이 듣는 말이다. 하나를 가만히 쳐다보다가 "하나 미워!! 하나 미워!" 소리를 빽 지르질 않나, 손도 꼬옥 눌러보고 머리카락도 살짝 당겨보면서 하나의 반응을 살폈다. 밥 먹을 때도 과격하게 김치 달라 소리치고 그릇도 세게 내려놓는 것이 맘속에 불만이 가득 찬 모양이다.

영환이는 첫날 하나가 왔을 때 방에서 컴퓨터에 푹 빠진 척하면서 쳐다보지 않더니 여전히 본척만척하면서 짜증을 부리고 인상을 푹푹 쓰고 다닌다. 예민해져서 툴툴거리는 하선이를 심히 못마땅한 표정으로 쳐다보기도 하고 말도 징그럽게 듣지 않으면서 잔뜩 청승을 떤다. 어쩜 한 살 차인데 영범이랑 영환이는 이렇게 다른지 모르겠다.

앞으로 주가 변동이 어떤 형태를 갖게 될지 무척 궁금하다.

01/05/28 나는 그렇게 생각하지 않는다

아이를 입양하고 나면 호적 정리를 해야 하는데, 나는 사실대로의 기록을 중요하게 여기기에 이제껏 양자로 호적에 올리는 걸 당연하게 여겼다. 양자로 올리나 친자로 올리나 다를 것도 없거니와 낳지 않은 걸 낳았다고 기록할 만큼 아이의 출생에 대해 감출 필요를 느끼지 못했다. 다소 문제의 소지가 있다 하더라도 부모가 떳떳하게 생각해야 자식들도 당당하게 생각하리라는 소신을 가지고 있다.

하나를 입양하면서 남편이 이번엔 친자로 간단히 호적 정리를 하자고 했다. 처음엔 '아하 간단히 처리할 수 있겠구나' 싶어서 마음이 끌렸다. '남들도 다들 그렇게 하는데 나라고 유별나게 고집할 필요가 있을까? 동사무소에 가서 출생신고만 하면 다 되니까, 이름도 단번에 되고 입양기관에도 번거롭게 해드릴 필요도 없다'는 생각에 여러 가지가 간편해보였다.

그런데 하룻밤 자고 나니 기분이 약간 미묘하게 상했다. '혹시 또 다른 성차별? 여자니까?'

조금이라도 그런 마음에서였다면 절대 받아들일 수 없다.

"복잡한데 굳이 그럴 필요가 뭐 있으며, 여자는 마음이 예민한데 서류에 그런 기록이 있으면 결혼할 때도 좋을 것 없잖아. 아빠로서 서류만이라도 깨끗하게 해주고 싶어."

그 심정이야 충분하게 이해하지만 나는 펄쩍 뛰면서 반대했다.

첫째, 복잡한 것은 내 몫이므로 걱정할 것 없다.

둘째, 어차피 애한테 입양 사실을 말해줄 테고 외부에도 말해서 입양이 그저 그런 평범한 일이 되는 쪽으로 사회적 분위기를 이끌어 가야 하는데 여자이기 때문에 꺼려진다면 더욱 강하게 면역력을 키워야 한다.

셋째, 입양 때문에 결혼을 꺼린다면 그런 혼인은 하지 않는 것이 더 좋다. 우리 딸은 결혼을 하지 않든가 대한민국을 떠나는 한이 있더라도 그런 부당한 대접을 받게 할 수 없다.

가끔, 친자로 출생신고 하는 것(이것은 편법이다)이 더 아이를 배려하는 것처럼 아니, 더 많은 부분을 내어준 것처럼 여기는 모습을 보게 되는데 나는 그렇게 생각하지 않는다.

대부분의 입양부모들은 정보 부족으로 방법을 모르거나, 방법은 알지만 시간이 없거나 귀찮아서, 혹은 미래에 받게 될지도 모르는 차별 때문에 편법을 이용하는 경우가 더 많다.

정당하게 친자로 올리는 법이 있다면 얼마나 좋겠는가. 번거롭게 개명 신청을 하지 않아도 되고, 서류를 볼 때마다 잠깐씩 맘 상하는 경험을 하지 않아도 될 테니까.

입양부모의 입장을 고려하지 않는 법 제도 때문에 울화가 치밀지만 그래도 또다시 합법적인 방법으로 호적에 올리기로 했다. 법이 바뀔 때까지 법을 지키면서 그 불편함을 호소해야 정부에서도 관심을 가져줄 테니까.

01/06/01　나도 남의 자식 못 키워

사람들은 가끔 "어쩜 남의 애를 데려다가 그렇게 잘 키우느냐. 대단하다." 칭찬한다. 그때마다 속으로 '왜 내가 남의 애를 키워? 우리 애니까 키우지' 라고 항변한다.

얼마 전부터 희곤이 친구 한 명이 우리집에서 함께 지낸다. 처음에는 집에 무슨 일이 있어서 일주일쯤 함께 지내게 해달라고 하기에 가벼운 마음으로 승낙을 했다. 그런데 약속 기한이 찰고무줄처럼 길게 늘어나 곱이 되었을 때, 내 맘에 불만과 못마땅함이 차올랐다. 하지만 체면도 있고 혹여 엄마 실수로 희곤이가 좋은 친구를 잃게 될까봐 조심스러워서 내색을 하지 못했다.

속이 끓어 일기에 투덜대던 날, 마치 내 일기를 읽기라도 한 듯, 밤 10시에 친구 부모가 찾아오셨다. 너무나 유치해서 이런 말 하기 싫은데, 부부의 손엔 흔해터진 수박 한 덩이 들려 있지 않았다. 섭섭한 마음을 갖고 있는 내 자신을 돌아보며 '도대체 뭘 바라고 있었던가' 스스로 놀랐다.

"미안한데 일이 꼬여서 늦어졌어요. 좋은 일 하시느라 힘드시겠어요."

정작 가장 듣고 싶은, 언제 데려가겠다는 얘기가 없었다. 할 수 없이 말끝에 희곤이 동생 아기가 곧 올 예정인데 그땐 어려울 것 같다고 말씀드렸다.

"그때까지야 어떻게 되겠죠."

명곤이는 '어떻게 되겠죠'라는 말은 데려가기 어렵겠다는 말이라고 했고, 예상대로 하나가 오고 나서도 가겠다는 말은 나오지 않았다.

"희곤아! 언제 간대? 나 힘들단 말이야."

"엄마! 나도 이제 힘들어. 기다려봐. 어떻게 해. 에이, 그 녀석도 나만큼이나 어질러 놓네."

한방 쓰는 아들이 힘들다니까 꼼짝도 못하고 입만 툭 튀어나와 차분히 생각해봤다.

'애들 여덟에 어른 둘, 요새 세상에 열 식구가 말이나 되나? 우리집 식구 중 누가 가장 일이 많은가? 그 아인 어떤 일거리를 제공하는가?'

생각해보니 그 아이가 가장 적은 일거리에 가장 적은 비용이 드는 것이었다. 객관적으로 볼 때 주기적으로 나오는 일거리는 수건과 양말 옷가지, 세 끼 밥 중 아침밥은 늦잠 때문에 굶고 점심 저녁은 학교에서 급식 먹고, 아침에 학교 갔다가 밤에 들어온다. 부모가 있으니까 양육 부담도 전혀 없다. 그런데도 왜 나는 남의 자식은 못 키우겠다는 한탄이 나오는지 모르겠다.

오늘 아침엔 맘속으로 싫어한 것이 미안해서 학교 가는 아이를 자세히 살펴봤다. 뭐라고 한 것은 아니지만 왠지 요즘 들어 기가 죽어 보였다. 희곤이는 하복을 입었는데 그 친구는 이 더위에 교복이 없다고 춘추복을 입고 있었다.

왜 그렇게 안돼 보이는지, '갔으면……' 하고 학수고대 기다렸던 것이 미안했다. 그런데 이상하게도 잠깐 있는 건데 후회하지 않게 잘해야지 하면서도 자꾸만 투덜댄다. '얼마나 더 있어야 하나. 나도 남의 자식 못 키우는데…….'

이러다 어영부영 아들 되는 건 아니겠지?

01/06/02 사랑의 빵

며칠 전 하선이가 유치원에서 오자마자 가방을 열더니 '사랑의 빵'이라는 빵 모양 플라스틱 저금통을 꺼냈다.

"엄마! 이거 얼굴 새까만 주는 거야. 다 되면……."

아프리카 어린이를 돕기 위한 모금이라는 것을 금방 알아들었다. 그런 대로 설명을 하는 모습이 기특해서 자꾸 캐물었다.

"그래서???"

"거기 병원 없대."

"그래? 그리고 또?"

"거기 벌레 있대. 거기 사람 많대. 새까만 사람 죽는대."

생각 나는 대로 줄줄 말을 한다. 세 돌 반밖에 안 된 녀석이 유치원에서 배운 것들을 말할 수 있다니 너무 흐뭇하다. 매끄럽진 않으나 중요한 얘기는 다 하는 셈이니까.

01/06/11 시원함과 섭섭함

어제 아영엄마랑 일산에 갔다가 늦게 왔더니 희곤이 친구를 그 애 부모님이 와서 데려갔단다. 방을 들여다보니 이불도 펴놓은 채 가방만 사라졌다. 허탈하기도 하고 믿어지지 않아서 한참 쳐다봤다.

바람처럼 사라진 희곤이 친구! 시원함과 섭섭함이 동시에 회오리바람처럼 불어왔다. 무슨 얘기 없었냐고 물었더니 아무런 말도 없었단다.

"이런 괘씸한 녀석이 다 있나. 인사도 없이 갔단 말이야?"

그 와중에도 뭔가 찾고 있는 내 모습을 보았다. 혹시 무슨 낯선 봉지라도? 아님 수박? 내가 지금 뭘 찾고 있지? 무엇을 바랐던 거지? 소스라쳐 놀라면서 유치 울트라 캡숑인 내 모습에 쓴웃음이 나왔다.

밤에 희곤이가 작은 메모지를 한 장 건네줬다.

저 ○○입니다. 오늘 6시에 가는데 교회 갔다가 오니까 안 계시네요.

그 동안 신세 많이 져서 감사하다고 인사드리고 갈려고 했는데……

"감사합니다."

다음에 올 때는 하나 선물 사 올게요.

너무 감사했구요, 저희 부모님께서도 감사하다고 말씀드리고 오라고 했습니다.

그럼 다음에 또 뵐게요.

2001.6.10 희곤이 친구 00 올림.

그 애가 갈 때 집에 없었길 잘했다는 생각이 들었다.

맘에도 없이 어깨 두드려주면서 담에 놀러 오라고 빈말하는 내 모습이 얼마나 구차했을까.

아무 말 없이 있던 남편, "다음 번에 올 필요 없다고 그래! 자식!!" 하면서 못내 섭섭해했다.

"캬! 자식, '감사합니다' 라는 말로 입 싹 씻으려고 하네." 명곤이도 한마디했다.

텔레비전만 보던 희곤이는 "그 동안 고생 많았다"고 등을 두드려줘도 아무런 말이 없다.

우리 애들은 이번 일을 통해 뭘 배웠을까? 구체적으로 언급한 것은 없지만 인간관계에서 기본적(?)인 예절이 생략된다는 것이 얼마나 상대의 맘을 상하게 하는지 깊이 느끼게 되었으리라.

01/06/12 부자유친의 진짜 의미

"너 목욕 언제 했어. 이게 뭐냐?"

명곤이의 거칠거칠한 피부를 본 남편이 심히 못마땅한 표정과 말투로 잠에서 채 깨지도 않은 아들에게 시비를 걸었다.

"어제 샤워했단 말이에요. 아빠도 나 같은 피부 가져보고 말하라고요."

명곤이가 발끈했다.

"이게 샤워한 몸이냐? 지금 당장 뜨거운 물에 담그고 있어. 내가 때 밀어줄 테니까……."

"관둬요. 왜 아빠는 내 말을 안 믿어요? 진짜 미치겠네!! 꼭 이래야 속이 시원해요?"

마침내 큰소리가 오고가더니 남편은 '저 자식 저래서 어디다 쓰냐'고 호령을 했고 명곤이도 화를 부르르 내면서 목욕탕에 간다고 나가버렸다.

남편과 아들이 싸우는 모습을 보면, 나는 기분이 엉망진창이 되면서 남편에게 말할 수 없이 섭섭하고 신경질이 난다. 애가 좀 늦잠을 자기로(이 부분은 나도 속 터질 때가 많지만), 객관적으로 볼 때 분명 못마땅한 부분이 있다손 치더라도 꼭 저렇게 "저래서 어디다 쓰냐!"는 극단적인 말까지 해서 자식이 노여워 뒤집어질 지경에 이르도록 해야 하는가? 둘 다 똑같다는 실망감도 있지만 왠지 팔은 자식 쪽으로 사정없이 굽어진다.

명곤이가 목욕탕에 가고 나서 "저래서 어디다 쓰냐!"는 말은 꼭 짚고 넘어가리라 기회를 노렸다. 곧바로 따지고 덤비면 또다시 효과 없는 싸움만 일어날 테니까.

그 사이 남편은 신경질이 나서 이 방 저 방 다니면서 투덜댔다.

"우～～～ 도대체 저 녀석은 가정 교육을 어떻게 받은 거야? 성질은 사나워지고, 어려야 때려서 고친다지 다 큰 녀석 때릴 수도 없고, 하나를 보면 열을 안다고 저래서 저걸 어째!!"

설거지를 하며 듣자 하니 불쾌한 감정이 사나워져서 발칵 따지고 싶었다.

'하나를 보면 열을 안다고? 흥! 하나를 보면 하나만 알지 어떻게 열을 알아? 옛날 사람들은 괜한 속담을 만들어서 사람 피곤하게 만들고 있어. 약점 하나 잡았다고 싸잡아서 못된 사람으로 몰아붙이다니…… 사람마다 약점 잡기로 작정하면 걸려들지 않을 사람이 어디 있을까.'

남편은 뒷모습만 봐도 자기 아내가 무슨 생각을 하는지 짐작을 하나보다. 입 꽉 다물고 볼이 부어 있는 마누라 표정에 더 부아가 치밀어 더 크게 난리를 치는 것처럼 느껴졌다. '그냥 넘어가지 않으리……' 속으로 별렀다.

'삼강오륜 중에 부자유친, 분명 그거 워낙 부자유친이 어려우니까 일부러 그렇게 만들어놨을 거야. 한마디로 유치한 발상 아니겠어? 부자유친의 진짜 의미는 너무나 부자유친이 어려우니까 피차 노력해보라는 그런 의미는 아닐까? 자식이라면 사족 못 쓰는 남편이 어째서 단번에 아들이 정나미가 떨어지도록 저렇게 난리를 피겠는가.'

가만 보면 우리 시아버님이 남편을 대하는 모습도 수상쩍다. 아들 끔찍하게 여기시는 것은 그 표정만 봐도 다 표시가 나는데 아들에게 말씀하실 땐 알게 모르게 삐걱거린다. 볼 때마다 안타까웠는데 우리 남편과 명곤이가 대를 이어 또 그렇다니 기가 막히다.

이제나저제나 기회만 노리고 있는데 명곤이에게 전화가 왔다.

"엄마! 저예요. 아침에 소란 피워서 죄송해요. 제가 워낙 아침에 잠에서 덜 깨면 제정신이 아니잖아요. 아빠한테 얘기 좀 잘해 주세요, 죄송하다고. 여기 목욕탕에서 중학교 때 친구를 만났어요. 같이 밥 먹고 갈게요."

'아들이 아버지보다 낫구나!!' 이번에도 또 나만 기분 나빠서 씩

씩거리지 둘은 아무렇지도 않은 걸 보니 허탈하다. 이래서 부자유
친인가?

01/06/13 시샘   영환이가 학교에서 한문 시험을 본다는
    소식을 듣고 욕심 많은 엄마는 매일 온갖 멸시 천대, 협박과 칭
찬을 고루 섞어 피나는 연습을 시켰다.

    드디어 시험 날, 서른여섯 개 한문 중에서 '움직일 동' 자만 틀
린 35점짜리 시험지를 받아들자 하마터면 감격해서 울 뻔했다.

    영환이를 끌어안고 호들갑을 떨면서 칭찬을 해줬더니 이 녀석,
보란 듯이 냉장고 문에 한문 시험지를 붙여놨다.

    그걸 지켜본 하선이가 시샘이 났나보다. 깨끗한 종이를 달라고
하더니 연필로 약간 끄적거린 후 내밀면서 "엄마! 나 백 점 맞았
어. 백 점! 맞지?" 했다.

    너무 웃겨서 안아주며 예쁘다고 했더니 희곤이란 녀석이 히죽
히죽 비웃었다.

    "그거 백 점이 아니라 백지야, 백지."

    "아냐. 백 점이야."

    티격태격 또다시 난리가 났다. 동생 때문에 형 때문에 이래저래
시샘을 부리는 하선이가 귀엽다.

01/06/15 100번 잘한 일이다   하나의 예쁜 모습을 보다가
동생이 생모 생각이 났나보다. 호들갑을 떨면서 흥분된 목소리로
입양기관에 얘기해서 하나 생모가 하나의 커가는 모습을 볼 수 있
도록 입양일기를 알려주면 어떠냐고 했다. 나야 대 찬성이었다.

    어찌 되었든 생명을 잉태해서 열 달 동안 생사고락을 함께 했고,

"이제 내 세상이야. 하나가 자니까! 우헤헤헤……"

입양이 안 될까봐 노심초사 맘 조렸고, 평생 동안 하나 또래 아이만 보면 생채기가 건드려질 텐데, 하나가 비록 늙은 부모이긴 해도 우리에게 입양되어 행복하게 사는 모습을 보면 심정적으로 안정이 되어 더 열심히 살게 되지 않을까 싶었다.

그녀에겐 분명 자신의 아이가 어떻게 커가는지 알 권리도 있지 않을까?

입양기관 담당 선생님께 우리 의사를 밝혔더니 오히려 알게 되어 어떤 충동적인 행동을 일으킬까봐 걱정스럽다고 하셨다. 아기를 키우는 일이 기쁨을 주는 일이긴 하지만 결코 낭만적이거나 감정적으로 키울 수 없는 것 아니겠냐고 덧붙이면서……

세상엔 별의별 사람이 다 있으니까 그런 우려를 하는 것도 당연하겠지만, 어찌 되었든 우리 아이의 생모, 그분에 대한 고마움은 맘속 깊은 곳에 간직될 것이다.

"어떻게 책임도 지지 못할 애를 낳아서 버릴 수 있냐?"고 입양 보낸 생모를 일방적으로 나무랄 경우 나도 모르게 본능적으로 생모를 변호하게 된다.

"글쎄, 아기 양육을 포기한 데는 그만한 사정이 있었겠지요. 가정이 필요한 아기가 번연히 있는 줄 알면서 부모가 되어주지 못하는 어른이나 아기를 포기한 미혼엄마나 피장파장 아니겠어요? 우리나라처럼 낙태하기 쉬운 나라에서 그나마 낳았다는 얘기는 심성이 여리든가 순진하다는 얘기겠죠. 감쪽같이 낙태하는 것보다야 아기를 낳은 건 백 번 잘한 일이죠."

당당한 듯 대꾸해 놓고도 돌아서면 속상해서 운다. 나란히 누워서 누군가 데려가주길 기다리는 한 무리의 아기들이 떠오르기 때문이다.

나는 우리 사회가 어릴 때부터 철저하게 자기 몸 아끼고 관리하는 성교육을 시켜서 미혼엄마를 방지하는 예비교육을 강화하되, 일단 발생한 미혼엄마는 최대한 보호해서 태아까지 최적의 환경을 만들어줄 수 있는 그런 사회였으면 좋겠다. 한 번도 만난 적 없지만 우리 애들 생모들이 우리집 사는 모습 지켜보면서 함께 희로애락을 맛봤으면 좋겠다.

01/06/16 애인덜네?   하나가 눈에 아른거려 마실

오시는 길에 시아버님께서 아이스크림을 사오셨다.

빙 둘러앉아 수저를 하나씩 들고 아이스크림 통에 들락날락, 각자의 입에 퍼 넣느라 분주했다. 아버님은 하나를 안고 아이스크림을 아주 조금씩 입에 넣어주셨다. 쪽쪽 맛있게 빨아먹는 하나 입을 다들 쳐다봤다.

"이런 거 먹여도 되나 모르겠네. 콧물 나는 애한테 아이스크림 먹였다가 큰일 나는 거 아닌가?"

말씀은 그렇게 하시면서도 자꾸만 아이스크림을 먹이시고 하나도 차가운지 몸부림을 치면서도 더 먹겠다고 신호를 보냈다. 그 모습이 사랑스러우신 듯 지치지도 않고 바라보셨다.

이래저래 고마워서 바지락 칼국수 잡숫고 가시라고 붙잡는데도, 아버님께서는 지친 행색의 며느리에게 부담을 줄까봐 망설이셨다.

조금 있다가 시어머니께 전화를 하셔서 한참 이야기를 하시는가 싶더니 그쪽에서 거기 어디냐고 물으셨나보다. "애인덜네!!" 하시더니 "하나야! 까꿍!" 하고 상대편에서 알아들을 수 있도록 하나를 얼르셨다.

166

'애인덜네?' 깜짝 놀라서 입 속으로 몇 번이나 되뇌어봤다.

"바지락 칼국수 먹고 가라는데 어떻게 할라우? 뭐라고? 밥 싸가지고 온다고? 그럴라믄 관 둬. 내가 집으로 가지."

조금이라도 드시고 가시라고 해도 그냥 일어나셨다.

애인덜이 주렁주렁 나가서 인사를 했다.

"할아버지 안녕하셔요."

안녕히 '가셔요' 와 '하셔요' 를 구분하지 못하는 하선이가 깊숙하게 고개를 숙였다.

사랑스런 아이들에 사랑 깊으신 시부모님까지, 나한테 이게 뭔 복인지 모르겠다.

01/06/17 따악 저 같은 놈 하나 키워봐야…… 하나가 왔다는 소식을 듣고 영제가 가시가 그대로 있는 오이를 잔뜩 가지고 친구랑 함께 왔다. 소고기가 먹고 싶다고 하길래 차돌배기와 냉면을 샀다.

맛있는 고기를 먹으려니 늦게까지 들어오지 않는 희곤이가 무척 걸렸다. 어쩌다 먹는 소고기 로스! 먹을 복도 지지리 없다고 다들 한 마디씩 하고, 조금 남겼지만 섭섭함은 쉽게 가시지 않았다.

눈 빠지게 기다리려니 슬슬 부아가 났다. 주일은 좀 일찍 집에 들어와서 같이 밥도 먹고 그럴 것이지…… 그러다가 희곤이의 귀여운 모습들을 떠올리며 혼자 비실비실 웃었다.

어제도 옷 사야 하니까 돈을 달란다. 하도 당당하게 옷을 사달라기에(우리집에서 새 옷 사 입는 사람은 희곤이뿐이다. 다른 사람들은 다들 대충 얻어 입고 산다.) 딴지를 걸었다.

"너한테 엄마는 현금 지급기구나. 말만 하면 나오니까 말이야."

"지지직 30만 원 입력합니다."

5만 원 달라던 녀석이 웃으면서 30만 원을 입력한다.

"지급 불능이닷 마!"

"오헤헤헤헤헤!!!! 뭐가 그래. 창구 직원을 찾으시기 바랍니다. 그래야지."

어둑어둑하던 8시 30분. 드디어 녀석이 들어왔다. 반가움과 서운함에 나무라듯 소리를 쳤다.

"어디 갔다 이렇게 늦게 오는 거야? 일찍 다니지!!!"

"왜 큰소리야? 맨날 이렇게 왔는데 뭘 늦었다고 큰소리치고 그래???" 녀석 대뜸 대든다.

"뭐야???"

예상치도 못했던 싸움이 벌어졌다. 이 녀석이 끝끝내 눈을 똑바로 뜨고 왜 들어오자마자 얼굴 붉히고 소릴 치냐고 대들었다.

"야 이 자식 봐라. 지금 너 어떡하고 있는지 알아? 늦게 와서 뭐라 했기로, 너 이렇게 해야 돼???"

"그럼 화 내는데 엄마 같으면 고분고분 웃으면서 말하겠어? 일찍 들어오면 뭐 하는데…… 주말밖에 놀 시간이 있기나 해? 내가 뭐 한밤중에 들어오길 했어 뭐했어. 8시 30분이 뭐 늦었다고 소리를 치냐고!!!"

머리에 피가 화~악 도는 게 정말 돌아버릴 뻔했다.

"얏 마! 주말이라도 네 얼굴 보고 싶어서, 밥이라도 한 끼 같이 먹고 싶어서 기다렸다, 왜? 그게 그렇게 잘못 됐냐?? 그게 잘못된 거야???"

"누가 그게 잘못 됐대? 들어서자마자 장난 아니게 소리 질렀잖아."

으휴~ 대판 싸우다가 자꾸만 빗나가서 그만두기로 했다. 그랬더니 이 녀석 냉큼 나가버린다. 남편이 어디 가냐니까 뭐 돌려줘야 한다나? 돌려주긴 뭘 돌려줘. 즈이 엄마 욕하러 나갔겠지…….

귀여워서 고기 한번 먹이려다 아니, 투정 한 번 부렸다가 괜히 실컷 싸우기만 했다.

더도 덜도 말고 따악 저 같은 놈 하나 낳아서, 아니 입양해서 키워봐야 부모 맘을 알게 될까? 정말 속 터진다.

01/06/20 옛날 생각이 나서

파비엄마 글을 읽고 옛날 생각이 나서 실컷 울었다.

우리 희곤이, 희곤이가 아들이 되기까지, 아들이 되고 나서 겪었던 수많은 가슴 아픈 일들이 생각났다. 그때만 생각하면 지금 희곤이가 내게 어떤 속을 썩인다 하더라도 하나도 미울 것도 없을 뿐만 아니라 그저 대견하고 사랑스러울 뿐이다.

아무도 부모 하겠다고 나서는 사람 없어 산속에서 집단 생활하던 까만 꼬맹이.

'釋金龍!' 진짜 이름인지 아닌지도 모르고 정확하게 몇 살인지도 모르고…… 스쳐 지나가는 소리 한마디에도 예민하게 반응하며 적대감을 품던 아이.

집에 와서도 가끔씩 그 열악한 시설을 그리워하며 가고 싶어하던 철부지 희곤이.

그런데 지금은 내가 가끔 그 곳이 그리워지는 반면 희곤이는 작년에 갔을 때 멀뚱멀뚱 휘~ 돌아보는 것이 전부였다.

내가 희곤이한테 입양이라는 말을 하는 것에 대해 너무 하는 것 아니냐고 반문을 하는 사람들을 만나면 나는 속으로 피식 웃는다. 어찌되었든 평생토록 죽음이 갈라놓을 때까지 생사고락을 함께 할 부모 자녀 관계, 서로가 아프거나 잘못되면 일차로 뛰어가서 도움을 주고 받을 우리 사이가 아닌가. 우리 아들이랑 나눴던 그 많고 많은 고락을 어찌 다 알 수 있으랴!

희곤이의 호적을 처음 뗐을 때, 거기엔 일곱 살 꼬마가 '일가창립'을 했다는 기록이 선명하게 적혀 있었다. '一家創立!' 그때 받았던 그 슬픔과 충격은 평생 잊지 못한다.

하나님께서 희곤이가 이 세상에 태어나기도 전에 우리 가정에 보내시고자 계획하시고 아들로 허락하신 그 놀라운 사실을 나는 변질시킬 수 없다. 희곤이 귀에 못이 박힐 정도로 기회 있을 때마다 얘기한다.

"넌 반드시 크게 될 거야. 아무래도 거부가 될 것 같애. 그러니 몸가짐에 있어서 매사 조심하고 준비해라. 그때 엄마를 잊지 마라. 자세한 건 엄마도 모르지만 이건 절대 뻥이 아냐. 하나님은 보통의 계획으로 너를 이렇게 살도록 하시지 않았을 거야."

처음엔 콧방귀를 뀌던 녀석이 지금은 배짱을 부린다.

"지금 많이 투자해봐!! 그때 가봐야지, 지금 함부로 말할 수 있겠어?"

어젯밤엔 화해를 하겠다는 건지 냉면을 만들어서 슬그머니 내밀었다.

"엄마도 먹어봐! 맛이 괜찮아."

먹어보니 정말 맛이 있다. 냉면 한 그릇을 가운데 두고 우리는 은근슬쩍 화해를 했다.

01/06/23 휘까닥!!   하나는 도리도리하는 것처럼
혼자 머리를 흔들 때가 있다.

170

우리는 도리도리할 때 그 말을 알아듣는 것처럼 머리를 흔들어 주었으면 하는 마음에서(순전히 자랑하려고) 하나가 머리만 흔들면 도리도리 외친다. 그러면 멀뚱멀뚱 씨익~ '엄마 아빠! 도리도리가 뭐예요?' 묻는 것 같다.

하나를 안으면 우리 부부는 "잼잼!!" 외치면서 손을 오무렸다 폈다 하면서 시범을 보인다. 잼잼잼잼!! 잼잼잼잼!! 어울리기는커녕 어색하다. 입이 닳도록 잼잼 외치면 손가락을 아주 조금 움직이는 것 같은데, 어찌 보면 엄마 아빠 재롱을 구경하는 것 같다.

호응해주지 않는 까닭에 상당히 실망하는 부분도 있지만 "하나야!" 이름을 부르면 천천히 오던 머리가 휘까닥 돌면서 반응을 보인다.

"하나야!" 휘까닥, "하나야!" 휘까닥!

"청력은 끝내주네!" 오헤헤헤!!

01/06/25 지금은 배터리 방전 중

무슨 배터리 용량이 이렇게 적은지 어제 충전시킨 게 하루만에 몽땅 방전되어 버렸다.

애시당초 피지에 갈 생각은 눈꼽만큼도 없었는데 괜히 옆에서 같이 가자고 염장 질러놔서 이리저리 방법을 모색하다 방전만 된 꼴이다. 시간제 파출부도 애 여섯이라면 와주지 않는데 아무리 8일간이지만 숙박까지 해주겠다는 사람 구하기가 가당키나 한 일일까.

처음부터 가능성이 없다고 여겼는데 왜 이렇게 기분이 우울한지 모르겠다. 이렇게 우울하면 나는 피자나 치킨, 햄버거 등등 기름진 음식이 먹고 싶어진다.

헌데 먹고 싶은 것과 거리가 먼 장떡을 만들어 꾸역꾸역 먹었다.

부침가루에 고추장 넣어서 불그스름하게 부친 장떡, 왜 먹고 싶은 음식 말고 장떡을 먹었을까? 그건 언제나 기갈 난 사람처럼 허겁지겁 미련하게 먹어치우는 애들 꼴이 보기 싫어서다. 단지 나만 먹고 싶은데 그게 안 되니까.

이러고도 애들 엄마 자격이 있는지 모르지만 먹을 것 앞에서 허둥거리는 모습을 보면 식욕도 없어지고 그냥 싫어진다.

실컷 장떡 먹고 남편한테 애들 봐달라고 부탁하고 한바탕 쓰러져서 자고 일어났다.

자기 전 파비엄마가 떠올랐다. 나는 비상시에 남편한테 떠맡기기라도 하지, 혼자서 애들 다섯이랑 살아온 걸 생각하니 가슴이 아팠다. 오늘 파비엄마가 보내준 소포에 애들 사진이 들어 있었는데 예쁘게 큰 모습이 사랑스럽기도 하고, 그 안에 깃든 파비엄마의 눈물과 고통이 느껴지는 듯도 했다. 한 번도 분위기 있는 카페에 가본 적이 없다는 파비엄마, 우린 왜 다들 이러고 살고 있을까?

가끔 게시판에 쌍둥이라든가 몇 개월된 아기 키워주실 분 찾는다며 글 올라오는 걸 보면 나도 모르게 작은 탄식이 터져나오곤 한다. 애 키우는 게 무슨 취미라도 된단 말인가? 키워주실 분을 찾고 있다니.

먼 훗날, 남들 칠순 잔치 한다고 다 생략하는 환갑에 애들 주르륵 세워 절 받을 것 생각해서 참아볼까? 난 환갑은 꼭 할 거니까. 그땐 홀가분하게 여행도 갈 수 있겠지? 크게 될 희곤이가 용돈도 두둑하게 쥐어주겠지…….

01/06/26 고난을 기쁘게 여기라?

책을 뒤적이다가 "여러 가지 고난을 만나거든 기쁘게 여기라. 고난은 인내를, 인내는 우리를 온

'휴식', 고흐

고흐의 그림이 별건가. 내 삶이 내가 그리는 명작인걸.

전하게 구비시켜 조금도 부족함이 없이 만들어준다"(야고보서 1장 2-4절)라는 말씀을 보고 혼자 피식 웃었다. 이게 고난이라면 기쁘게 여겨볼까?

가뜩이나 기운도 없고 인터넷마저 되지 않으니 엠펙과도 단절되고 고난의 연속이었다. 그런데 좀 전부터 줄줄이 위로가 될 전화들이 폭발적으로 이어졌다.

첫 번째, 하선이 어린이집에 갔더니 아는 분이 원비를 대납해 주셨단다. 감사 전화를 드렸더니, 아기 오고 나서 행복하다고는 하는데 얼굴이 말이 아니어서 조금이라도 힘이 되어주고 싶었노라고 하셨다. 눈물이 핑~ 돈다.

두 번째, 이번 일로 여기저기 알아보다가 연결이 돼 우리 형편을 잘 아시는 어떤 분이 정기적으로 도우미 일을 해주시겠다고 전화를 하셨다. 또 눈물이 핑~ 돈다.

세 번째, 동주엄마가 전화를 하셨다. 전화선을 통해 처음 듣는 동주엄마 목소리, 피지에 꼭 가라고 하시면서 그 동안 하나는 책임지고 데려가서 돌봐주겠다고 하신다. 일 년은 못 해줘도 8일은 얼마든지 해줄 수 있으니 걱정 붙들어매고 갔다오라는데 뭐라 말도 못하고 웃기만 했다. 눈물이 줄줄 흘러서…….

하나한테 못할 짓 시키는 것 같아서 자꾸 주눅 든다니까 괜찮다고 위로해 주시면서 엄마가 살아야 애들한테도 좋은 거라고 세뇌(?)를 시키셨다. 엉엉엉엉……!

남편한테 전화를 했더니 방방 뛰고 좋아했다. 갑자기 분주하게 일정들이 돌아간다.

네 번째, 인터넷이 연결되어 엠펙에 와 보니, 파비엄마가 기력을 회복하셔서 넘치는 칭찬과 과분한 격려로 또 나를 울리신다. 순풍에 돛 단 듯 시원스레 나가라 격려하는데 울보엄마 아직까지 울고 있다. 다급하신 주님께서 주위 분들을 동원하신 모양이다.

책 마지막에 씌어 있던 말씀이 자꾸만 떠오른다.

"고난을 두려워 말라. 오히려 환영하라. 피할 수 없는 고난이라면 사랑하라. 고통이 심해질 때면 고난을 이기신 예수님을 바라보라. 다윗처럼 고난 중에도 말씀을 즐거워함으로 고난을 극복하라. 힘들어도 고난을 꼭 껴안아라. 그리고 사랑으로 정복하라. 고난은 우리를 강하게 만들어줄 것이다."

01/06/29 여기는……　　　　　밤새 단잠을 잤는데 하나 소리가 나지 않는 것이 오히려 이상하게 여겨집니다.

이곳 아침은 닭 우는 소리와 낯선 새 소리, 바나나 잎사귀 부딪히는 소리가 마치 비 오는 소리처럼 들리면서 시작됩니다.

일어나자마자 동네 산책을 다녀왔습니다. 넓은 길과 저택이 드문드문 있는 언덕을 올라가니 멀리 푸르디 푸른 바다와 하늘이 맞닿아 있고 언덕과 바다 사이엔 사탕수수밭이 넓게 펼쳐져 있습니다. 어디에도 긴장된 모습은 없고 지나는 사람들도 웃으며 인사를 합니다. 이곳 사람들은 악수하는 것이 기본이라고 합니다. 곱슬곱슬한 머리와 커다란 덩치지만 정말 순수한 사람들입니다.

평온과 고요, 코코아 나무와 바나나 나무, 이 곳의 주식인 카사바는 그냥 꽂아놓기만 해도 큰다는데 마치 단맛 없는 고구마 같습니다.

바람이 워낙 심하게 불어서 밤낚시 나간 남자들은 지금쯤 무척 고생을 할 것 같습니다.

어슬렁어슬렁!!

갑자기 분주한 일이 중단되어 어떤 것도 할 수 없는 상황이 어색하기만 합니다. 내게도 이런 시간이 주어졌다는 것이 아직도 꿈만 같습니다.

01/07/05 일상으로의 복귀

우리 오면 먹이려고 삼겹살이랑 야채 잔뜩 사다 놓고 살뜰하게 살림해서 감격을 안겨주던 명곤이는 이제 일상으로 돌아갔다. 아침 일찍 영어학원이랑 독서실 아르바이트 간다고 나가는데 뒷모습이 왜 그렇게 대견해 보이든지, 아무리 생각해봐도 우리보다 백 배쯤은 더 나아 보인다. 이것도 일종의 콩깍진가?

직장에 다니면서 밤 시간에 하나를 돌봐줬던 이모는 잠을 제대로 못 자서 얼굴이 부석부석하고 힘들었다는데 "우리 하나"를 연발하면서 순하다고 칭찬하는 꼴이 제정신이 아니다. 하나도 나보다 이모를 쳐다볼 때 더 확실하게 웃어준다. 나를 쳐다볼 땐 '이 사람이 누구였더라?? 본 것 같긴 한데……' 하는 것처럼 잠시 집중해서 쳐다보다가 마지못해 웃어준다. 일주일 사이에 엄마를 잊어버리다니. 흑흑!!

무더위에 낮 시간 동안 하나를 돌봐주셨던 친할머니랑 외할머니는 주로 업어주셨는데 허리가 아파서 두 분이 번갈아 봐주셨단다. 그 동안 하나는 할머니로부터 짝짜꿍 개인교습을 받았다.

"얘, 아주 똑똑하더라. 어쩜 이렇게 똑똑한 애가 다 있는지 모르겠다."

8개월 아기가 짝짜꿍을 했기로 입이 마르도록 칭찬하시는 할머니나 그 칭찬에 마냥 좋아하는 며느리나 똑같다.

<u>01/07/11</u> **한밤의 김치 담기**   오후 4시, 간단한 식료품을 사기 위해 부랴부랴 슈퍼에 갔다. 하나가 오고 나서부터 슈퍼엔 생존을 위해서만 급하게 뛰어간다.

슈퍼 아줌마가 반갑게 맞아주시며 애들이 많아서 다 뭐 먹고 사냐고 걱정을 하신다. 부피 크고 값싼 야채 중에서 양배추, 호박, 단호박을 사고 한 포기에 2천5백 원 하는 배추 앞에서 생각보다 비싸 중얼중얼 혼잣말을 하며 우두커니 서 있었다.

눈치 빠른 아줌마가 오시더니 웃으며 말했다. "배추 사겠어요? 오전 10시에 깜짝 세일했는데 세일 가격인 990원에 가져가세요."

눈이 휘둥그레져서 횡재라도 한 듯 여섯 포기나 되는 배추를 전부 샀다. 밤을 새는 한이 있어도 이럴 땐 남은 물량 몽땅 사는 것이 삶의 지혜가 아니겠는가.

계획에도 없던 김치를 담는다고 급하게 서둘러 배추에 소금 뿌려놓고 기쁨을 감추지 못하고 여유 부리다가 그만 밤 10시가 넘어 배추를 버무리게 되었다.

눈치 없는 우리 딸은 말똥말똥 잠도 안 자고 딸 봐준다던 남편은 고단한지 슬그머니 먼저 잠이 들었다. 궁여지책으로 명곤이가 하나를 포대기로 업고 왔다 갔다 하는 꼴이 영락없는 애 아빠다.

졸면서 배추 버무리는 것이 안쓰러웠을까? 명곤이가 컴퓨터 소리바다에서 70년대 노래 틀어놓고 웃기는 얘기를 들려주었다.

"엄마, 우리 또래 친구들은 다들 전화하면 컴퓨터 게임 근황을 물어오거든. 포트리스, 스타크래프트, 레인보우 등등…… 몇 단계냐고 물어오면 나 애 보느라 게임 못한다고 대답하거든. 친구들이 뭐라는 줄 알아? 날보고 결혼했냐고 묻는 거야. 일찍 결혼해서 애 낳는 친구도 간혹 있거든."

"아니 젊은 놈들이 게임만 하면 어떻게 하려고 그래."

게임이라는 말에 또 발끈했다.

"게임방 하면서 놀며 사는 게 꿈인 애들도 있고 실제로 부모 덕에 그렇게 사는 애들도 있어."

"참 아까운 인생을 사는구나."

한숨이 절로 나왔다.

"오로지 생산적인 일에만 관심 있는 엄마도 내가 보기엔 문제야 문제!! 인생은 그런 게 아니란 말이야. 즐길 줄도 알아야지······."

그러면서도 자긴 게임방 같은 건 절대 안 하겠다니 천만다행이다.

엄마는 한밤중에 졸면서 김치 버무리고 아들은 애 업고 맛보며 서성대는 모습이 한 폭의 그림처럼 느껴졌다.

스르르르!!! 오빠 등 뒤에서 하나 눈꺼풀이 내려오고 있다.

01/07/14 사발 농사를 지었더니   어제 저녁밥을 지으려고 보니 쌀이 딱 한 끼만큼만 남아 있었다. '에라~' 탁 털어서 밥을 했다. '낼 아침 어쩐다지?' 걱정하면서도 그냥 잤다.

아침엔 쌀이 떨어졌으니 감자, 호박, 양파 썰어 넣고 부침개를 했다. 시누이가 보내준 토마토랑 우유랑 먹으면서 이 정도면 영양가 충분하다고 자족하다가 갑자기 쌀이 바닥 날 때도 있다는 사실이 재밌게 느껴졌다. 예전엔 쌀이 달랑달랑하면 지레 겁을 집어먹고 라면 먹으며 쌀이 생길 때까지 기다렸는데, 나이 탓인지 쌀 한 톨 없어도 재밌다고 느끼다니 나이가 무섭긴 무섭다.

우리는 아주 가끔 비상시에만 쌀을 샀을 뿐 여태껏 쌀을 사 먹지 않았다. 시댁에 논이 약간 있어서 도지로 받은 쌀을 나눠 먹었다.

지난 2월이었던가? 어떤 분이 익명으로 쌀을 매월 20kg씩 일 년 동안 주시겠다고 하셨다. 고맙지만 그럴 필요 없다고 하면서도 누구든 맘대로 와서 밥을 먹으라는 하나님의 뜻인가 보다며 유쾌하게 받았다. 모처럼 쌀 여유가 생긴 덕에 시부모님이 주신 40kg 쌀자루를 둘째 시누이 집에 덥석 인심을 썼다.

그 후유증일까? 대책 없이 쌀이 떨어졌으니 됫박 쌀을 사봐? 아니면 20kg 한 자루를? 아님 이참에 굶으면서 감자나 부침개로 연명을 해봐???

며칠 전부터 하나 보고 싶으니까 건너오라셨던 시댁에 겸사겸사 놀러갔다. '하선이가 아침부터 밥 달라고 졸랐는데 가서 얻어먹여야지' 하는 심사도 있었다.

점심을 준비하며 어머니한테 쌀이 다 떨어졌다고 했더니 웃으시면서 어쩌다 그 지경이 되었느냐고 하셨다. 아버님은 사발 농사 지으러 왔느냐고 하시더니 "자고로 시간을 잘 맞춰서 다녀야 되는데, 조금 늦었더라면 농사 망칠 뻔했다"고 놀리셨다.

하루 종일 시댁에서 묵은 정담을 나누다가 돌아와보니 거실 앞에 분유 한 상자가 택배로 와 있었다. 잘못 배달되었나 싶어서 샅샅이 살펴보니 경남 양산 파스퇴르에서 보낸 것이었다. '아하! 경남 지역 양부모에게 분유를 줬다더니 나한테까지 왔구나! 그런데 하나님! 분유가 아니에요. 하나 양식이 아니라 딴 식구 양식이었어요. 한마디로 쌀이 떨어진 거라고요. 이번엔 사 볼까요?' 하면서 웃었다. 공짜 좋아하다가 대머리 까질라!

'오늘은 그냥 넘어갈까? 비도 오는데. 내일은 주일이니까 교회 가서 온 식구 사발 농사 지으면 되는데 그 담날은 거창에 가서 농사 짓고……' 그러면서 끼니를 때우려고 부엌으로 들어갔는데 아,

글쎄 부엌 구석에 쌀 부대가 턱 놓여 있었다. 하얀 쌀 부대가…….

믿어지지 않아서 쌀을 한 움큼 주루룩 흘려봤다. 차르르르르!!! 한 치의 오차도 없이 채워주시는 하나님.

숨은 곳에서 우리의 필요를 채워주시는 사랑의 손길에 감사가 넘친다.

01/07/16 자꾸 울어서 버렸어

하나가 보채는데도 청소 하느라 돌볼 수가 없었다. 측은했는지 하선이가 하나를 보고 있는 데 하나가 의자를 붙잡고 일어섰다.

"엄마, 엄마! 하나 좀 봐. 혼자 일어섰어. 와! 잘하는데!!" 하면서 호들갑을 떨었다.

"하나야! 오빠가 코딱지 줄까?" 하더니 콧구멍을 쑤셔서 하나한 테 주는 척하면서 놀라켰다. 짜식!

잠시 후 화장실에 가면서 하는 말 "엄마! 하나 돌봐주고 있어. 나 화장실 간단 말이야. 하나야! 오빠 화장실 갔다 올게…… 조금 만 기다리고 있어? 금방 오께……."

하나가 징징거리는 것이 아무래도 배가 고픈 것 같아 우유를 타 서 흔들 침대에 뉘었더니 졸면서 우윳병을 빠느라 조용했다. 화장 실에서 나온 하선이가 하나를 찾았다.

엄마: 하나? 자꾸 울어서 밖에 버렸어.

하선: 이잉! 하나 울어서 쓰레기통에 버렸어?

부진부진 밖으로 나갔다.

하선: 밖에 하나 없어. 어떡해…….

엄마: 그새 누가 가져갔나?

하선: 으~ 하나 어떡해…….

180

울상이다가 침대에 누워 있는 하나를 발견하더니 히~ 웃었다.

하선: 엄마! 하나 내가 찾았어. 그리고 하나 안 울어.

엄마: 하나가 그렇게 좋아?

고개를 끄덕끄덕한다. 형제지간이 된다는 건 참 끈끈한 얘기들이 뭉쳐지는 것 같다.

01/07/19 저공비행 다음 세대

좋아하는 것은 밤 새워 하고 불리하다 싶으면 빨리 잊어버리는 나는 학교 다닐 때 저공비행의 명수였다. C D C D B C D D……

내게 있어 전학년 성적증명서는 공포 내지는 우울 그 자체였다. 그나마 다행이라면 한 번도 추락하지 않고 그냥 저공비행의 아슬아슬한 스릴을 만끽했다고 해야 할까?

오늘, 저공비행의 다음 세대인 명곤이의 성적표가 우편으로 날아왔다. 며칠 전부터 자기 성적 결과에 심히 충격을 받았다고 미리 예방주사를 놓기 시작했지만 '설마, 엄마 수준이겠지……' 하면서 홀아비 심정 과부가 안다고 격려 내지는 위로를 해줄 참이었다.

그런데, 이 자식의 성적표는 분노를 참을 수 없게 만들었다. 명곤이란 놈 성적표는 보따리 총포상이었다. 가차없이 전화를 해서 다그쳐도 분이 가라앉지 않았다.

나쁜 놈!!! 성적표 앞에서 욕 나오긴 이번이 처음이다. '어떡하면 즈이 엄마만도 못하냐!!!'

나쁜 놈이 충격 받았는지 휴학계 내고 군대 생활이나 열심히 하겠단다.

언제 철날는지…… 등록금이 얼만데…… 괘씸한 생각만 든다.

<u>01/07/23</u> 응급실　　　　　　　병원 가는 걸 엄청 싫어하는 명곤이가
응급실에 있다. 친구가 군대 간다며 친구 집에 갔다 온다고 나갔는
데, 새벽 두 시쯤 병원에 있다고 연락이 온 것이다. 갑자기 머리와
눈이 너무 아파서 응급실로 달려왔는데, 뇌수막염 같다고 해서 CT
촬영과 척수검사를 하고 있다고 했다.

　병원으로 달려간 남편이 뇌수막염에 대해 알아보라고 해서 인
터넷을 찾아보니 주로 소아가 걸린다는데, 다른 사람보다 면역력
이 떨어지는 녀석이라 걱정이 된다.

　기도하려고 눈을 감았더니 "하나님!" 부르기만 해도 눈물이 펑
펑 쏟아졌다. 우리 명곤이, 그게 내겐 어떤 아들인데, 처음이자 마
지막으로 낳은 아들, 팔삭둥이로 병치레 안 해본 게 없을 만큼 약
해서 노심초사 간을 조리며 키우느라 그 동안 눈물 뺀 것만 해도
한 양동이는 족히 될 것이다.

　"하나님! 명곤이 살려주세요. 지금까지 그랬던 것처럼 어둠의
골짜기에서 건져주세요. 강건케 하여 주세요."

　하늘이 마냥 노랗다. 밖엔 비까지 오는데 애들 때문에 꼼짝도 못
하고 집에서 연락이나 기다려야 하다니 답답해 죽겠다. 내일 아침
영범, 영환이는 메빅캠프 데려다 주면 되지만 하선, 하나는 어찌하
고 우리 명곤이를 보러 간단 말인가.

　다행히 우리의 다급한 소식을 들으신 경희엄마가 하나를 봐주
시겠다고 하셔서 하나를 경희네 집에 맡겨놓고 날이 밝기가 무섭
게 급한 일을 처리한 후 병원으로 달려갔다.

　잔뜩 겁을 집어먹은 우리는 동생의 주선으로 CT사진과 의사소
견서를 가지고 서울아산병원으로 달려갔다.

　"다른 것은 다 정상이고 뇌압만 높은 상태여서 뭐라 말씀드릴

수 있는 입장이 아니거든요. 검사할 당시 심한 긴장 상태라 뇌압이 올라갔을 수도 있으니까, 일단 집에 가서서 상태를 잘 관찰하다가 이상한 증세가 나타나면 곧바로 오시는 것이 좋겠습니다."

애매하긴 하지만 희망적으로 들렸다.

"눈이 빠질 것처럼 몹시 아프면서 머리도 터질 것같이 아팠거든. 지금도 눈이 아파 오면 머리까지 아파질까봐 불안해."

의사의 소견과는 달리 명곤이는 불안한 표정이 역력하다.

'눈에 이상이 있는 걸까?' 안압을 재려다가 너무 늦어서 그냥 왔다. 한바탕 소란 피운 걸로 조용히 끝났으면 좋겠다.

01/07/25 본전도 못 건졌다

고집불통 하선이와 까까머리 하나의 고집이 은근히 걱정될 때도 있지만 그건 순간이고 두 녀석을 생각하면 늘 벅차게 사랑스럽다.

저녁 때 잔뜩 밀린 빨래 걸으려고 업고 있던 하나를 유모차에 잠깐 앉히려 했더니 무슨 성질이 그렇게 사나운지, 온 동네 떠나갈듯 소리를 빽빽 지르면서 온몸을 비틀었다. 하루 종일 자기만 쳐다보고 있거나 업어달라는데 이제 허리가 부러질 듯 아프다.

하나나 하선이 업고 있는 것만 보면 친정어머님은 측은해서 자꾸 나무라신다.

"지금이야 업어주면 좋다고 하지, 그 허리는 뭐 별 수 있는지 알아? 허리 아프고 삭신 쑤셔봐. 누가 좋다고 하나. 허이구 저 꼴을 어째!"

필요 이상으로 걱정하시는 친정어머님의 말씀이 듣기 싫어서 한마디했다.

나: 냅둬요. 그 애들 나한테는 귀중한 자식새끼구만요. 업어줘도

좋기만 한데 괜히 그러서~

엄마: 허이구~ 귀중한 새끼것지이~ 퍽이나 조컷다. 실컷 업어
줘. 멀쩡한 애들을 이뻐만 허면 되는 줄 알고…… 그게 뭐 허는 지
셔(짓이야)! 하선이 저거, 큰녀려~ 고집이 보통이여야지. 혼낼 건
혼내야 허는디 즈이 에미에비가 그냥 물고 빨고 허니까 영명한 애
갔다가 바보 맹그러, 바보! 하나 저것두 두고 보라지. 버릇을 따끔
하게 들여놔야지 오냐오냐 다 받아주니, 맨날 지만 어찌 업어줘.
나이가 적기나 허나. 자식을 저렇게 키우는 사람이 어딨담…… 중
간에 극성패 두 애 없으니까 집이 좀 사람 사는 집 같구만, 조용하
고…… 이 정도만 되도 괜찮차녀~ 그게 뭐하능겨~ 애덜이 보통
설쳐야지…….

에구, 괜히 한마디했다가 본전도 못 건졌다.

01/07/25 그가 어떠하든…… 나는 그를 사랑한다   하루 종일

명곤이와 단둘이 아무 일도 하지 않고 시간을 보내니 모처럼 맞게
된 휴가 같다. 이상하게 평온하여 걱정보다 감사한 마음이 더 앞선
다. 비록 병상이지만 아들과 한가한 시간을 보내기는 참 오래간만
이다. 일단 통증의 원인인 뇌압을 낮춰주는 주사약으로 명곤이는
멀쩡한 상태가 되었다.

아들과 이런저런 얘기도 하고 책도 읽었다. 집을 나서며 책을 한
권 들고 나왔는데 전에 읽었던 헨리 나우웬의 『하나님이 사랑하는
자, 아담』이다.

늘 은연중에 부담스럽게 여겨졌던 우리집 도토리(영환이)에 대
해 깊은 묵상을 했다. '난 정말 그 애를 사랑하고 있는 걸까?'

곱씹어 오래 생각해보니 그가 어떠하든 그를 사랑한다는 사실

184

을 발견했다. 그가 어떠하든⋯⋯.

나우웬의 책을 읽어 가던 중 37쪽의 중간 쯤에서 가슴이 툭하고 가라앉았다.

"인생은 선물이다. 우리 각 사람은 독특하며, 우리 이름이 아신 바 되었으며, 우리를 만드신 그분의 사랑을 받는다. 불행히도 우리 사회로부터 우리에게 다가오는 너무 크고 끈질기며 강력한 메시지가 있다. 그것은 우리가 겉으로 드러나는 모습과 가진 것 그리고 성취할 수 있는 것으로 사랑 받는 존재임을 증명해야 한다고 믿도록 한다. 우리는 이생에서 '무언가 해내는 일'에 몰두해 있으며, 우리를 자유롭게 하는 진리 곧 우리의 기원과 종말에 대한 진리를 이해하는 데는 너무나 느리다. 우리는 선포되는 메시지를 들어야 하며 가시적으로 구현된 메시지를 계속해서 보아야 한다. 그럴 때에만 그 메시지를 주장하고 그것으로부터 살아갈 용기를 발견하게 된다. 예수님은 일생 동안 많은 것을 성취하지는 않으셨다⋯⋯."

구절구절마다 내 안에 새로운 소망과 각오로 가득 찼다. 우리집 도토리가 어떠하든 또 명곤이의 병이 어떤 식으로 밝혀지고 마무리되더라도 이제 감사함으로 받아들이리라.

01/07/27 **도움만 된다면**   '그 애를 진짜 사랑한다는 것은 무엇일까? 적절하게 도와준다는 의미는 무엇일까? 어떻게 하면 도울 수 있을까?' 아주 구체적으로 관찰하면서 고민한 결과, 전문가의 도움을 받기로 작정하고 오늘 아침 소아정신과에 진료 예약을 했다.

캠프에서 돌아오던 날, 한껏 흥분해서 아이들을 만나면 아주 뜨

나는 그를 사랑한다. 그가 어떠하든…… 그것이 사랑이다.

겁게 포옹해 주리라 다짐을 하고 데리러 갔다. 우릴 보자마자 영범이는 뛰어와 왈칵 안기며 인사를 하는데 영환이는 힐끗 봤을까 어쨌을까…… 불러도 본체 만체 행동하여 우리 부부는 심히 당황해서 어찌할 바를 몰랐다.

가까이 다가가 잘 갔다 왔냐고 해도 오락에만 정신을 팔고 외면하는 바람에 심기가 엉망진창이 되었지만 평상심을 유지하려고 온 힘을 기울였다.

돌아오는 차 안에서도 영환이는 눈 한 번 맞추지 않았다. 몇 번이나 말을 시키려 했지만 그 틈에 영범이만 조잘조잘 떠들었다.

영환이의 신경을 건드리는 것은 오직 하선이 뿐인 것 같다. 하선이가 또 다시 울고불고 곤란을 겪게 되었다. 가만 보니 영환이는 누구하고도 눈을 맞추며 말하는 걸 힘들어 했다.

어제는 영환이 자전거가 없어진 걸 알게 되었다. 설명을 듣기까지 젖 먹던 힘까지 다해서 인내심을 발휘해야 했다. 쳐다보지도 않고 아무 말도 하지 않았기 때문이다.

지금까지 오래 참아 주고 보듬어 주면 치유되리라 생각했는데 어찌 보면 너무 소극적인 대처였다는 생각이 든다. 이 세상에 산다는 건 건강한 인간관계를 맺는 것이 전부라 해도 과언이 아닐 텐데, 조금이라도 어릴 때 상처받았던 것들을 고쳐줘야 하지 않을까?

다음 주 월요일부터 시작될 진료가 성공적으로 이뤄지길 기도한다. 초진이 4만 원이던데 진료비 때문에 갈등을 하거나 중단하지 않았으면 좋겠다.

남편이 오늘 아침 영환이를 불러 놓고 쳐다봐 달라고 당부를 했더니 2초 정도 쳐다봤다. 얼굴을 어루만지며 눈도 예쁘고 참 잘생졌다고 칭찬을 한다. 옆에 있던 하선이는 영문도 모르고 자긴 어떠냐고 묻는다.

01/07/27 우윳병 졸업은 시간 문제

역사적인 날로 기억하고 싶은 사건이 생겼다.

명곤이가 쥬스를 먹다가 우연히 하나에게 빨대를 물렸는데 우리 똑순이 하나가 쪼옥~ 빨아먹는 것이었다. 빨대 색깔이 진해지면서 주스가 올라가는 모습은 우리 모두를 흥분시키기에 충분했다. 우헤헤헤헤!! 이렇게 기쁠 수가!!

왜 이렇게 가슴이 두근거릴까?…… 우윳병 아직 새 건데…….

캬 캬 캬!!

01/07/29 공사다망한 밤

밤 10시 즈음, 희곤이가 들어오지 않아 걱정하고 있었다.

주말이니 친구들이랑 놀게 돈 달라고 어찌나 귀엽게 조르는지, 잔소리를 하면서도 만 원을 줬는데…… 들어오면 한소리 하려고 벼르다가 스르르 잠이 들었다.

전화벨 소리에 깨어보니 새벽 1시. 뜻밖에 전화를 건 사람은 희곤이 친구 아버지였다. 희곤이가 안양 파출소에 있는데 어떤 아이랑 싸웠다고 했다.

얼마나 가슴이 벌렁벌렁 떨리는지 남편이 함께 가자고 하는데 주춤거리고 있었더니 명곤이가 동생들을 돌봐 줄 테니 가보란다. 텅 빈 거리를 달리는 동안 둘 다 아무 말도 하지 않았다. 얼마나 다쳤을까 걱정은 되었지만 그게 다였다. 아니 어쩌면 아주 먼 옛날 막연하게 오늘 같은 사건이 생길까봐 두려워했는지도 몰랐다.

안양 역 옆에 위치한 파출소로 향하느라 '안양1번가' 를 지나게 되었다. 그때까지 대낮처럼 불야성을 이루고 있는 것에 우리 부부는 깜짝 놀랐다. 각종 술집, 노래방, PC방, 남성 휴게실, 카페 등 네온사인이 쉴 새 없이 깜박거렸고 거리엔 청소년으로 보이는 아이들이 무리를 지어 거리를 활보하고 있었다. 상당히 불량하게 보이는 아이들 틈에 우리 아들도 끼어 있었고, 지금은 파출소에 있다는 사실이 믿어지지 않았다.

파출소에 들어가니 희곤이 친구들만 있고 정작 희곤이는 안양 경찰소로 넘겨진 상태였다. 경찰은 대수롭지 않은 것이라고 말했지만 희곤이랑 싸운 상대는 여러 번 경력이 있는 불량 학생(?)이라 잘못 걸린 것 같다고 한다.

갑자기 장대비가 쏟아지는 새벽 2시, 안양 경찰서 마당엔 개미 새끼 한 마리 보이지 않았다. 청소년계에 가보니 희곤이는 피투성이가 되어 고개를 푹 숙이고 있었다. 함께 싸운 상대는 병원에 들어가 있고 상대의 아버지라는 사람이 와 있었다. 당시 함께 있었다는 상대의 친구라는 여학생도 목격자라며 쪼그리고 앉아 있었다.

상대의 아버지는 이리저리 꼬투리를 잡으려는 사람처럼 희곤이에게 위압적인 자세로 윽박질렀다.

"우리 아들은 너 같은 작은 애한테 맞고 다닐 애가 아냐. 분명 패거리로 때린 것이 분명하다니까. 너 혼자 했다고 버텨 봐야 소용없다니까. 총대를 혼자 메겠다는 거냐? 그래 어디 두고 보자. 지금 우리 아들은 코뼈에 금이 가서 응급실에 누워있단 말이야. 어쩔 거야?"

단 둘이 싸웠다는데 함께 있었던 희곤이 친구 세 명까지 끌고 들어가려 했다.

자기도 작달막한 사람이 입만 벙긋하면 자꾸만 "너 같은 작은 애한테 맞을 애가 아니다"라는 말에 남편이 발끈해서 한마디했다.

"거, 키 작은 거 가지고 왜 그러시오. 우리 아들도 알고 보면 유단자고, 우리 아들이나 친구들 다 진실한 애들이니까 당신 아들 말만 듣고 다그치지 마시오. 둘 다 피해자면서 가해자니까."

남편은 잔뜩 겁을 먹고 웅크리고 있는 희곤이를 포옥 안아주면서 너무 겁먹지 말라고 격려해줬다. 상대에 비해 상황만 지켜보는 우리에게 조사관은 상당히 부드럽게 대해줬다.

이런저런 것들이 약간 공포적인 분위기 속에서 진행되어 5시가 되어서야 모든 게 끝이 났다. 끝날 무렵 이번에는 조사관이 또 키 얘기를 했다.

"아버지는 큰데 너는 왜 작으냐?"

우린 아무 말도 하지 않았다. 지금 우리의 모든 관심사는 '상대와 어떻게 합의를 보느냐'다.

코뼈에 금이 갔다면 희곤이가 피투성이라 해도 상대의 진단서가 더 길게 나올 것이며, 치료비는 물론이고 합의금까지 포함하면 적잖은 금액을 지불해야 된단다. 조서 내용을 보니 정말 하찮은 것 가지고 시비가 붙었는데 맘이 무겁고 착잡하다.

분명 우리 아들이 때려서 상대방의 코뼈에 금이 갔다는데 그 쪽에서 꼬투리를 잡으려 하니까 미안하다는 생각은 오간데 없이 사라지고, 우리 아들도 혹시 치명적으로 다친 것은 아닐까 자꾸 살펴보면서 보듬어 안게 되는 우리 모습이 생각할수록 우습고 낯설기까지하다.

조사관이 이것저것 물을 때 부모라고 두 사람이 코가 쑥 빠져서 죄인인 양 앉아 있는데, 창피하기보다 작으나마 희곤이의 부모가 되었다는 게 퍽 다행이었다. 만약 이런 가벼운 사건에서조차 부모가 없었더라면 어땠을까 싶으니까 정신이 퍼뜩 났다.

조사관이 가족 관계를 물었다. 희곤이의 대답, "형이 하나 있고 동생이 둘이에요."

뒤에서 들으면서 공식적인 자리에서 제외될 수밖에 없는 영범, 영환이가 그렇게 걸릴 수가 없었다. 분명 법치국가인 만큼 법적인 부모, 법적인 가족이란 것이 참 큰 의미가 있음을 알기에 우린 아무 말도 못했다. 조사관이 "그럼 여섯 식구네!" 할 때도 "네!"라고 대답해야 했다.

01/07/30 코뼈가 부러졌다는데   희곤이가 남편이랑

정형외과에 다녀왔다. 사진을 찍어 보니 코뼈가 부러졌단다.

남편은 코뼈가 부러졌다는 얘기를 듣자 반가워서 웃음이 나왔단다. 태연한 척했지만 치료비에 합의금까지 포함하면 몇백만 원은 족히 지불해야 될 불리한 상황이 역전된 셈이니까 얼마나 다행인가. 남편은 공포 분위기 조성하던 상대의 아버지한테 무슨 죄인처럼 있었던 게 무척 속상한 모양이다.

3주 진단이 나왔다. 코뼈 부러지고 진단서 발급에 십만 원, 며칠 동안 치료를 다녀야 하는데 좋아하는 형국이 생길 수도 있다니 우습다.

"3주? 3주 가지고 어떻게 부러진 코뼈가 붙어? 부러진 사람도 가만 있는데 금간 주제에 뭐가 어쩌구 어째? 치료비? 합의금? 우리가 받아야 되는 거잖아. 너 어디 더 아픈 데 없냐? 누구 코뼈를 부러뜨려? 이거이!!"

명곤이가 펄펄 뛰었다.

한시름 놓은 남편과 나는 코웃음을 쳤다. 우리 아들 코뼈가 부러진 이상 "치료비? 합의금? 좋아하시네."

01/07/30 영환이 얘기

오전 10시에 예약된 영환이의 소아정신과 진료.

상담을 한 의사는 정서적 불안 때문이라며 항우울제를 사용하면서 지켜보자고 한다. 시간이 많이 걸릴 테니 조급하게 생각하지 말란다. 만약 그대로 놔두면 그리움이 분노로 바뀌는 게 보통이라고 하신다. 그리움이 분노로!

의사 앞에서 계속 딴 짓 하는 걸 지켜보자니 가슴이 아팠다. 금전적인 지출을 예상하고 왔으니 뭐든지 도움이 된다면 도와달라고 했다. 하지만 현행법상 생계비 수급대상자에게 진료비를 받는 것은 위법이란다. 면담이나 혹은 놀이치료, 심리검사 등을 해주기가 곤란하다는 말씀이셨다. 어렵게 시도해보는 건데 위법이라고 그만둘 순 없으니 돈을 내더라도 최상의 치료를 해달라고 몇 번씩 당부를 했다.

일단 다음에 심리검사부터 하기로 했다. 영환이에게 좋은 결과가 생겼으면 좋겠다. 마음의 문을 활짝 열고 많은 사람들에게 사랑스러운 아이로 비춰졌으면 좋겠다.

가엾은 녀석!

01/08/07 혼탕의 황홀함

어제와 오늘 폭염으로 목욕탕에 여러 번 들락거렸다. 그 와중에 하선이 하나랑 동반해서 목욕탕에 들어갔다. 알고 보면 그게 혼탕이지…….

하선이가 목욕을 시켜주겠다고 나서기에 관두라는 말을 하려다가 맘대로 하라고 했다.

"엄마! 내가 해줄게. 다리 쭉 피고 누워. 그렇지, 목 들고……."

고사리 같은 손으로 아슬아슬하게 비누를 잡아 목욕을 시켜줬다. "팔, 다리, 엉덩이(헤헤헤!) 배꼽……" 자기를 씻겨주면서 신체기관의 이름을 하나하나 말해주었던 것을 똑같이 흉내 냈다.

간질간질…… 하선이가 닦아주는 비누칠은 그야말로 한번도 경험해보지 않은 황홀함이 담겨 있다.

"오헤헤헤!! 간지러우지……."

발바닥에 비누칠을 하면서 자기가 더 간지러운 듯 웃는다.

비누칠을 몽땅 한 내 몸이 미끌미끌하자 하선이는 살짝 내게 눕더니 자기 몸으로 문대면서 깔깔 웃었다. 미끈덩 미끈덩!! 하하하하, 호호호호.

그리고 정성스레 씻기더니 샤워기로 구석구석 물을 뿌린 후 이번엔 머리를 감겨줄 테니 탕 밖으로 나가서 머리를 대란다.

꼼지락꼼지락 아들이 머리를 감겨주는 동안 '아! 이런 혼탕은 언제까지 가능할까? 큰애들은 도무지 줄 수 없는 행복을 이 어린 것이 맘껏 주는구나……' 싶었다.

행복이 허리케인처럼 강하게 밀려왔다. 나중에 하나도 나한테 이런 행복을 심어줄까? 무더위 덕분에 생각지도 않은 혼탕의 황홀함을 맛보았다.

01/08/11 애란원을 다녀와서

미혼엄마들이 잠시 거주하고 있는 애란원과의 만남을 준비하는 동안 기대도 컸고 상당히 흥분되어 잠도 설쳤다. 우리 모두를 위해 서로에게 깊은 이해와 신뢰와 사랑이 배어나오길 바랐다. 더 치밀하게 계획하게 되면 뭔가 더 좋은 결과도 생길 것이고, 멋지고 세련된 맛을 기대하는 것도 무리는 아니지 싶었다.

그러나 우리의 만남은 처음부터 왠지 팽팽한 긴장감이 돌더니 질문이 오가면서 답답해지는 느낌을 떨쳐버릴 수가 없었다. 어딘지 모르게 동료 의식을 가졌던 것은 우리의 착각이었을까? 입양부모를 경계하는 눈빛도 어색하고, 마치 우리는 현재 이 사회에서 생활하지 않는 꿈꾸는 사람인 듯한, 말하자면 사회나 현실은 우리가 말하는 것과 다르다는 메시지를 계속 받아야 했다.

우리가 사는 하루하루…… 너무 평범해서 입양을 의식적으로 생각하지 않으면 잊어버리는 일상 생활이 물정 모르는 사람들의 부풀린 꿈처럼 다뤄진다면 이 순간에도 엄연히 이루어지고 있는 우리의 삶은 무엇이란 말인가?

대다수에 속하지 않으니까 단지 예외일 수밖에 없고, 공개입양을 하는 우리들은 그렇게도 위험천만한 일을 벌이는 문제 가정들이란 말인가? 한동안 말문도 막히고 우울했다.

생모와의 연락, 재회…… 그런 걸 말하지만, 진짜 하고 싶은 말은 우리 아이들을 어떤 위험에서도 안전하게 보호하고자 하는 어미된 심정일 뿐, 우리 아이의 양육권에 대해 지극히 일부라도 공유하겠다거나 간섭을 허용하겠다는 것이 아니다.

잔인한 말 같지만 생모의 권리를 보호해주겠다는 취지보다 우리 아이의 행복과 건강한 정체성에 도움이 되는 차원에서 재회를 준비했는지도 모르겠다.

어쩌면 이기적이고 욕심 많은 엄마로서 생모의 용기와 배려를 기대하는지도 모르겠다. 열 달 동안 생명을 잉태하고 출산의 고통을 이겨냈던 그 아픔과 힘겨운 시간 동안 생명을 지켜내고자 했던 숭고한 정신은 누가 뭐라고 해도 고마움과 존경을 표해야 하겠지만, 적어도 우리 아이와의 재회는 온전히 아이를 위한 제스처임을 부인할 수 없다.

죽음과 맞먹는 상실이라는 슬픈 상처의 흔적이 있는 우리 아이들, 적어도 입양 후에는 모든 위험으로부터 철저하게 지켜주려는 강한 모성 본능을 느껴 왔다.

생모와 양모 중 누구의 모성이 더 고상하고 강하냐는 의미가 아니다. 낳았든 입양했든 비밀입양이든 공개입양이든 새끼를 키우는 엄마는 대부분 자연발생적으로 우러나는 감정이라 생각한다.

혹시 입양 사실을 알고 있는 아들의 고뇌를 엄마가 모를 수도 있지 않느냐는 반론에 대해 깊이 생각해봤다.

과연 나는 어떠한가?

우리 아들이 입양 사실로 인해 편견을 당하고 있는데 그것조차 감지하지 못할 만큼 나 자신이 무디다는 생각은 해보지 않았다. 우리 아들에 대해, 특히 입양으로 인한 문제에 대해 늘 민감하게 모든 촉각을 세우고 있다는 사실을 안다면 누구도 그런 식으로 말하지 못하리라.

우리 아들, 우리 희곤이, 입양을 무슨 외투처럼 드러내고 키운 우리 둘째 아들, 그 아들이 내게 어떤 의미인지, 절규하는 심정으로 말하고 싶었다. 그러나 끝내 다 말하지 않았다.

명곤이가 있기 때문에 희곤이를 이런 식(공개입양)으로 키울 수 있었던 것은 아니다. 명곤이와 또 다른 의미로 생명보다 더 귀중한 아들이 희곤이다.

공개입양을 선택한 입양부모들도 우리 사회의 평범한 구성원 중 하나인데 특별한 사람으로 취급하는 그 순간 이 사회로부터 소외당하는 것 같아 무척 안타깝다.

생모들이나 입양부모들이나 모두 동일하게 위로가 필요하다는 사실을 알아야 한다. 미혼엄마, 입양부모, 입양아, 우리 모두는 어쩌면 서로를 더 보듬고 피차 위로하며 깊은 슬픔을 만져주는 그런 과정이 반드시 필요한 것은 아닌지 모르겠다.

스쳐 지나가는 바람결에도 무심결에 상처받은 부위에 깊은 통증이 느껴진다.

아~ 나도 입양부모가 아닐 수 있는 방법이 있으면 좋겠다. 생배라도 째고 우리 애들을 하나씩 집어넣다 빼는 고통을 감수하더라도 복잡한 입양 문제를 해결할 수 있다면 그 길을 택하고 말리라.

01/08/22 주눅 들지 말고 잘 해봐야지!

요 며칠 아이들이 밉고 마음도 침울해서 괴로웠었는데 하룻밤 새 그 우울이 모두 사라졌다.

어젯밤 교회 아이 중 두 명이 생일을 맞아 바베큐 파티를 한다고 어른들까지 초대를 했다. 애들부터 한바탕 잔치 벌이고 집안으로 들어간 사이 어른들만 마당에 모여 삼겹살을 구워 먹고 있었다.

오랜만에 만났기에 마당 한귀퉁이 어둠침침한 조명 아래서 한 자매와 고기도 먹지 않고 얘기를 하고 있었다. 눈앞에 영범이가 얼찐거리는가 했더니 슬며시 고기를 공기에 담아다 놓더니 젓가락, 쌈장, 마늘, 김치, 야채, 밥 등 하나하나 구색까지 갖춰 먹기 좋게 갖다줬다. 우리는 대화를 중단하고 너무 감격해서 입을 다물지 못했다.

입이 헤~ 벌어져서 맛있게 먹고 있는데 이번에는 황송하게 부채질까지 해주는 것이었다. 오메나!!!

잠시 지켜보던 남편, 헤 벌어진 나와는 반대로 질투를 했다.

"영범아! 이제 그만 하고 친구들이랑 가서 놀아! 지금 뭐 하는 거야!!"

아빠 호령에 얼른 부채 내려놓고 웃으면서 친구들한테 휘리릭 달려갔다. 귀여운 녀석…….

좀 있다가 너무 더워서 보채는 하나, 하선이를 데리고 샤워를 하고 나왔다. 마루엔 열 명도 더 되는 아이들이 조그만 레고로 뭔가 열심히 만드느라 잔뜩 어질러져 있었다. 하나가 주워 먹을 위험도 있고 밟으면 다칠 것도 같아서 주워 담아 놓고 만들라고 했다. 애들은 조금 주워 담는 척하더니 노느라 정신없는데 우리의 멀뚱이 영환이의 활약은 눈부시기까지 했다. 반짝반짝!! 열심히 주워 담고 자기 일을 알아서 척척 하는 것이었다. 오메나! 이게 뉘 집 애들이래???

애들은 사람들이 많이 보는 앞에서 내게 포옥 안겨서 좌우로 흔들기도 하고 애정 표현을 확실하게 했다. 그걸 보는 교회 형제 자매들…… 부러워하는 눈빛이 예사롭지 않았다. 그간 누적된 스트레스 확 풀고 한 놈씩 몸 부비며 눈빛이 달라져서 돌아왔다.

주눅 들지 말고 잘 해봐야지…….

01/08/28 엉망인 채

모두 학교에 간 후, 하나는 자고 하선이는 유치원 가기 전에 아빠랑 자전거 타러 나갔다.

이리저리 둘러봐도 집안은 시선 둘 곳이 없을 만큼 엉망진창이다. 이때 아니면 또 언제 시간이 날지 모르니까 만사 제쳐놓고 컴퓨터 앞에 앉았다.

어제 영환이 병원에 갔다 오는데 자꾸만 울음이 나서 혼났다. 의

청와대 요리사가 꿈인 영범이. 벌써 모양도 맛도 만점인 요리사다.

사 선생님은 아무래도 우울증 증세 같다고 하시면서 어디 가서 상담을 받아 보는 게 좋을 거라고 하셨다. 아니 그걸 하려고 병원에 왔는데 무슨 소린가.

선생님은 난감한 표정으로 영환이가 의료보호 대상자이고 그런 환자는 법적으로 의료비를 받을 수 없게 되어 있다고 하셨다. 그래서 고가인 상담이나 심리치료, 놀이치료 등은 선뜻 시작하기 어려웠다고.

혹시 그럴까봐 처음부터 대가를 지불할 의사를 확실히 밝혔는데도 한 달이 넘도록 치료를 미뤘다는 사실이 너무 슬펐다. 국가에서 배려해준 의료보호가 결국엔 적절한 치료를 차단하는 함정이 되었다니…….

애도 많고 위탁 상태이니 치료비를 지불하겠다는 내 말이 믿기 어려웠을까? 영환이에겐 지금이 얼마나 중요한 시기이며, 남들은 몰라도 옆에서 지켜보는 내 맘은 어떤데…….

도와달라고, 비용은 확실히 지불하겠다고 통사정을 하는데 울음이 '혹—' 터졌다.

보잘것없는 영환이, 그 애가 그토록 함께 살기를 기원하는 그 애의 엄마도, 존재를 거부하는 그 애의 아빠도, 할머니도 작은 아빠도, 이름하여 혈육이라고 불려지는 많은 사람들조차 그 애한테 아무런 관심이 없고, 자기 자신도 자신의 상태가 어떤지 모르고 있고, 그를 치료하려고 찾아온 의사도 몸을 사리고, 힘없고 영향력 없는 나만 간청하고 있는 모습에 가슴이 미어졌다. 이래저래 한 생명, 영환이에게 향한 하나님의 심정은 어떨까 생각하니 눈물만 나왔다.

난감하게 웃던 의사 선생님은 애처로웠는지 상담을 시작하겠다고 말했다. 45분 상담료가 6만 원이란다. 사실 소아정신과 치료는 적잖은 비용이 들기 때문에 선뜻 시작하기가 쉽지 않다고 하셨다. 얼마만큼의 비용이 들어갈지 모르겠지만 영환이의 미래를 위해 비축해놨던 돈이 다 들어간대도 한번 해볼 참이다.

그런데 왜 이렇게 자꾸만 가슴이 뻐근해지면서 허탈해지는지 모르겠다. 깊은 연못에 돌 던지기는 아니겠지?

01/09/02 확실한 투자 　　　　　입양기관에서 처음 하나 선을 보던 5월 10일부터 지금까지, 그리고 앞으로도 계속 사진을 찍어주기로 약속한 다큐멘터리 사진작가 지망생인 남학생이 있다. 시간만 나면 우리집과 엠펙 모임을 들락거리는가 싶더니 결국 입양에 남다른 관심을 갖게 되었다.

자주 온 탓도 있지만 요즘 보기 드물게 순수하고 해맑은 학생이어서 어느덧 우리 가족과 허물 없는 사이가 되었다. 명곤, 희곤이도 형이라고 따르고, 들이대는 카메라를 별로 꺼려 하지 않았다.

팔월 중순, 교회 수양회에도 함께 가게 되었는데 오가면서 대화를 해보니 등록금을 마련하지 못해 다음 학기 대학원을 휴학하겠다고 했다. 나름대로 계획이 세워져 있었지만 듣고 보니 마음이 편치 않았다.

그래서 일주일 동안 그 학생이 공부를 계속할 수 있도록 기도했는데 퍼뜩 떠오르는 게 있었다. 명곤이가 입대 때문에 이번 학기에 휴학하게 될 텐데, 그러면 명곤이 등록금으로 준비해둔 돈이 고스란히 남는다는 사실!

문제는 그 돈을 어떤 명분으로 전달해줘야 하는가였다. 그냥 줘도 될 만큼 우리가 부자도 아니고, 그냥 준다고 받지도 않을 텐데…… 빌려주자니 그 돈 때문에 내내 신경 쓰이고 결국엔 돈 잃고 사람 잃는 웃기는 모양새가 될 것 같았다. 이런저런 궁리를 하다가 마침내 기발한 아이디어가 떠올랐다.

'맞다. 우리가 한 학기 등록금을 내주는 대신 우리가 늙고 어려워질 18년 후에 하나의 대학 입학금을 내달라고 하는 거야.'

왜 하필 입학금이냐? 현재 대학원 등록금은 대학 등록금보다 약간 더 비싸고, 대학도 입학금이 등록금보다 약간 비싼 법이니까 그러면 동등할 것 같았다. 그렇게 된다면 이자 걱정 안 해도 되고 그 학생은 생활이 안정될 즈음인 18년 후에 하나 입학금 내주면 될 테니까.

하나 대학 입학금 미리 낸다고 생각하니 왜 그렇게 가슴이 설레는지…… '우리가 하나 대학 입학식까지 살아있긴 할까' 싶은 게 웃음이 나왔다.

며칠 전 학생이 왔기에 우리 의사를 밝혔더니 난감한 듯 그럴 필요 없다고, 그런 뜻에서 말한 것 아니라고 펄쩍 뛰었다. 하지만 잘 생각해보라는 내 당부에 며칠 고민하더니 '정성을 생각해서' 받아들이겠다고 했다.

"하나 대학 입학금 미리 낸 거니까, 꼭 기억해야 돼."

"네~"

이 소식을 들은 명곤이는 너무 잘했다고 칭찬을 해줬다. 우리 남편은 마누라가 확실한 데 투자한 듯한 뿌듯한 표정이다.

01/09/04 **바람만 가득 불어넣고**　　　　　어제 애들엄마로부터 전화가 왔다. 1년 4개월만에 전화한 애들엄마는 연락하지 못한 이유를 구차하게 늘어놓더니 애들 잘 있냐고 물었다. 아무런 말도 하

기 싫어서 애들이나 보러 오라고 했다.

외출하고 들어왔더니 현관에 낯선 새 운동화가 있다. 그 사이 다녀갔단다. 번지르르한 차림새에 너무나 당당한, 마치 돈 주고 하숙시키는 집에 들린 듯한 자연스런 모습이 기분 나쁘더라고 명곤이가 투덜거렸다. 괜히 내가 미안했다.

애들은 행복한 표정으로 콧노래를 부르는데, 나는 침울해서 아무런 얘기도 하고 싶지 않았다.

내일 도자기 엑스포에 보내려고 김밥을 싸려는데 영범이가 김밥집에서 사자고 했다. 그 말이 왜 그렇게 배부른 소리처럼 들리는지, 기분이 뭐라 설명할 수 없이 착잡했다.

철옹성 같은 단단한 맘속에 숨어서 숨막히게 하던 영환이도 하선이에게 큰소리로 핀잔을 줬다. 영범, 영환이 모습에 뭔가 당당함이 물씬 풍겼다.

묵묵히 김밥을 싸면서 왜 그렇게 식모 같은 불쾌한 느낌이 밀려오는지…… 엑스포 간다고 12,800원씩 돈 내주고 새벽같이 김밥 싸며 다른 준비물까지 챙겨줘야 하는 상황들에 울화가 치밀었다.

눈치 없는 두 놈은 김밥 싸는 식탁에 턱을 고이고 김밥을 먹고 있었다. 뭔가 물어보고 싶은 마음이 굴뚝 같았으나 보이지 않는 벽이 두껍게 쳐져 있었다.

밥 먹고 나더니 과자 사게 돈 달란다. 안산엄마가 주지 않았냐고 했더니 천 원씩 줬는데 뭔가 다 샀단다.

갑자기 성질이 확 일었다. 당장 아침이면 들고 갈 과자, 멀미약 등 애들에게 꼭 필요한 것들은 아무것도 해주지 못하면서 그저 허풍바람만 가득 불어넣고 떠난 애들엄마. 입 속에서 걸쭉한 욕이 자꾸 되뇌어졌다.

01/09/12 어떤 치밀한 계획

하나님은 너무나 치밀하신 분임을 새삼 깨달았다.

11월 27일 입대할 예정이면 휴학이 가능하다는 소리에 명곤이는 휴학을 신청했다. 그리고 공중에 뜬 등록금이 발빠르게 하나 대학 입학금 명분으로 찬학 씨에게 지불된 바로 다음날 학교에서 전화가 왔다. 2학기 휴학이 불가능하다고.

기말고사 못 봐도 중간고사만 보면 성적 처리가 가능하기 때문이란다. 총포상 차린 후유증인지 산더미처럼 만화책이나 빌려다 보고 놀 생각에 태만하던 명곤이 얼굴은 똥색으로 변했다.

아마도 하나 대학 입학금을 미리 내게 하려는 하나님의 작전이 아니었을까?

01/09/14 몸 수색을 해봐?

요즘 하나는 너무 예뻐서 이 세상엔 그것을 표현할 적절한 언어가 존재하지 않는다.

소리 내어 웃진 않지만(몹시 신기하다. 왜 안 웃지?) 눈웃음을 수시로 친다. 제법 말귀도 알아듣고 하선이가 그랬듯이 만만치 않은 행동 반경을 가지고 있다.

자장자장~ 노래만 불러주면 왼쪽 손으로 자기 가슴을 탁탁 두드리며 재우는 시늉도 하고, 텔레비전 채널 바꾸는 것도 기억했다가 슬그머니 눈치까지 살피며 자꾸만 여기저기 눌러본다.

컴퓨터 책상 밑에 들어가서 한참 작업 중인 스위치도 끄고 빠이빠이 하면 왼손을 휘젓듯이 좌우로 흔들어준다.

아빠가 오시면 끼윽끼윽 소리 내며 후다다닥 기어서 확실하게 반겨주는 것이 아무래도 아빠를 더 좋아하기 시작했나보다. 우리 남편 좋아하는 얼굴은 가관이다. 아빠 품에 안겼을 때 오라고 하면

획휙 얼굴을 돌린다.

애들마다 아빠만 보면 사족을 못쓰는 이유가 뭔지 모르겠다. 아무래도 우리 남편 몸 수색을 해봐야 할 것 같다. 자식을 유인하는 특별한 향수를 뿌렸을지도 모르니까.

01/09/19 아무것도 하기 싫다

컴퓨터 책상 위에 있는 엽기토끼를 보니 그냥 아무것도 하기 싫다. 어제 애들엄마가 다녀갔고 우리 부부는 역시 보지 못했다.

외출했다가 부랴부랴 돌아오니 바로 전, 금방 들어올 거라는 말에도 불구하고 애들을 데리고 어디론가 나갔다고 했다. 마치 망이라도 보다가 내가 없는 틈에 오는 게 아닌가 싶었다. 뭐라 말할 수 없는 허탈감, 아무것도 알고 싶지 않았다. 마침 손님이 오셨길래 다시 밖으로 나갔다 늦게 들어왔다. (도피하고 싶은 심정이 있었던 걸 부인하지 못하겠다.)

명곤이에게 들으니 밤 10시쯤 선물을 잔뜩 든 애들만 기분이 왕창 좋아져서 들어왔단다. 모든 게 혼란스럽다고 명곤이가 투덜댔다. 자기가 얼마 전 아르바이트해서 번 돈으로 애들 위한답시고 '해리 포터 시리즈'를 사다 줬는데 들춰보지도 않더니, 자기 엄마가 알량한 책 한 권 사줬다고 밤 11시까지 안 자고 수선을 폈단다. 내가 꾸지람을 할 때마다 눈에 거슬리게 애들 감싸다가 미움을 산 적도 많았던 명곤이가 적잖이 실망한 모양이다.

집안에 들어서자마자 영범이가 톡 튀어나와 엽기토끼랑 운동화를 내보이며 늘어지게 자랑을 했다. 식탁 위에 놓여 있는 어른 머리통보다 더 큰 메론이랑 배 세 덩이를 자랑스럽게 가리키며 "엄마가 사줬는데 누구든지 먹으라고 했어요" 하는 폼이 싱글벙글 행복한 모양이다.

　이 모든 상황들이 왜 그렇게 허탈하게 느껴지는지, 아무 소리도 듣지 못하게 벽창호처럼 귀가 멀고 싶었다.

　성질 더러워서 그런지 자꾸 욕지기도 나고 돈도 아깝고, 그냥 당장 데려가라고 한다니까 우리 남편은 말 같지도 않은 소리는 하지도 말라며 입도 떼지 못하게 했다.

　아유 정말, 아무것도 하기 싫다.

01/09/21 <u>나도</u> <u>안다</u>　　　　　　　홧김에 전화를 했다. 몇 푼 안 되는 돈 쓰느라 정신이 없는 애들 꼴에 열이 받쳐서 소리치다가 전화를 했다.

　씩씩한 목소리가 반갑게 "아줌마!! 안녕하세요?" 했다.

　갑자기 입이 닫히고 왜 전화를 걸었는지, 무슨 말을 해야 하는지 당황해서 주춤거리게 되었다. 곧 전화 건 걸 후회했다.

　겨우 애들 돈 주지 말라고 입을 열었다. 언제 올 거냐고 했더니, 잘 모르지만 아니 확실하진 않지만 추석날 아침에 갈까 한단다. 밤 10시에 일이 끝난다고, 그러니 어쩔 수 없다고…… 그때 가봐야 한다고…….

　너무 많이 속아봐서 이제 그런 말 액면 그대로 믿지 않는다. 연휴엔 언제나 전화가 꺼져 있었고, 회사는 모조리 쉰다는데 본인만 일했다고 우기는 걸 난들 어찌겠나, 속아줘야지.

　괜히 전화했다는 생각만 들었다. 다시는 안 하리라…… 또다시 다짐을 했다.

　옆에서 지켜보던 아줌마가 속이 터진다며 마구 나무랐다.

　"아이고메~ 고거이 답답하네. 어찌 그리 산다요. 보내뿌요······. 키워봤자 소용없을 테니 두고봐. 내 말이 틀리나."

나는 대답 대신 바보처럼 씨익 웃었다.

나도 안다. 소용없는 줄. 괜찮다. 나한테 소용 있으라고 키우는 것이 아니다.

나도 다 안다. 키워봤자 소용없다는 것, 그거야 멀리 볼 것도 없다. 나만 봐도 아니까. 지금까지도 부모 맘을 편하게 해드리지 못하고 살고 있는 걸 어쩌겠는가.

세상 참 희한하게 사는 사람들도 있다며 아줌마가 껄껄 웃으신다.

01/09/27 당신은 언제 주워왔다는 느낌이 드냐고?   희곤이가

남편이랑 수원 지방 검찰청에 갔다.

지난번 코뼈 부러진 사건이 이제야 종결이 나려고 하나보다. 경험도 없고 소식도 없어서 이러다 흐지부지되는가 싶었는데 그런 일은 절대 없다더니······. 처음 접하는 일이라 아침부터 마음 한켠이 이상야릇하다.

동생을 끔찍이 생각하는 명곤이가 이런 얘기를 들려줬다.

며칠 전에 희곤이가 컴퓨터로 500문답이라는 문제를 풀고 있었단다. 그런데 2백8십 몇 번째에서 중단이 되었단다. 그 문제가 뭔지 아느냐고 물었다.

알 리가 있나. 그냥 어리둥절 있는데 '당신은 언제 주워왔다는 느낌이 드느냐?'는 물음이었단다.

컴퓨터에 이상이 생겨서 데이터를 점검하다가 발견했다는데, 명곤이는 희곤이가 받았을 상처가 맘에 많이 걸렸던 모양이다. 자세히 살펴보면 우리 주변에 얼마나 많은 복병들이 숨어 있는지, 얼마나 강도 높은 면역주사를 놔줘야 하는지 실감하게 된다. 혼자서 때때로 느껴야 하는 어려움이 있을 텐데 도와줄 방법이 없으니 혼자 잘 견뎌내길 기도할 뿐이다.

저녁 무렵 남편과 희곤이가 돌아왔다. 간단하게 반성문을 작성하고 왔는데 거기서 포승에 묶여 가는 굴비들을 봤고 휴게실에서 이미 많은 훈계를 들었다고 한다. 그저 피식 웃는 걸로 보아 이제야 안심이 되었다는 걸 느낄 수 있었다.

마음이 무거웠을 텐데 환하게 웃는 엄마한테 저녁 사먹게 돈 달란다. 짜식!! 또 시작이다.

01/10/01 아! 저렇게 좋은걸

이번 추석엔 영범, 영환이가 오고 나서 처음으로 애들엄마가 며칠 동안 애들을 데려가겠다고 했다.

믿지 못할 얘기였지만 혹시나 하는 기대로 가슴이 쿵쾅쿵쾅 뛰었다. 애들은 나보다 몇 배는 더 눈 빠지게 기다리는 눈치였다.

토요일 아침, 자기 엄마한테 전화했는데 연결이 되지 않았다. 그 순간 안면 근육이 굳어지면서 드리워지던 실망감은 정말 안쓰러웠다.

그런데 저녁 무렵 일요일 밤에 오겠다며 전화가 왔다. 룰루랄라…… 두 녀석은 낮 동안 송편을 만드는데 떡 하나 먹지 않고 과자 먹으면서 누워서 버둥대다가 할아버지한테 혼났다. 애들은 주야장창 지루하게 시계만 쳐다봤다.

밤 11시쯤 과천 역에 도착하겠다고 해서 가방을 챙겨 내보내는데, 잘 놀다 오라는 우리도 행복하고 웃음을 감추지 못하는 애들도 무척 행복해 보였다. 애들은 좋아서 방방 뛰더니 그 참에 골목을 내리달렸다.

"아! 저렇게 좋은걸⋯⋯." 현관에 들어서며 혼잣말을 했더니 "얼마나 좋겠어. 얼마 만에 엄마랑 자는 건데⋯⋯." 명곤이가 영감쟁이 같은 말을 했다.

비가 조금씩 뿌려서 달 보긴 틀렸지만 구름 저편에 커다란 보름달이 환하게 걸려 있겠지?

텅 빈 애들 방을 처다보니 아직도 아이들이 네 명이나 남아있는데 숫자와 상관없이 집이 휑하다.

01/10/02 그래도 너희들은 행복하구나   저녁 8시 30분쯤

아이들이 환한 얼굴로 엄마와 함께 돌아왔다.

오랜만에 만난 애들엄마는 살이 많이 쪄 있었다. 그녀도 나처럼 스트레스 살이 찐 걸까? 만나니 괜스레 가여운 생각이 더 많이 들었다. 어렵게 애들과 지내준 것도 고맙다.

잠시 애들 상태도 말해주고 영환이 홍역 했던 얘기며 현재 치료받고 있는 상황에 대해서도 말하면서 엄마의 절대적인 위치를 간곡하게 설명했다. 우리가 아무리 노력해도 채워줄 수 없는 부분이 있다고⋯⋯.

애들엄마는 9시 30분쯤 돌아갔다. 애들은 경쾌하게 인사를 하는 듯했다. 그 앞에서는.

그러나 10분쯤 지났을까 영범이가 펑펑 울면서 내게 다가왔다. 왜 그러냐고 물었더니 엄마가 보고 싶어서 그런단다. 방에 가보니 영환이도 베갯잇을 축축하게 적시며 흐느껴 울고 있었다.

윗층 아랫층 침대에 누워 소리 없이 흐르는 눈물과 경련을 일으키는 목 줄기⋯⋯ 영범이는 왕방울만한 눈망울을 굴리며 입을 쥐

그의 눈빛은 그 누구도 담으려 하지 않는다. 오직 보이지 않는 엄마를 향해 열려 있을 뿐…….

어 잡고 울었다. 잔뜩 웅크린 채 멍한 눈빛으로 눈물만 흘리는 영환이…… 우리 부부는 너무 안타까워 차라리 소리 내서 엉엉 울라고 말해줘야 했다.

잠시 후 분위기를 바꾸느라 몸을 토닥이고 얼굴도 쓰다듬어주면서 어제 있었던 일이며 기분은 어땠는지 말해보라며 너스레를 떨었다. 그러다 갑자기 슬픔이 거센 파도처럼 몰려왔다. 가여운 두 마리 새가 바들바들 떨고 있는 것처럼 보였다. 2년 넘어 엄마와 이틀 밤을 보내고 펑펑 우는 아이들 옆을 천진하게 왔다 갔다 하는 하나를 보니 갑자기 우리 하나, 하선이, 희곤이가 생각나서 눈물이 마구 나왔다.

'그래도 너희들은 행복하구나. 엄마랑 자보기도 하고…… 그래도 너희들은 행복하구나. 희곤이는 생모를 기억도 못하는데, 어디서 뭘 하는지 알지도 못하는데, 우리 하선이랑 하나는 그럴 가능성이 얼마나 희박한데…….'

울음을 참느라 목구멍이 아팠다. 한때는 얘들이 더 불쌍했는데, 오늘은 슬피 우는 애들보다 왜 나머지 애들이 더 마음을 아프게 하는지 모르겠다.

식은땀을 흘리면서도 행복한 웃음을 지어주는 하나, 온갖 떼를 쓰며 앙탈해도 예쁘기만 한 하선이, 고시원 원장 아들이라는 이유 하나로 큰소리치며 고시원에 공부하러 간 희곤이.

때때로 입양했다는 기억조차도 희미해지는 아이들, 그냥 쳐다보기만 해도 사랑스런 우리 아이들, 불현듯 우리 애들 뒤편에 감춰지지 않는 슬픔이 표면으로 기어나와 괴롭게 한다.

누구보다 강하게, 누구보다 아름답게, 누구보다 행복하게 커다오. 나의 아이들아!

<u>01/10/12</u> **나는 미칠 지경이다**　　　　　　영환이랑 병원에 가는 날,
상담을 마치고 선생님을 만나니 많이 좋아진 것 같다고 하신다.

　글쎄…… 바빠서 관찰하는 것도 쉽지 않았고 약간 부드러워진
것 같긴 하지만 특별히 좋아졌다고 할 만큼 큰 변화는 없었다. 어
쨌든 느끼지 못했지만 변화가 있었다니 다행이었다. 무엇이 그런
변화를 가져왔을까?

　진료실을 나오는데 웬 일로 힘차게 인사도 한다. 그런데 왜 내겐
여전히 말이 없는 걸까? 오늘 놀이치료가 재밌었냐고 물으니까
"네!"라는 간단한 답변 후 침묵만 흘렀다.

　버스에 타고 잠시 후 좌석이 났다. 영환에게 앉으라니까 대뜸 앉
아 창 밖 쪽으로 몸을 틀고 손을 매만졌다. 한 번쯤 엄마 앉으시라
는 말이라도 해줬으면 좋겠다는 생각이 스쳤다. 멍청하게 내려다
본 영환이의 손가락 끝은 살갗 보푸라기가 심하게 생겼는데 그걸
계속해서 뜯어내고 있었다. 무표정한 녀석을 보노라니 '쟤랑 나랑
아는 사이일까?' 하는 생각이 들어 옆을 둘러봤다. 다들 창 밖을
쳐다보고 있다. 남이랑 조금도 다를 바가 없다.

　버스에서 내려 집까지 갈 동안 약간 거리를 두고 아무 말 없이
걸었다. 잡생각이 뒤엉켜 우울하고 허탈하게 골목길을 접어드는
데 영범이가 엄마를 외치며 뛰어오더니 왈칵 안기며 매달렸다. 갑
자기 꿈속을 헤매다가 영범이를 만나 현실로 돌아온 느낌이었다.

　저녁 때 영범이가 자기 엄마한테 보내려고 쓰는 메일을 보았다.
처음엔 두 손으로 가리더니 잠시 후 보여줬다. '제발 함께 살자'는
간절한 내용이었다. 또 다른 컴퓨터에선 영환이가 편지를 쓰고 있
었다. 11월 10일 자기 생일에 꼭 오라는 내용이었다.

　뒤이어 두 녀석이 자랑이라도 하듯 자기 엄마한테 온 편지를 보

여줬다. '미안하다, 사랑한다. 아줌마 아저씨 말 잘 들어라' 라는 내용이었다.

'바로 그거였구나…… 그래서 좋아진 거였구나…….'

지난번 만났을 때 함께 살자고 했더니 복권이나 당첨되면 모를까 어렵다고 했단다. 그게 무슨 뜻인지도 모르고 복권 당첨만 되면 함께 살 수 있다고 좋아하는 모습을 보니 몹시 속상했다.

언제 어떻게 하겠다는 구체적인 계획도 없는데 애들은, 특히 영환이는 나를 조금도 엄마라는 위치에 놓고 싶지 않은 모양이다. 애들에게 있어 나의 정체성은 뭘까?

치료를 받는 것도 안전을 보살피는 것도 다 부질없는 일처럼 느껴지니까 무력감이 걷잡을 수 없이 밀려온다. 사랑의 기본은 관심을 기울이는 것이라는데 이런 상황에서 아이들을 사랑한다는 것, 그건 무얼 의미할까?

애들의 웃음소리가 그칠 줄 모르고 들려온다.

만감이 교차되는 이 시간, 나는 한없이 슬프고 허탈해서 미칠 지경이다.

01/10/15 정말 미쳤다　　　　오늘 아침 남편한테 "당신 미쳤냐!"는 소리를 들으면서 영환이를 처음으로 많이 때렸다. 늘씬 두들겨 패도 시원찮았겠지만 남편이 끼어드는 바람에 멈추고 울어버렸다.

계속해서 쌓이기 시작한 스트레스로 인해 몹시 지쳤고, 삶이 고달프게 느껴졌다. 불쌍하고 가여우니까 무슨 수를 써서라도 도와주리라 덤벼든 것 자체가 무리였는지도 모르겠다. 아이를 우선 순위에 두고 생활하고 치료도 하면서 문제의 근원이 되는 애들엄마가 나타나길 간절히 기도했었다.

기도 응답인지 일 년 반만에 나타난 애들엄마, 그러나 예상과 달리 일이 점점 꼬이기 시작하자 기대했던 부피만큼 고통과 절망감도 더 깊었다.

한 집에 살면서 거부당하는 느낌은 참으로 처참하다. 그 참담함을 피하기 위해 그 애가 어떤 행동을 하든 마치 방치하듯 무관심으로 대했다.

얽히고설키는 갈등 속에서 요 며칠은 '저 아이에게 나의 도움이 무슨 소용이 있을까?' 하는 근본적인 문제까지 건드려졌다. 저 애가 이토록 나를 거부하는데 무슨 의협심에 이러고 있는가.

너무 지쳐서 갈등을 제공하는 모든 원인을 제거한 후 홀가분하게 쉬고 싶었다. 불투명한 장래에 자신이 없다. 수시로 머리를 굴려 손익계산을 해봤다. 지경을 아무리 넓은 범위로 넓힌들 무슨 뾰족한 수가 있으며, 뭐 그렇게 좋은 결과들이 나올 수 있을까…….

결과는 뻔하다. 한 치 앞도 보이지 않는 회색 빛이 싫다.

어떤 조치를 취해서라도 이제 그만 손을 놓고 싶은 심정이 되니까 생각할수록 눈물만 나서 질질 짜며 우울하게 며칠을 보냈다. 그리고 급기야 봇물 터지듯 와르르 터져버렸다.

몇 번이나 깨워도 일어나지 않던 영환이, 겨우 일어나는가 싶기에 침대를 정리하라고 이르고 10분쯤 후에 들여다봤더니 인생 다 산 표정으로 침대에 앉아 있었다.

"학교 갈 준비 안 하고 뭐 하니? 빨리 학교 가야지……."

못 들은 체 앉아 있다.

"내 말 안 들려?? 빨리 학교 갈 준비하란 말이야!!"

소리를 지르자 그때부터 끼륵끼륵 울기 시작했다. 도무지 그 아이의 상태를 알 수가 없었다.

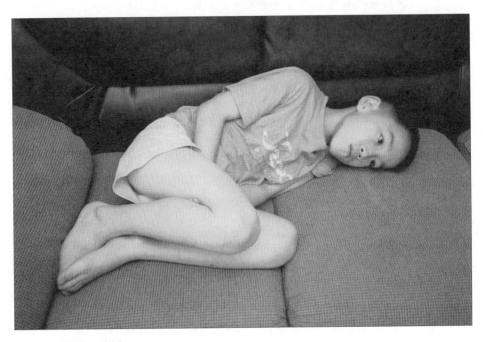

영환아…… 영환아……

"왜 우는 거야? 어디 아파?? 속상한 일 있었어?"

대답할 리가 없다. 몇 번의 다그침 끝에 기어들어가는 소리로 배가 아프단다. 순간 피가 머리 위로 솟구쳤다.

"야 이 새끼야! 아프면 아프다고 말을 해야 알 것 아냐. 네놈이 아픈지 어떤지 말 안 하면 내가 어찌 알아. 내가 무슨 독심술이라도 있는 줄 아냐!!"

소리를 버럭버럭 지르고 손바닥으로 어깨를 내리쳤다. 그랬더니 이 자식이 완전히 죽는 시늉을 하면서 찌그러진 깡통이 되는데 더 열이 나서 그대로 멈출 수가 없었다.

"야 이 새끼야, 토요일도 책을 살 거면 말을 해야 알지, 도대체 왜 말은 안 하고 청승 떨고 울기만 하는 거야. 사람 미치게! 숨막혀 죽을 것 같단 말이야. 네가 거지냐? 왜 이러고 사냐고……."

그 애 표정을 보고 있자니 나야말로 미쳐갔다. 다리, 팔을 두들겨 패는 것이 차라리 침묵으로 대하는 것보다 나을지도 모른다.

울상이 되어 미친 듯이 소리를 지르자 그 소리에 남편이 뛰어와 "정말 미쳤다"며 애를 데리고 안방으로 갔다. 철저하게 거부당하며 느끼는 이 심정 정말 참혹하다.

01/10/18 행복한 여자

과천 초등학교에서 바자회를 했다. 학교에서 돌아온 영범이는 부엌에서 일하고 있는 나에게 오더니 "짜잔!" 하면서 꽃다발 하나를 내밀었다. 보랏빛 소국 한 다발.

작년에 구닥다리 롱코트를 사왔다가 퇴짜 맞았었는데…….

기회 있을 때마다 기쁨을 주려고 무지 애쓰는 영범이. 꽃은 내가 받았는데 꽃 받은 나보다 자기가 더 좋아서 몇 번씩이나 맘에 드는지 물었다.

천 원에 사왔다는데 진한 향기 속에 영범이의 사랑이 듬뿍 담겨 있었다. 나는 행복한 여자다.

01/10/24 영화의 한 장면

애들 학예회 날이다. 며칠 전부터 꼭 오라는 부탁을 받았건만 오전엔 영환이, 오후엔 영범이가 한다는데 어찌나 바쁜지 나설 틈이 보이지 않았다.

오후 1시. 들락날락 점심을 먹는데 전화가 왔다. 영범이가 자기 시작하니 빨리 오란다. 오메, 미안해라……. 꼼짝없이 자는 하나를 명곤이한테 맡기고 자전거를 내리 밟았다.

허겁지겁 가보니 2부 개막식을 시작한다는 얘기였다. 영범이 순서는 아직 멀었다. 사진 찍고 기회를 노리다가 빠져나와 다시 자전거 페달을 밟았다.

빨래 널고 전화 받고 절절 매다가 또다시 자전거를 타고 내리 달렸다. 우는 녀석 젖 물린다고, 자기 하는 것 봐달라고 재촉하는 영범이가 기특하다.

서둘러 달려가서 느긋한 척 사진을 찍었다. 세 번째 순서에 영범이가 나왔다. 사진을 찍는데 갑자기 영범이의 동작에 힘이 들어갔다. 아무래도 나를 발견한 모양이다.

잠시 지켜보는데 왜 그리 눈물이 울컥울컥 치솟는지 창피해서 주위를 살피며 눈물을 닦았다. 끝나자마자 밖으로 나가 출구 앞에 서서 막 뛰어나오는 아이한테 잘했다고 칭찬하자 땀 범벅이 된 채 입이 쫘악 벌어졌다.

함께 집에 가겠다고 해서 자전거 뒷자리에 앉히고 페달을 밟았다. 뒤뚱뒤뚱 하면서도 우린 너무 행복했다.

노란 은행잎이 깔려 있는 길을 달리는데 마치 영화에 나오는 한 장면처럼 느껴졌다.

01/11/07 위험한 제안

지난 금요일 눈이 아픈데다 하나까지 아파서 영환이를 병원에 데려가기가 곤란했다. 이 사람 저 사람 도와줄 사람을 찾다가 애들엄마를 떠올렸다. 적어도 이런 상황에서 가장 우선 순위로 도움을 줄 수 있지 않을까?

오전 내내 전화 연결이 되지 않아 메시지를 두 번이나 남겼지만 소식이 없었다. 오후에 영범이가 전화를 했더니 메시지는 보지 못했고 바빠서 올 수 없다고 했단다.

무엇 때문에 바쁜 걸까? 갑자기 서운한 마음에 그냥 지나치고 싶지 않았다. 애들은 내년쯤이면 자기 엄마가 데리러 오지 않을까 진지하게 기다리는데, 헛물켠 애들의 상처는 내 차지만 될 터이니 이런 불합리가 어디 있단 말인가.

어떤 현실이든 피하게 하고 싶지 않아 영범이 앞에서 통화를 했다. 어차피 귀 쫑긋 세우고 듣고 있을 텐데 아무려면 어떤가.

아이들하고 살 마음이 있는지, 현실적인 가능성은 어느 정도인지, 어떤 조건들이 갖춰지면 가능한 건지…… 등등.

애들엄마는 전과 달라진 게 아무것도 없었다. 형편이 되면 데려가고 싶다는 막연한 말뿐이다. 몇 번이나 물어봤다. 함께 살 생각은 있냐, 조건이 다 갖춰지면 살 거냐. 앞으로 8년만 지나도 애들은 엄마가 필요 없게 된다고 말했다.

생각다 못해 위험한 제안을 냈다. 당장 우리집에 들어와서 애들이랑 살면서 살림을 도와주면 현재 벌고 있는 월급은 주겠다. 먹고 사는 건 다 해결해줄 테니 월급은 다 저축해라. 당장은 힘들고 어렵겠지만 2년만 고생하면 독립할 수 있지 않겠느냐. 2년! 딱 2년만 고생해서 애들 데리고 나가 살라고 했다.

경제적 여유가 있어서 큰소리치는 것이 아니다. 당장 이 달 말이면 시기적으로 고시원이 비수기로 들어가기 때문에 내핍생활을 해야만 한다. 하지만 어떤 방법을 동원해서라도 애들과 엄마가 함께 살 수 있다면 커다란 출혈도 감당하고 싶었다.

영범이는 입이 비실비실 벌어지며 좋아하는데 애들엄마는 대답이 없었다.

잠시 침묵이 흐르고 아주 힘들게 '생각해보겠다'고 했다.

진지하게 생각해보라고 말은 했지만 어떤 결정을 내린다 하더라도 원망하기 싫다. 다만 애들을 생각해서 지혜로운 결단을 내려주길 바랄 뿐이다.

01/11/10 행복한 수고   영환이 생일이다.

친구 초대했다는 말도 형 시켜서 하고, 물어봐도 대답 없는 목석 같은 녀석.

오전 내내 영환이의 친구 초대는 부담스러웠다. 몸이 귀찮아 식당에 데려 갈까, 아님 음식을 시켜 줄까 고민하다가 마음을 고쳐먹었다. 이런 기회에 엄마의 정성과 사랑을 듬뿍 느끼게 해주면 효과 만점이지 않을까?

일부는 배달을 시키고 일부는 사오는데, 하나는 자고 짐은 왜 그리 무거운지 쉽게 걸어지지도 않았다. '내가 지금 뭐 하는 짓이야? 내 나이가 얼만데 애 업고 또 다른 애 생일잔치 해준다고 음식 준비라니. 대충 해줘도 되는 것이었는데……' 하는 비애감에 젖었다가 '까짓 거, 조금 움직여서 행복하게 해준다면 못 해줄 것도 없지 뭐' 하는 넉넉한 마음이 들기도 했다.

혼자 북 치고 장구 치며 서둘러 김밥에 떡볶이…… 등 푸짐한 생일 상을 차렸다. 오후가 되면서 커다란 덩치의 영환이 친구들이 크고 작은 선물을 하나씩 들고 몰려왔다. 교자상을 두 개 폈는데 자리가 비좁을 정도였다.

음식을 실컷 먹더니 무슨 참새 떼가 모인 듯 온 집안이 시끌시끌했다. 선물을 푸는 중이었다. 선물은 각종 팽이와 학용품이었다.

친구들 틈에서 선물을 뜯으며 웃고 있는 영환이의 얼굴은 가장 행복한 순간처럼 보였다. 매일매일 그런 표정이면 참 좋을 텐데…….

영환이가 행복해하니까 힘들고 망설여졌던 수고들이 아무것도 아니게 느껴졌다.

01/11/24 우리가 빨리 갔으면 좋겠어요?   지난 화요일

애들엄마가 다녀간 후로 몹시 괴로웠다.

낮에 애들엄마가 왔을 때 대충 가려는 걸 붙잡아 놓고 지난번 제안했던 것을 다시 꺼냈다.

그저 위기만 넘기려는 듯 내년에 데려가겠단다.

어떤 계획을 가지고 있냐…… 뭐가 문제냐…… 돈이라면 당장 줄 테니 들어와서 엄마 역할을 해라…… 엄마 역할이 하고 싶을 땐 하고, 하기 싫을 땐 하지 않아도 되는 줄 아느냐…… 사정과 협박과 회유를 했지만 건성으로 흘려 넘기는 느낌을 받았다.

나오는 이유마다 다 해결해준다며 해결사처럼 행동해도 이리저리 미꾸라지처럼 빠져나갔다. 우라질!!

무책임하게 애들엄마가 떠나간 후, 애들하고 꼭 필요한 말만 겨우 하고 살았다.

복잡한 일상 속에서, 하나는 아파서 계속 징징거리고 이래저래 신경이 날카로운 상태에서도 애들엄마에 관한 문제는 자꾸만 뒤통수를 무겁게 했다. 2년 동안 어찌 살았을까…… 살아온 날들이 용케 느껴졌다.

이렇게 흐지부지 시간만 끌면서 자기 맘대로 한다면 끝장을 낼 거라는 생각만 자꾸자꾸 뿌리를 내렸다. '어디 두고 보자. 자식 돌보지 않는 인간은 모두 잡아다 감옥에 쳐넣으면 좋겠다.' 미움과 원망으로 벼르고 있는데 금요일 저녁, 영범이가 내게 물었다.

"엄마! 엄마는 우리가 빨리 갔으면 좋겠어요?"

뭐라고 대답을 해야 하나 잠시 망설여졌다.

"너희는 엄마랑 살기 원하잖아. 아냐?"

"그렇죠. 그런데 엄마는 우리가 빨리 갔으면 좋겠냐구요."

"그야 하루라도 빨리 엄마랑 살면 좋지…… 엄마는 너희가 행복하길 바래."

"으음~ 그렇구나."

아슬아슬하게 곤란한 질문에서 벗어났다는 기분도 들고 한편으로는 속마음을 들킨 것 같아 미안하기도 했다. 그러나 기왕 얘기가 나온 김에 속마음을 확실하게 내보였다.

"그런데 너네 엄마는 왜 너희들이랑 함께 살려고 하지 않나 모르겠어."

"그게 아니라요, 아직은 때가 아니래요. 돈을 벌어야 하니까요."

"여기 와서 살면 되는 건데 돈이 뭐가 필요하냐?"

"회사 다녀야 돈을 벌지 그럼 어떡해요?"

영환이가 자기 엄마 편을 들었다.

"여기서 살면 회사 안 다녀도 돼. 아빠가 돈 벌어 오니까 너네 엄마는 너희들 밥도 해주고 학교에 다녀오면 숙제도 봐주고 빨래도 해주고 그러면 되지."

두 녀석이 다 꺼벙하게 쳐다봤다.

"그럼 빨리 오면 되겠네…… 그럼 힘들게 일하지 않아도 되잖아."

영범이 얼굴에 웃음꽃이 피었다.

"엄마는 자기 애들에게 밥도 해주고 잘 보살펴야 하는 거야. 그게 제일 중요하거든. 근데 너네 엄마는 밥도 안 해주고 말이야. 그런 건 나빠……."

구체적으로 약점을 건드렸다.

"우리 엄마가 밥 해줬어요."

영환이가 발끈했다.

"언제?"

"추석 때요. 맨날 추석이면 좋겠다."

"자식아! 밥 한번 해줘서 되냐? 맨날 해줘야 엄마지……."

"돈 벌잖아요."

"에구~ 돈 벌긴 뭘 벌어. 너네 엄마 돈 번다고 너희들 보러 못 오지? 그런데 돈 벌어서 뭐 하는데? 여태껏 너네 엄마로부터 너희들 밥 해주라고 돈 받아본 적 한 번도 없다. 천원도……."

단돈 십 원이라고 하려다가 차마 그럴 수 없어서 천 원이라고 표현했다. 그 말이 그 말이지만…….

"정말요??? 1000원두요? 그럼 100원두요? 아니 10원두요?"

믿기 어렵다는 듯 놀란 표정이다. 아니 그럼 이것들이 지네 엄마가 돈 벌어다 준 줄 알았단 말이야?

애들 반응에 솔직히 나도 놀랐다.

"그래…… 한 번도 돈 받은 적 없어. 그러니까 엄마랑 살고 싶거든 매일 전화를 하든가 편지를 써서 보내…… 제발 같이 살자고……."

오후에 하나랑 마트에 가서 뭔가 잔뜩 주워 담았다. 하나 기저귀, 과일, 과자, 가족 모두에게 골고루 갈 수 있도록 분배를 하며 담는데, 갑자기 두 녀석 것을 담을 땐 아깝다는 생각에 자꾸 망설여지는 나를 발견했다.

한 번도 이런 적이 없었는데, 평소 그 애들이 잘 먹는 것은 꼭 챙기는데, 맛있게 먹으면 보는 것만으로도 좋아했는데 이제 그것조차 싫어서 자꾸 들었다 놨다 하고 있으니 내심 당황해서 주춤했다. 어쩌다 내가 이렇게까지 치사하게 변했을까?

우습게도 애들 것보다 더 비싼 하나(가까이 사는 입양가족) 기저귀며 주스를 사서, 그 집에 찾아갔다. 그리고 해나네 집에서 해맑은 해나랑 해나 엄마 아빠 만나 얘기하는 동안 마음이 서서히 풀어졌다. 이렇게도 풀리는 거였다.

복음성가를 들으며 '사는 동안 잘 살아보자' 는 다짐으로 물끄러미 영범이의 눈을 들여다봤다. 녀석이 피식 웃었다.

그래, 심각하게 생각하지 말자. 갈 때 가더라도 아무것도 계산하지 말고 살아보자. 하나님의 뜻인지 아닌지도 가리지 말자.

기도로 해결해보고자 하는 몸부림도 잠시 내려놓기로 했다. 지금은 함께 있으니까. 함께 있는 동안 눈빛을 바라보며 부족하나마 그냥 살자.

오늘이 마지막일지도 모르지 않는가? 생애 마지막 날처럼 살아보자.

01/11/27 연병장까지 가기 싫었는데　　　　명곤이가 입대하는 날!

심란하기도 하고 아들한테 엄마의 약한 모습 보여주기 싫어서 차라리 김장하느라 바쁜 척하려는데 남편이 막무가내로 연병장까지 함께 가야 된다고 우겼다.

불과 6주 동안 헤어지는데, 현역 보내는 엄마들이 들으면 배 부른 투정처럼 들리겠지만, 그래도 6주라는 기간이 60년처럼 길게 느껴지고 아들과의 단절이 두렵기만 했다. 가벼운 이별이라고 스스로 위안을 삼으려 해도 왜 그리 6주가 며칠인지 계산도 안 되고 길게 느껴지는지 모르겠다.

명곤이는 심란한 참에 부모가 다 따라나선다고 투덜거렸다. 어디 부모뿐이랴. 희곤이, 찬학 학생, 하선이, 하나까지 데리고 아침 9시에 의정부를 향해 출발했다.

의정부 용현동 306 보충대대.

보나마나 길이 막힐 것으로 예상해 넉넉하게 출발했는데 1시간 30분만에 도착했다. 점심을 먹는 동안 하선이랑 하나가 계속 울고 보채는 바람에 몸 둘 바를 모르게 미안했다.

"내가 꼭 가는 시간까지 애들 울음소리 듣다 가야겠어? 우씨~ 현역 갔음 좋겠다."

"왜 이렇게 맛이 없냐?"

옆에 있는 희곤이까지 음식 타박을 하며 투덜거렸다.

입대 시간이 임박해지자 좌불안석이 된 명곤이가 엉뚱한 말을 했다.

"노래방 가고 싶은데…… 노래방 가고 싶은데……."

엄청 긴장된 표정이다. 아무 노래방이나 들어가서 고래고래 소리 지르며 노래 부르는 명곤이의 목소리가 듣고 싶었다. 하지만 여유를 부릴 시간이 없었다.

명곤이는 자꾸만 연병장 입구에 내려주고 가라는데 남편이 부득부득 우겨서 부대 안까지 들어갔다. 바람도 세게 불고 엄청 을씨년스러웠다.

나는 어린 여동생 들쳐업고 남편은 어린 남동생 들쳐업은 채, 잔뜩 웅크리고 입대를 기다리는 아들 앞에서 서성대자니 면목도 없고 미안해서 울고 싶은 심정이었다.

운동장에 잔뜩 모인 젊은이들…… 당장 오늘 저녁엔 무얼 할까? 매서운 바람 때문인지 자꾸 눈시울이 울렁거렸다.

잠시 술렁이며 서 있는데 헤어져야 할 시간이 되었다는 안내 방송이 울려퍼졌다. 여기저기서 우는 엄마들과 부둥켜안은 젊은 연인들이 눈에 띄었다.

아무 말 없이 호주머니에 손을 집어넣고 무리 속으로 섞여버린 명곤이는 뒤도 돌아보지 않고 자꾸자꾸 멀어졌다. 잠시나마 더 보려고 조그만 의자 위에 올라서서 쳐다봤지만 금세 커다란 무리 속에 섞여버려서 우리 명곤이는 찾지도 못하게 되었다.

아~ 그 순간 눈물이 자꾸자꾸 나오는 걸 참을 수가 없었다.

군에 갈 아들만 생각하면 며칠 전부터 매사 맘에 걸리고 측은해서 미치겠는데, 우리 남편은 너처럼 부실한 체력으로 혹독한 훈련을 무사히 마칠 수나 있겠냐고 모진 소리를 해댔다. 그 소리가 왜 그리도 싫었는지, 차라리 내가 대신 받을 수만 있다면 흔쾌히 달게 받을 것 같았다. 그러던 남편도 언뜻 보니까 하선이 업은 채 코끝에 콧물을 달랑달랑거리며 얼굴을 돌린 채 한 손으로 눈물을 훔치고 있었다.

01/12/05 영범이의 편지

얼마 전부터 영범, 영환이의 양육 태도를 바꿨다. 현실을 있는 그대로 바라보고 헤쳐나갈 수 있는 능력을 키워주려고 한다.

애들에게 우리집에 오게 된 경위와 받아들였던 우리 가족의 심정과 애들엄마에 대해 직접적이고 사실적인 정보를 알려줬다. 애들은 생각보다 더 잘 받아들이는 느낌을 받았고 나도 심적으로 커다란 안정감을 얻었다. 소아정신과 선생님도 그런 변화가 바람직하다고 격려해주셨다.

며칠 동안의 변화된 생활 속에서 애들은 제법 혼동을 하는 것 같기도 했다. 오늘 낮에 영범이가 컴 앞으로 급하게 불러 자기 엄마에게 쓴 메일을 보여줬다. 잘 지내시냐는 인사로 시작된 편지는 자긴 잘 지내고 있는데 함께 살고 싶다, 돈 때문이라면 여기서 살면 된다, 만약 함께 살지 않을 거라면 올 것도 없고 전화도 하지 말란다. 그러면서도 제발 함께 살자고 한다.

메일을 읽고 정말 편지대로 할거냐고 묻자 고개를 끄덕였다.

어린 줄만 알았더니 속이 멀쩡하다.

01/12/09 유하나 걷다

돌이 훌쩍 넘도록 걷기는커녕 세워서 걷게 하려는 낌새만 보이면 다리 힘 다 빼면서 협조하지 않던 하나가 오늘은 엉거주춤 두어 발 걸었다.

교회 가족들이 잔뜩 보는 앞에서 처음으로 뗀 발자국에 커다랗게 웃으며 축하해줬다.

오늘의 어설픈 두어 발짝이 이제 하나가 이 세상을 직립 상태로 살아가게 되는 첫걸음이 될 것이다.

때가 되면 다 걷게 되는 건데 왜 이리 즐거운지······.

　　　　　　새벽 2시가 넘었는데

잠 못 이루는 밤이다.

여러 가지로 우울한 날이다. 이런 날이면 오래 전 돌아가신 아버지가 보고 싶다. 내 사랑하는 아버지.

내가 지금처럼 살게 된 건 순전히 아버지의 갑작스런 죽음 때문이었다. 깊은 수렁 같은 상실감, 그것이 삶에 대한 모든 애착을 앗아갔기 때문에 텅 빈 공간을 채울 수 있는 그 어떤 것도 발견할 수 없었다. 생애 중 가장 고통스럽고 부끄러운 상흔도 깊게 남겼다.

절망의 절벽 끝, 그 가파른 사망의 음침한 골짜기에서, 종교가 아니라 내 삶의 전부가 될 수밖에 없는 주님을 만났다. 그래서 나는 지금 이 고단한 삶을 객관적으로 판단해서 오목조목 정리하지 못해도 대가가 아닌 은혜 때문에 감히 빗겨갈 마음도 없다.

유난히 사랑하는 가족들의 죽음을 여러 번 봐야 했기에 세상 사는 이치는 잘 모르지만 한 생명이 얼마나 소중한지는 안다. 인생이 아침 이슬처럼 잠깐 있다가 간다는 것을 늘 느낀다.

가끔 몽롱한 몸으로 잠든 애들을 둘러본다. 불현듯 이 애들은 무얼 믿고 여기서 편안하게 잠을 자고 있는가? 여긴 왜 왔을까? 왜? 무엇 때문에…… 스스로에게 물어보고 하나님께도 물어본다. 이미 여러 번 물었지만 한 번도 속 시원하게 그 이유를 알아낸 적이 없다.

희곤이한테 이건 사사로이 풀 수 없는 수수께끼라고 입양으로 엮여진 우리 관계를 설명한다. 나중에 주님 만나면 그때 자세히 물어봐도 늦지 않는다고, 시험 볼 때 어려운 문제 나오면 그것만 붙잡고 있는 것보다 쉬운 것부터 풀다보면 자연스럽게 해답을 알게될 때도 있고, 모른다 하더라도 그것은 시험 보는 사람의 기본적인

그거 아니? 네가 생각하고 있는 것보다 훨씬 더 사랑해.

자세인 법이니까…….

여태껏 그렇게 살아왔다. 보편적이지 못한 것처럼 느껴지는 생각들이 때로 막막한 단절감과 고립감, 소외감을 불러온다. 엠펙이 생기고 나랑 비슷한 사람이 많다는 것, 그것이야말로 심호흡을 한 것처럼 개운한 행복과 기쁨을 가져다줬다.

부모가 아무리 온 몸을 다 바쳐 방패막이가 되어주고 싶더라도 입양자녀의 모든 아픔을 고스란히 떠안을 수 없다. 가슴이 찢어져도 스스로 견뎌 내도록 지켜봐주고 상실감을 위로해줘서 치유되도록 기다리는 수밖에 없다.

우리를 근본적으로 두렵게 하는 대상은 세상이 아니라 우리 자신과의 싸움, 우리 아이들 자신과의 싸움이다. 세상이 아무리 입양을 포용하고 이해한다 하더라도 그것 자체가 모든 문제를 해결할 수 있는 마스터키는 될 수 없다. 어차피 자기 자신의 문제로 다가온 입양을 단번에 긍정적으로 이해한다는 것은 불가능할 테니까…….

때때로 깊은 밤, 사십 중반인 나도 아버지가 보고 싶어서 눈물짓는 것처럼 우리 애들도 때때로 추억할 수 없는 생부모를 상상하며 눈물 짓는 건 너무나 자연스러운 모습이 아니겠는가!

뼈에 사무치도록 보고 싶은 우리 아버지, 그 분의 숨결은 고사하고 얼굴조차도 가물가물하는데…… 그 아버지가 불쑥불쑥 보고 싶다.

01/12/14 얄미운 희곤이란 놈

글로 표현만 해도 왠지 복수를 한 듯 기분이 상쾌하다.

희곤이란 녀석은 사람 면전에서 얼마나 이죽거리는지 약이 바짝바짝 오른다. 귀여운 면도 있지만 얄미울 때가 더 많다.

오늘 하선이가 엄마를 그린다며 끼적거렸다. 뭐든 잘할 것 같이 만족감을 주는 녀석인데 그림 그리는 건 젬병이다. 엄마 그린다더니 불안하게 동그라미 겨우 그려 작대기 두 개 쭉쭉 긋고 양 옆에 작은 동그라미 그려 놓고 팔을 오므린 형상이라며 흉내를 낸다. 이 목구비도 쪼잔하게 그려 놓는 것이, 그림 그린 것만 보면 어디 모자란 애 같았다. 그런데 희곤이가 끼어들었다.

희곤 : 하선아! 엄마 그릴 땐 배를 크게 그려야 하는 거야. 너무 홀쭉해.

엄마 : 야 이 자식이 지금 뭐라는 거야? 뭐가 어쩌고 어째???

희곤 : 내가 틀린 말했어?? 사실이잖아. 억울하면 빼. 하선아, 맞지 으응.

엄마 : 저게…… 그냥…….

히죽거리며 자기 뱃가죽을 은근히 만지는 얄미운 녀석.

희곤 : 엄마! 살 빼면 아빠가 얼마 준댔어? 살 빼서 돈 준다면 얼른 빼겠다.

엄마 : 너 이 녀석 살 뺄 수 있어? 그렇게 자신 있으면 빼봐. 빼봐. 얼마나 어려운 건데 까불고 있어.

희곤 : 뺄 게 있어야 빼지. 나 참…….

찬학이 학생까지 있는데 살 때문에 개망신을 당하고 말았다.

가는 날이 장날이라고 했던가? 미국에 사는 동서가 소포로 스웨터를 보내왔다. 감촉도 엄청 부드럽고 스타일도 세련된 것이 아주 멋졌다.

희곤 : 아이고…… 아까워서 어쩌…… 이게 들어갈까??? 비싸 보이는데…… 안됐다!

가뜩이나 사이즈가 작아서 속이 다 타는 마당에 말 끝마다 제 어미 약을 올렸다.

아이고 이 눔의 자식!! 사람 약 올리는 재미로 사는 모양이다.

01/12/16 사랑하는 부모님께   사랑하는 부모님께.

날씨가 많이 추워졌습니다. 건강하신지, 아이들도 건강한지 궁금하군요.

벌써 집을 떠난 지 13일이 되었습니다. 지금 생각해보니 저는 집에서 이렇게 오랜 시간 동안 나와 있었던 적이 없었던 것 같습니다. 이 곳 훈련은 많이 힘들지 않습니다. 잘 지내고 있으니 걱정 마시기 바랍니다.

할아버지 할머니는 잘 지내시는지 궁금합니다. 9단지 할머니, 이모, 누나, 할머니, 할아버지께 잘 지내고, 지루한 것 빼고 걱정할 게 없다고 전해주십시오.

지금쯤이면 하나가 걸어 다닐 것 같습니다. 하선이랑 함께 걸어 다니는 것을 보고 싶습니다. 찬학이 형은 잘 지내고 있습니까?

얼마 지나지 않고 돌아가 집에서 출퇴근할 텐데 너무 웅장하게 많은 것들을 그리워하는 것 같습니다.

일단 답장은 편지 봉투에 씌어 있는 주소로 보내주시고 가족들 말고 교회 친구들이나 다른 여러 사람들한테는 6주 후에 집으로 갈 거니까 그냥 기다리라고만 전해주셔도 괜찮습니다.

참! 영범이와 영환이도 보고 싶군요. 그 녀석들 공부는 잘 하고 있습니까?

희곤이는 공부 열심히 하는지 궁금합니다. 너무 늦게까지 컴퓨터 하지 말라고 전해주십시오. 영범이와 영환이는 자꾸 말 안 들으

면 군인 아저씨한테 혼난다고 전해주시고요.

집에서 나와 있다는 사실이 많은 것들을 허전하게 한다는 사실을 깨닫는 6주가 될 것 같습니다. 꼭! 건강 조심하시고 마음 편히 가지고 계십시오.

저는 건강하게 잘 지내고 있습니다. 같이 지내고 있는 동기들과도 친하게 잘 지내고 있으니 걱정 마시고, 오늘은 교회에도 나갔습니다. 오랜만에 찬송을 부르니 눈물이 날 것 같았습니다. 몸 건강하시고 이만 쓰겠습니다. 금방 돌아갑니다. 안녕히 계십시오.

사랑합니다. 아버지!

사랑합니다. 어머니!

너희들도 물론, 희곤아, 하선아, 영범아, 영환아, 하나야!

어딘가에서 훈련받고 있는 군인 아저씨가……

01/12/16 국군 아저씨한테 쓰는 편지   온 가족이

국군 아저씨한테 위문편지를 쓰기로 했다.

영범이 영환이는 재미있게 만화처럼 그림을 그리고 하선이도 A4 종이 한 장 들고 편지를 쓴다고 엎드려서 온갖 정성을 다 들였다. 그림을 그리고 기역, 니은, 디귿이 뒤섞인 상형문자를 써놓고 멋들어지게 읽어 내려갔다.

"명곤이 형아 군인 아저씨는 머시씀미다. 형아는 바보가 아닙니다. 형아는 예쁨니다."

너무 진지해서 배꼽 빠지는 줄 알았다.

보고 싶을 거라고 다들 사진도 찍었다. 내일 아침 일찍 두둑한 편지를 부쳐야 할 게다.

<u>01/12/28</u> <u>2년이</u> 되었다   1999년 12월 28일! 영범이 영환이가
우리집에 온 날이다. 12월 17일 이사하고 이삿짐이 채 정리도 되
지 않았을 때였다.

이 형제 이야기를 하자면 1999년 8월 어느 무덥던 여름으로 거
슬러 올라가야 한다.

그 여름 어느 날, 애들엄마가 애들을 데리고 나타났다. 어른들끼
리 이야기를 하는 동안 두 형제는 편안하게 놀고 있었다. 애들엄마
는 아이들을 더 이상 양육하기 어려우니 어느 집인가에 맡기고 싶
다고 했다. 자신이 시설에서 컸기에 아이들을 그 곳으로 보내기는
싫다는 것이었다.

이야기를 마친 후 세 모자는 곧 돌아갔지만 그 후로 비참한 애들
소식이 수시로, 실시간으로 날아왔다. 아무리 수소문을 해도 아이
들을 맡겠다는 사람은 나타나지 않았고, 날씨는 점점 추워졌다. 가
끔 들여다본 너저분한 집엔 빈 집처럼 냉기만 감돌더니 결국 애들
엄마가 가출했다는 소식이 들려왔다. 생존하기 위한 기본적인 안
전까지 위협당하는 그 애들이 날마다 납덩이처럼 느껴졌다.

하지만 그 애들의 양육이 우리 차례가 될 수도 있다는 것은 꿈도
꾸지 않았다. 당시 우리집은 27평 연립이라 애들 셋과 부부만 살기
에도 빠듯했다.

그런데 11월로 접어든 어느 날, 남편은 우울하고 심각한 표정으
로 폭탄선언을 했다. 하나님께서 우리더러 그 아이들을 키우라는
것일지도 모르니 받아들이자고. 그 순간 가슴에서 뭔가가 툭 떨어
지는 느낌과 동시에 눈물이 정신없이 쏟아졌다. 거부할 수 없는 무
거운 부담, 어떤 일이 벌어질지 뻔히 내다보이는 상황들과 나의 능
력을 생각하니 아득했다.

그러나 순종하는 마음으로 아이들을 받아들이기로 결정을 하고 교회 가족들 앞에서 사연을 나누는데 목이 아파서 말을 잇지 못했다. 그야말로 펑펑 울었다. 앞으로 걷게 될 황량한 가시밭길, 그게 너무도 또렷하게 머리를 짓눌렀다.

더 늘어날 가족을 위해 쫓기듯 집을 시세보다도 싼값에 덜컥 팔아버린 후로는 어찌나 섭섭하던지 남편에게 갖은 심통과 신경질을 냈다.

"화장실이 하나면 뭐가 어때서 이사 가자고 난리야. 옛날엔 이것보다 더 작은 집에서 더 많은 식구들도 살았는데 자기가 무슨 부르주아라도 되는 줄 아는가?"

멍청히 앉아 울기도 하고 당장이라도 "애들 보내지 않아도 되겠어요"라는 전화가 오기만 눈이 빠지게 기다렸다. 나는 정든 동네를 떠나기가 정말 싫었다.

그러나 하나님의 뜻은 아주 가까이에 있었다. 어린 하선이를 유모차에 태우고 산책하면서 부러워했던 주택가, 감히 넘볼 수 없을 만큼 부자동네라고 여겼기 때문에 군침만 흘리고 다닌 곳에 이미 우리집이 있었던 것이다.

우리 부부는 소개받은 이 집의 현관문을 열자마자 동시에 여기가 바로 우리집임을 확신했다. 화장실이 세 개! 심장이 멎어버릴 것같이 흥분되고 마구 떨렸다. 그리고 두 시간만에 계약을 했다.

그 날로 매일 아침 집을 둘러보며 감사 기도를 드렸다. 부끄럽기도 하고 염치도 없고 계약서를 쳐다봐도 믿어지지 않았다. 그분께서 하나하나 한 치의 착오도 없이 일을 진행시켜 나가는 것을 보고 놀라고 또 놀랐다.

집을 팔 때까지만 해도 예상치 못한 일이었다. 스티브 모리스 씨를 만나 엠펙을 세우고 우리집을 개방하여 첫 번째 입양부모 모임을 맞아들였을 때의 기쁨은 이루 말할 수 없었다. 좁은 연립주택에서 살았다면 그 곳에서 모임을 한다는 것은 상상할 수 없는 일이어서 도대체 이 집을 주신 정확한 이유가 무엇이었냐고 묻고 싶은 심정이었다.

정든 집을 팔고 생각지도 않게 같은 동네 넓은 집으로 이사도 하고, 그 외에도 위로가 될 만한 여러 사건들이 일어나면서 용기를 얻었다.

하지만 아무리 용기를 내도 무서운 대상은 시부모님이었다. 이 엄청난 사실을 말할 수가 없었다. 말하려고 몇 번이나 시도했지만 언제나 실패였다.

아무 말도 못하고 맞이한 그 날, 12월 28일.

애들이 엄마 손을 잡고 초라한 모습으로 들어섰다. 식구가 늘었다는 이야기를 더 이상 미룰 수 없게 된 것이다.

하지만 차마 신년 초부터 부모님의 심기를 불편하게 해드릴 수 없어 연휴 동안 아이들을 교회 자매 집으로 보내고, 평소보다 몇 배나 더 시댁 식구들을 헌신적으로 섬겼다. 부모님께서 얼마나 좋아하시는지 애들 얘기는 아무리 마음을 다잡아도 기회를 놓치기만 했다. 우리는 그렇게 길 하나 사이에 두고 한 달 동안 애들을 숨기고 살았다.

오자마자 애들은 능숙하게 숨은 장기(도벽, 거짓말)를 발휘했다. 썩은 이 때문에 치과 진료를 하느라 분주하고, 정서불안과 기타 중복 장애를 지켜보며 숨막히는 시간들을 보낼 때 어머님의 화난 목소리가 전화선을 타고 들려왔다. "너희 집에 애들이 와 있다는데 그게 무슨 소리냐? 이 꼴 저 꼴 보기 싫어서 이제 다시는 너희 집에 가지 않을란다." 깊게 한숨을 쉬시며 전화를 끊는데 쥐구멍이라도 있으면 숨고 싶었다.

그렇게 죄인으로 지내던 우리는 3개월만에, KBS〈인간극장〉팀의 카메라를 대동하고서야 시댁에 갈 수 있었다. 부모님은 말없이 우리를 맞아주셨다. 자식 이기는 부모 없다는 듯이……

2년, 때로 2년은 결코 짧지 않은 기간이기도 하다. 그 사이 나는 천국과 지옥 사이를 극적으로 오가면서 정신없이 살았다. 그리고 그 틈에서 영범이 영환이는 옛 모습을 벗고 훤하고 반듯한 아이들로 크고 있다. 아직도 가야 할 길이 많이 남아 있지만 돌아보면 그저 감사가 넘칠 뿐이다.

영범아 영환아! 너희들이랑 함께 산 지가 벌써 2년이 되었구나.

어려운 시간들도 많았지만 서로 사랑하게 된 것이 언제나 감사하단다. 우리 더 많이 사랑하며 열심히 살자꾸나. 사랑한다.

그리고……
삶은 지속된다

4

2002. 1 - 2002. 7

02/01/11 명곤이가 왔다

명곤이가 오늘 온다는 소식을 들었다.
모든 신경이 현관에 쏠려서 일이 손에 잡히지 않았다.

수없이 문 밖을 쳐다보다가 어둑어둑해지자 오늘 온다는 것까지 의심하게 되었다.

초조하게 조바심을 내고 있는데 저녁 7시 즈음 까만 얼굴에 바짝 마른 군인 아저씨가 들어서더니 "충성! 어쩌고저쩌고……" 커다란 목소리로 보고를 했다.

왜 그리 장한지 살아온 게 반가워서 군화를 벗느라 엎드린 명곤이의 등을 어루만지는데 눈물이 핑 돈다. 남편도 찬학이도 다들 감격해서 쳐다보고 있었다.

옷을 벗고 체중계에 올라가자 세상에, 6주 동안 13kg이 빠졌다. 본인은 좋아하며 이 옷 저 옷 입어보는데 엄마는 그저 마음이 찡하기만 하다.

밥상을 차려놓자 반찬을 아주 맛있게 먹었다. 너무 좋다. 장성한 우리 아들…… 든든하다.

샤워도 하고 실컷 먹은 후 희곤, 찬학, 희곤이 친구까지 대동하고 명곤이가 좋아하는 스타벅스 커피점에 갔다.

내일 아침부터 부대로 출근을 해야 한단다. 훈련기간 동안 고열로 입원까지 하며 아팠다는데 입맛이 없어 못 먹기도 했지만 오히려 입원한 것이 좋아 약도 제대로 먹지 않고 꾀를 부렸다고 너스레를 폈다. 그 바람에 살이 완전히 빠지게 되었단다.

무슨 무용담 같은 훈련기간 동안의 얘기를 들으며 우린 한바탕 웃음을 터뜨리며 마냥 행복했다.

02/01/11 부전자전

저녁 식사 시간, 점심 때 먹다 남은 게장을 본 하선이가 "오~ 내가 좋아하는 거네!" 하면서 반가워했다.

하얀 밥에 붉은 게장의 살을 발라 얹어주니 맛있게 먹는다. 살로는 양이 차지 않았는지 가위로 다리를 잘라 달라더니, 입 주위가 벌개지도록 쪽쪽 빨아 먹고 씹어 먹었다.

"어~ 게장이네, 당신이 만든 거야? 나도 먹어야지."

남편도 호들갑스럽게 달려들었다.

가족들로부터 인정받는 게장 요리, 하지만 요즘같이 바쁜 스케줄에 어찌 게장을 만들었을까. 당연히 반찬가게에서 사온 것이다.

하선이 옆에 놓인 게장을 먹기 좋게 남편 옆으로 옮겨줬다.

"나도 먹어야 되잖아."

얼른 자기 앞으로 게장 접시를 끌어가는 하선이를 보고 우린 한바탕 웃었다.

시아버님을 비롯하여 남편, 명곤이, 희곤이, 하선이까지 좋아하는 식성을 보니 못 말리는 부전자전이 느껴져, 무어라 표현하기 어려운 동질감에 웃음만 난다.

02/01/14 귀여운 하나

하나는 침통한 분위기를 단번에 날리는 묘한 재능이 있다.

일어나서 우유 먹고 난 후 혼자 누워 "자자~자자~" 왼손으로 자기 가슴을 토닥이며 거의 엄마랑 아주 비슷한 리듬으로 자장 자장을 한다.

명곤이가 신기한 듯 물끄러미 쳐다보며 웃는다. 나야 몇 배는 더 흐뭇하다. 번쩍 안아 뽀뽀를 해주면서 싱글벙글 웃는 명곤이는 하나가 빠른 속도로 크고 너무 예뻐진다고 좋아한다.

하나가 별다른 반응을 보이지 않아 명곤이 밥 먹으라고 내가 안았더니 금세 두 팔을 벌리고 손을 바삐 움직이며 오빠한테 가겠다는 신호를 보냈다. 그걸 본 명곤이는 황송해서 얼른 끌어안고 한 팔로 밥을 먹었다.

오빠가 밥 먹는 걸 자세히 바라보던 하나는 워커를 신는 동안 현관문 열어 놓고 "빠빠~~"하며 손을 흔들어 인사를 한다. 어린 동생한테 혼이 빠진 명곤이는 자꾸자꾸 빠이빠이를 하느라 나가질 못한다.

그렇게 헤어진 후 다음엔 희곤이랑 거의 똑같은 과정을 밟는다.

"빠이빠이~, 오빠한테 뽀뽀해줘야지…… 안녕!!"

그 다음엔 영범이와 영환이에게 기쁨을 선사하는 하나.

귀여운 우리 하나!! 빨리 컸으면 좋겠다.

02/01/17 영범이 이야기 셋   하나,

영범이는 어쩜 그렇게 곱살맞고 사람 마음을 살살 녹이는지 깜짝 놀랄 때도 많고 볼수록 예쁘다.

어제는 야채머핀이라는 빵을 만들어서 내게 주려고 부리나케 뛰어와 먹어보라면서 말똥말똥 쳐다봤다.

"으흠~어쩜, 이렇게 맛있을까!! 너무 맛있다."

빈말이 아니라 영범이가 만든 야채머핀은 환상적이었다. 자긴 먹지도 않고 먹는 것만 바라보면서 빙글빙글 웃고 좋아했다.

지난 주엔 쿠키를 만들어 왔는데 내가 미처 먹어보지 못했더니 얼마나 아쉬워하는지, 그 표정조차 재미있었다. 아마도 영범이는

훌륭한 요리사가 될 것이다. 잘생긴 얼굴에 하얗고 길다란 요리사
모자를 씌우면 얼마나 멋질까!!

둘,

영범 : 엄마! 저 아무래도 캐리비안베이 가지 않을까봐요. 복지
　　　관에서 1박 2일 캠프 가는 거 말이에요. 4만 5천 원이나
　　　하는데 영환이랑 둘이 가려면 으음~ 9만 원이나 들잖아
　　　요. 그래서 안 갈래요.

엄마 : 왜?? 가기 싫은 거니, 아님 너무 비싸서 그래?

영범 : 그게 아니라요, 겨울엔 아빠가 돈을 조금밖에 못 버신다
　　　고 했잖아요. 그런데 하나까지 아프고 그러니까 돈 아껴
　　　야 하잖아요. 그래서 가지 않으려고요.

엄마 : 그럴 필요 없어. 우리집에서 써야 할 돈은 이미 정해졌지
　　　만 그 돈은 언제나 중요한 순서대로 쓸 수 있거든. 병원에
　　　가는 돈도 아주 많이 중요하지만 너희들이 방학 동안에
　　　활동하는 것도 중요하단다. 너희들이 중요하니까⋯⋯. 그
　　　러니까 걱정하지 말고 갔다와도 돼.

영범 : 네!! 근데 그게요, 선착순이래요. 그래서 빨리 접수하지
　　　않으면 못 갈지도 몰라요. 그러니까 아셨죠?? 빨리 내야
　　　되니까⋯⋯.

대답이 떨어지자마자 좋아하며 신속하게 돈을 달란다.

셋,

오늘 아침, 집을 잔뜩 어질러놓은 채 나갈 수밖에 없었다. 물론
설거지도 하지 못했다. 저녁에 허겁지겁 들어왔더니 영범이가 "짜
잔~" 하면서 부엌을 보라고 했다.

부엌이 훤했다. 나갈 땐 분명 이 모양이 아니었는데⋯⋯.

"이게 웬일이야??"

"저한테 칭찬하지 마시고 명곤이 형을 칭찬해줘야 해요. 명곤이 형이 치우자고 했거든요. 헤헤헤!!"

방에서 나온 명곤이는 영범이가 치웠다며 칭찬해주란다.

도대체 누가 치운 거야???

우리 새끼들은 하나같이 예쁘기만 하다. 그 중에서도 영범이는 정말 귀엽다.

02/01/18 **때로는**　　　　　　　　남편과 내가 컴퓨터 앞에 나란히 앉아 각자의 일로 정신이 없었는데 어쩌다 보니 하선이랑 하나가 다 아빠한테 붙어서 신나게 홍얼거려 남편은 아무것도 못하고 있었다.

남편: 어휴~ 당신이 부럽다. 당신은 좋겠네. 당신 좋지?

나: 뭐가?

시치미를 뚝 떼었다.

남편: 애들이 다 나한테만 붙잖아. 그러니 당신은 편하잖아. 안 그래?

나: 흐음, 좋아하면서 그래. 당신 다 가져.

남편: 하나만 데려가주라. 아무것도 못 하겠잖아.

나: 알았어.

하던 일을 멈추고 하나를 남편 품에서 데려왔다. 그 순간 "으앙!!" 억울하다는 듯 하나가 큰소리로 울기 시작했다.

푸하하하!!! 마지못해 넘겨주는 척 남편에게 안기니 뚝 그친다.

요절복통!! 남편은 어쩔 수 없이 애들 둘을 데리고 방으로 들어갔다.

나야 홀가분한 마음으로 쾌재를 부르며 하던 일을 계속했다. 크

242

호호호호……

약 오른 남편이 소리를 버럭버럭 질렀다.

"당신 정말 그러기야?? 빨리 컴퓨터 끄고 들어와!! 이제 잘 시간이야."

이히히 웃으며 들어가봤더니 두 녀석이 뒹굴면서 아빠 주변을 맴돌았다. 하나 옆에 누워 끌어안았다. "아이고 예쁜 우리 딸!" 하나는 얄밉게 빠져나가 아빠 팔에 슬며시 머리를 대면서 여우같이 뭉갠다.

'좋아, 이참에 쉬는 거지 뭐.'

잠시 후 남편이 하선이를 데리고 화장실에 갔다. 그러자 하나가 또 다시 울고불고 문 쪽에 가서 대성통곡을 했다. 우리 남편, 좋아서 입이 쫘악 벌어져 싱글벙글했다.

우습기도 하고 은근히 질투가 나서 큰소리로 "아이고, 아이고!!" 우는 시늉을 냈더니 그 끝에 하선이가 "우리 딸!!" 하면서 후렴을 넣었다.

하나는 내 옆에 오더니 내가 "아이고, 아이고" 하는 어투로 "아다아다~" 하는 것이다. 어찌나 웃기는지 한바탕 깔깔대며 웃었다.

애들이 뭔지…… 때로 애들에게 선택(?)된 엄마나 아빠는 속으로 싱글벙글 기분이 좋다.

"똥 누가 치워? 우유 누가 줘? 빨래 누가 해? 도대체 궂은 일은 내가 다 하는데 말이야. 좋아하는 건 어째서 아빠냐고. 그토록 우겨서 입양한 결과가 겨우 이거였어? 남 좋은 일만 시킨 꼴이 됐잖아. 으흐흑!! 또 뺏기다니 억울합니다. 억울합니다. 나~는 억울합니다."

신파조로 읊조리자 우리 남편 어깨가 으쓱해져서 하선이 하나

끌어안고 좋아한다.

　잠시 후 잠든 애들 남겨두고 두 부부가 밖에 나와 컴퓨터 앞에 또 앉았다. 때로는 상황에 따라 남편을 더 좋아하는 애들이 고맙기만 하다.

02/01/21 <u>위험한 고정관념</u>

　친정어머니는 올해 82세지만 정말 믿어지지 않을 만큼 전반적으로 꼬장꼬장하시다. 자존심도 강하시고 기억력도 젊은이 못지않다.

　예전엔 친정어머니의 놀라운 기억력과 새로운 얘기들이 정말 좋고 자랑스러웠던 시절도 있었는데, 이젠 그로 인해 나와 극심한 가치 충돌을 일으킬 때도 많다.

　우윳병을 물고 있는 하나를 보신 친정어머님이 옛날 얘기를 펼쳐 놓으셨다. 옛날엔 우유가 없어 부잣집에선 젖어미를 구했다고 한다. 젖 많이 먹일 욕심에 젖어미에겐 명주 끈으로 젖 아래를 동여매게 하였단다. 젖어미의 기본 자격은 아기를 낳은 사람이어야 했다는데, 젖은 부잣집에 팔고 정작 젖어미의 친자식은 젖이 아닌 밥물을 먹였단다.

　그런데 날이 갈수록 젖을 먹인 부잣집 아기는 마르고 젖어미의 아기는 통통 살이 올라 부잣집에서는 그 원인이 어디에 있는지 지켜보게 되었단다.

　한밤중 젖어미의 친자식은 등에 업혀 굶고, 부잣집 아기는 품에 안겨 젖을 먹는데 갑자기 주위에 구름같이 뿌연 것이 피어나기에 살펴보니, 젖어미의 가슴팍에서 뭉개 구름이 피어나 젖어미의 아기가 있는 쪽으로 넘어가더라는 것이다.

　결국 젖어미의 사랑은 등 뒤로 전부 갔기 때문에 등 뒤에 있는

굶은 아기가 살이 쪘다는 얘기다.

"그렇게 천륜은 못 속이는 것이다. 아기(하선, 하나)는 몰라도 큰애들(영범, 영환)은 아무리 먹이고 입히고 공을 들여봤자 소용없는 짓이다."

듣고 있기가 너무 괴롭다 못해 머리가 터지는 것 같았다. 친정어머님이 내게 들려주고 싶은 게 뭔지 다 알기 때문에 더더욱 발작적으로 "엄마!!" 하며 소리쳤다.

그 바람에 놀라 말씀을 중단하시면서 한마디 더 덧붙이셨다.

"두고 봐라. 옛말 하나 틀린 것 없다."

'나는 정령 이 엄마 몸에서 태어나 엄마 품에서 엄마 숨결로 자랐건만 어찌하여 지금은 엄마하고 조절할 수 없을 정도의 커다란 간격을 가지고 인생길을 가게 되었는가.'

80대의 위험한 고정관념은 절대 고쳐질 수 없는 모양이다. 모녀 간에 삼팔선을 그어놓는 매정한 고정관념이 몸서리쳐지게 싫다.

친정어머니 연세에 다다르면 나도 우리 딸 하나랑 또다시 가치충돌을 일으킬까? 그때는 내 안의 어떤 고정관념이 하나와 가치충돌을 일으켜 속상하게 될지 참 궁금하다.

02/01/23 아이 고소해!

하나가 아빠한테 반란을 일으켰다.

명곤이 품에 안겨 텔레비전을 보는데 아빠가 손을 내밀었다.

아빠: 하나야! 이리 와.

손을 잡으려 하자 야멸차게 뿌리치며 "놔!" 했다.

'어머나. 웬 이변!' 남편은 황당해하며 더욱 부드러운 목소리로 다시 다가갔다.

아빠: 하나야! 아빠야. 이리 와.

하나: (손을 이리저리 뿌리치며) 놔!

나랑 명곤이랑 배꼽 빠지는 줄 알았다.

'그럼, 그럴 때도 있어야지. 아이 고소해!'

02/01/25 나이별 뉴스 보기

느지막이 아침을 준비하는데 애들이 옹기종기 모여 텔레비전 앞에서 뉴스를 보고 있었다.

긴급속보인지, 아나운서의 목소리가 제법 흥분된 듯싶었다. "이스라엘이 어쩌고저쩌고……." 전쟁이 났는지 아님 폭격을 맞았다는 얘긴지 어수선했다.

영범: (아마도 성경이나 혹은 교회에서 귀에 익게 들은 모양인지 특별한 걱정을 하는 듯한 어투로) 으잉? 이스라엘이??

영환: (그때) 거기 누구 살아?

영범: (갑작스런 질문에 궁색해져서) 으응~그게 아니라…….

하선: (형들의 오고가는 대화를 듣더니) 거기 공공장소야?

푸하하하!! 웃느라 다음 말은 듣지 못했다.

다들 나이에 맞게 뉴스를 보고 있다.

엄마: 하선아! 공공장소가 뭐야?

하선: (한치 의심함도 없는 당당한 표정으로 단번에 나온 대답) 공공장소는 병원이야.

02/01/30 왜 더 바쁜 거지?

지난 월요일(1월 28일)부터 하나가 하선이랑 함께 어린이집에 다닌다.

혼자만의 시간이 생길 것 같아 진작부터 가슴이 설레었는데 정작 어린이집에 다니기 시작하니까 도리어 더 바빠졌다.

아침부터 아무리 종종걸음을 쳐도 10시 전에 집을 나서는 것은

246

"오빠, 무서워."
"괜찮아. 힘센 오빠가 버티고 있잖아. 힘껏 굴러!"

불가능했다. 이놈저놈 아침밥에 씻기고 입히고 오두방정을 떨어 첫날은 10시 30분에 집을 나섰는데 그때 이미 파김치 상태였다.

'그래도 어린이집까지만 가면…… 그게 어디야…… 해방이잖아?'

하선이랑 하나 내려주고 부리나케 연장아 부모모임이 있는 동주네 집으로 달려갔다.

울고 웃고 한껏 분위기가 무르익어 쉽게 헤어지지 못하고 늦어져서 또다시 허겁지겁 어린이집으로 내리 달려서 두 녀석을 찾아왔다.

돌아오자마자 우윳병 소독에 빨래에 정신이 없었다. 애들하고도 놀아줘야 하고…… 어찌나 힘든지 저녁은 치킨으로 때웠다.

둘째 날, 느슨하게 준비하고 싶었는데 시부모님으로부터 전화가 왔다.

"하나도 어린이집에 간다며?"

하도 오랫동안 찾아뵙지 못했더니 보고 싶다는 말씀에 갑자기 급해지기 시작했다.

"갈게요."

두 녀석 어린이집에 내려주고 집에 와 빨래하고 시댁에 달려갔다. 모처럼 부모님이랑 점심도 먹고 대화도 나누니 두 분이 어찌나 좋아하시는지…… 차마 일어설 수가 있어야지…… 또다시 끝까지 버티다가 허겁지겁 어린이집으로 가야 했다.

'아이고…… 이거 어째 더 피곤하네.'

셋째 날, 애들 없이 우아하게 약속 잡아놓았는데 전날 늦게 친양자제도 공청회 소식 듣고 또다시 이어진 달음박질…… 공청회 끝나고 식사하다가 시계 보니 아이들 데리러 갈 시간. 늦을까봐 또

헥헥헥!! 뛰어갔다.

집에 오니 나머지 애들이 우르르르, 계속 울리는 전화벨 소리, 저녁밥 만들어주고 두 녀석 시중 들고 청소하고…… 그리고 썰렁한 인터넷 우리집(이렇게 며칠씩 집 비운 적 없었는데)에 들어와 하나 업고 이 시간(밤 10시 40분)에 청승 떨고 있다.

어째 하나가 어린이집에 가고 난 후 더 바빠졌는지 그 이유를 모르겠다.

02/01/30 안 죽는다니까!　　　　　　　"엄마! 여기가 이상해."

희곤이가 내미는 턱 밑에 손을 대니 작은 구슬 모양의 멍울이 만져졌다.

첫날은 하나였는데 둘째 날은 두 개가 되었다. 임파선이 부은 것 같긴 한데 바로 턱 밑이라 좀 수상쩍었다. 이비인후과에 갔더니 임파선 같은데 좀더 두고 보자고 했다. 이참에 중이염을 본격적으로 치료하기 위해 매일 병원에 다닌다.

머리도 아프고 어질어질하다며 주로 잠만 자는 희곤이, 자는 녀석의 머리맡에 앉아 얼굴을 보니 조막만하다. 얼굴을 쓰다듬다보니 눈썹이 좀 이상하다. 어느 날인가, 꽤 오래 전에 눈썹을 다듬어줬는데 그것이 도무지 자라질 않는 모양이다. 에구~ 좀 예쁘게 보이려다 아들 인물만 버렸다.

얼굴을 요리조리 만지는데 그저 내맡기고 가만히 누워 있는 희곤이가 너무 예쁘다.

"희곤아! 너 아무래도 이 멍울이 이상해. 하고 싶은 말 있으면 지금 다 해봐. 엄마 사랑해, 그런 말은 이미 알고 있으니까 생략하고, 꼭 하고 싶은 말만 하는 거야. 어디에다 뭐 숨겨놨다던가 그런 거……."

조용하던 얼굴에서 미소가 번지더니 "됐어" 란다.

"그게 마지막 유언이냐? 자식 봐라. 내가 너한테 꼬나박은 돈이 얼만데 마지막 말이 '됐어!' 란 말이야. 너 아프면 안 돼. 죽으면 안 된다고. 먹은 거 다 토해놓고 가야지. 얼른 일어나!!"

"아! 안 죽어. 걱정 마. 이런 걸로 안 죽는다니까."

억지 쓰는 엄마의 성화에도 희곤이는 며칠 동안 끙끙 앓고 있다.

02/01/31 숨은 쉬잖아요   지난 일주일 동안 나는 영환이랑 사는 게 영 힘들었다. 우거지상인 표정도 숨이 막히고 각양의 방법을 동원해 노력하면 할수록 더 실망만 오는 듯했다.

병원 가는 길. 버스를 타러 가면서 유치해진 나는 혼자 부랴부랴 잰걸음으로 앞질러 가고 있었다. 햇살이 오른쪽에서 비치고 있어 왼쪽으로 그림자가 보였는데 언뜻 보니 영환이가 부지런히 따라오고 있었다. 속력을 내며 걷는 두 그림자를 보니 왠지 웃음이 나왔다. 마치 싸운 사람들 같은 모습이었다.

길을 건너자 이번엔 정면에서 해가 비쳤고 더 이상 그림자가 보이지 않았다. 돌아보니 내 뒤를 바짝 따라오고 있었다. 그렇게 한 마디도 하지 않고 병원까지 갔다.

상담이 다 끝나고 내가 선생님 앞에 불려갔다. 다행히 영환이가 다른 때보다 얘기를 많이 했단다. 선생님한테 묵은 체증 같은 얘기를 꺼내놨다. 너무 힘들다고…….

다 듣고 난 선생님은 피익 웃으시면서 지금보다 더 못 본 척 지나가라고 하셨다.

"그래도 숨은 쉬잖아요. 그러니 죽진 않겠죠. 말을 안 해서 그렇지 다 알고 있을 거예요. 크면 엄마 마음도 알게 되겠죠. 너무 걱정하지 마세요."

병원문을 나서는데 한결 마음이 편했다.

'맞아. 숨은 쉬잖아. 죽지 않을 거야. 그냥 대충대충 지나가는 거야.'

중얼중얼…… 영환이가 훨씬 더 편안하게 보인다.

'그래…… 손톱을 물어뜯든가 방을 어질러놓든가 맘대로 해보렴…… 그저 숨만 쉬어다오.'

02/02/05 명곤이는 우리 아들이 아니다

명곤이는 현재 신성한(?) 군복무 중이다. 6주간의 훈련소 생활을 마치고 동네 동사무소로 배치받아 집에서 출퇴근을 한다.

이제 집에 온 지 한 달, 속칭 장군의 아들로 불리는 상근 예비역은 아침 8시 30분에 나갔다가 저녁 5시 5분이면 정확하게 퇴근을 한다.

집에 오던 날, 명곤이는 여러 가지 익숙하지 않은 말들을 들려줬다. 남자들이 입대하면 그 순간부터 인간 누구누구가 아니라 국방부에 귀속된 군수품이며 총기보다 덜 중요한 존재로 취급된다는 말로 시작해서, 군 생활 중에 훈련이나 사고로 세상을 떠나면 '비전투 손실'로 처리된다는 이야기까지…….

그 중 정말 우스웠던 얘기가 있었다. 한 훈련병이 화장실에서 자위행위를 하다가 잡혔단다. 그런데 죄명이 '국방력 손실'이라던가 해서 깔깔대며 웃었다.

어쨌든 평소와는 별개의 경험을 한 명곤이 녀석, 지켜보자니 가관이다.

아들이 집에서 출퇴근하면 다른 군인들보다 뭔가 훨씬 유리하지 않을까 착각하고 있었던 모양이다. 이를테면 퇴근 후에 뒤진 공부를 한다든가 유익한 책을 본다든가…… 유리한 고지를 점령할 것만 같은 기대감이 있었나보다.

그러나 기대감은 곧바로 배신감으로 치달았다. 퇴근하면 게임에만 몰두하며 이상한 캐릭터를 고참이라고도 하고, 고참이 오늘은 무슨 칼을 고가에 팔았다느니 하며 게임에 정신이 팔려 자기 방도 제대로 치우지 않았다.

벼르고 벼르다가 어제 아침엔 나름대로 최대한 아주 부드럽게 접근을 했다.

엄마: 우리 아들 요새 힘들지? 벌써 아침이네.

명곤: 크아~ 벌써 또 아침이야. 아휴 귀찮아.

엄마: 그러게 일찍 자야지. 요새 너 보니까 너무 엉망인 거 같애. 많이 무질서해진 것 같아서 걱정이더라. 이럴 때 쌍권총 찬 거 해결할 준비도 하구 그래야 되지 않겠니? 방도 엉망이구…….

명곤: (몸이 순간적으로 경직되며) 그래서, 엄마 눈엔 그런 거밖에 안 보이지? 그래 나 엉망이야.

으미~ 잘못 건드렸다. 아침부터 이게 웬 일이람. 그래도 미련이 남아 마무리를 잘해보고 싶었다.

엄마: 그런 말이 아닌 거 너도 알잖아. 왜 그런 식으로 말해.

명곤: 됐어. 엄마는 내가 어떻게 했으면 좋겠어? 모든 게 맘에 안 들지? 내가 낮에 중대본부에서 어떻게 지내는지 알기나 해?

그러고는 벌떡 일어나 후다다닥 옷을 입더니 툴툴거리며 방을 치우고 아침밥도 거른 채 나가버렸다.

크~ 난 왜 이리 엄마 노릇이 서툴기만 할까. 그러고 보니 지금 명곤이는 우리 아들이 아니라 군복무 중인 군수품인걸.

저녁에 들어온 명곤이는 미안한지 수수께끼를 하나 냈다. 오늘 이 자기한테 아주 중요한 날인데 알아 맞춰보란다. 아들에 대한 관심도를 인정해주겠다고.

세 번의 기회를 주겠다는데…… 월급날? 입대한 지 백일? 그러나 맞추지 못했다.

정답은 〈상도〉 하는 날!!

쌍심지를 켜고 〈상도〉를 보는 군인 아저씨, '그래 앞서 가긴 어딜 앞서 가겠니……'

02/02/10 심야토론을 보다가

친양자제도에 대한 심야토론을 보노라니 하도 어이없고 기가 막혀서 잠이 다 달아났다.

나는 어찌하여 그렇게도 중요하다는 핏줄도 모르고 입양이라는 큰일을, 그것도 여러 번에 걸쳐 저지르게 되었는지. 어디 그뿐인가. 사람들한테 부추기기도 하는데!

패널로 나온 김아무개라는 노인 앞에서 혀 깨물고 죽든지, 구 모 변호사 앞에 고아원에 있는 구 씨 성 가진 애들 모조리 데려다주든지 하고 싶었다. 아이의 양육이 피로 가능한지 어디 한번 키워보라고 권하고 싶었다. 공영방송에서 귀신 볍씨 까먹는 소리나 두 시간씩 듣고 있다니…….

한 번도 나 자신이 보편적인 범주에서 벗어났다고 생각한 적이 없었는데, 나라는 사람은 대한민국의 고귀한 전통사상에 너무 어울리지 않는다는 걸 깨닫게 되니 우리 애들 다 데리고 대한민국을 떠나고 싶었다.

나도 파비엄마 계시는 뉴질랜드로 이민 가면 안 되나? 에구~그럼 또 영범이랑 영환이는 어찌되나? 우리가 법적인 보호자도 아닌데…….

구 모 변호사가 한 혈족에 입양하면 된다는 말을 듣고 그게 얼마나 탁상공론에 해당하는 말인지 보여주고 싶었다. 영범이랑 영환이에게 즐비하게 있는 혈족들…… 한 번도 안부 묻는 전화도 받아본 적 없는데…….

천륜? 나야말로 왜 이런 일에 게거품 물고 잠 설치는지…… 한심하다.

열불이 나서 수화기를 들었더니 계속 통화 중이고…… 그러더니 방송된 건 겨우 2통?

입양이 봉사라고 한다. 나 정말 우리 애들한테 봉사하는 건가? 내참…….

평소처럼 텔레비전 보지 말았어야 했는데…… 불면의 밤이다.

02/02/19 밑 빠진 하소연　　　　　드디어 오늘 아침 울음보가 터졌다.

분수처럼 쏟아지는 울음을 막을 길이 막막해서, 밥하다 말고 안방에 가서 곤하게 자는 남편에게 "아~나 미치겠다!! 당신은 내가 미치거나 말거나 상관없지?" 해놓고 또 꺼이꺼이 울었다.

일하는데 자꾸만 눈물이 후둑후둑 떨어진다.

'나 너무 힘들어. 나 이제 벗어나고 싶어. 나 어떡해. 대책이 없다. 아무런 대책이…….'

내가 뭘 바라는 걸까? 며칠 동안 내내 우울했고 나 자신이 진정 원하는 것이 무엇인지 생각해봐도 정말 뭔지 모르겠다. 그게 더 속

254

터진다.

'영환이……' 뇌리에서 떠나질 않는다. 한 공간에 있다는 사실만으로도 명치끝이 아릿하다. 영환이도 영환이지만 이것밖에 되지 않는 나 자신이 불쌍하고 가여워서 정말 미치겠다.

영환이는 축구화를 가지고 싶어했다. 축구를 좋아하니까. 자기들이 직접 사 오겠다고 해서 돈을 줬다. 영범이가 혼자 가서 대충 짐작해서 사 왔는데 맞지 않는다면서 며칠 동안 방안에 모시고 있었다. 영환이는 아쉬울 게 없는 표정이었다. (이 부분이 나를 미치게 한다.) 어제 더 늦기 전에 바꿔오라고 시켰다. 오래오래 있다가 돌아왔는데 못 바꾸고 그냥 들고 왔다.

어제는 영환이가 치과에 가는 날이었다. 새로 난 어금니도 썩어서 치료를 받고 있는데 졸업식이라 학교도 쉬는 날이었건만 노느라 치과에 가지 못했다.

나도 정신이 없어서 오늘 아침에서야 생각이 나서 물어봤다.

"너 어제 치과에 안 갔니? 어떻게 된 거니?"

녀석은 눈을 뚱그렇게 뜨고 먼 데 쳐다봤다. 대답 없는 녀석의 얼굴을 쳐다보다가 인생에 비애를 느껴 그냥 방으로 들어가라고 했다. 그 간단한 것도 대답을 못하니…….

방으로 들어간 영환이는 이틀 동안 입은 꾀죄죄한 옷을 또 입고 있었다. 표정도 없는 놈이 옷까지 더러우면 더 못 봐주겠기에 옷을 갈아입으라고 했다. 팬티까지 다 벗는 걸 확인했는데 잠시 후 밥을 먹으러 나온 영환이는 여전히 그 옷차림이다.

"야, 새꺄! 옷 갈아입으라고 했잖아. 옷 갈아입으라고……."

울화가 치밀어서라기보다 이 정도의 일에 절규에 가까운 고함을 치는 내 꼴이 안타까워 눈물이 펑펑 쏟아졌다.

청승 맞은 표정으로 울면서 하나를 안고 소파에 앉았다. 명곤이가 출근하려다 시무룩하게 내 옆에 앉았다.

"너도 나빠, 이 녀석아!"

괜스레 명곤이한테까지 불통이 튀었다.

그때 하나가 '엄마 웃어봐' 하는 것처럼 내게 눈을 맞추고 씨익 웃어줬다. 울다가 피식 웃었다. 명곤이가 하나 보고 제일 효자란다. 하나가 고사리 같은 손으로 내 얼굴을 때렸다. "때치!" 하면서 울지 말란다.

커피 한 잔 타 들고 엠펙에 들어왔다. 허탈해서, 벗어나고 싶어서…… 옛날 여인들이 우물가에 물 길러 와서 한바탕 수다 떨며 스트레스를 풀었듯이 밑 빠진 하소연하러…….

02/02/22 끝장 난 참소
하나님 못지않게 사단도 나를 잘 알고 있는 모양이다.

어떡하든 추슬러보려고, 아니 살고 싶어서, 빨리 일어서려고 무던히 애를 썼다. 더 이상 추해지고 싶지 않았는지도 모른다.

그런데 사단은 집요하게 내 맘속에서 끊임없이 참소했다. 그것도 아주 근거 있고 조리 있게…… 몸부림을 치면 칠수록 더 심하게 난도질을 했다. 내가 가장 애지중지하는 아이들, 바로 그들에 대해…….

"아이들을 냉정하게 봐라. 객관적으로 싹수가 보이는지. 될성싶은 나무는 떡잎부터 아는 법인데, 어디 그러니? 다 보라구. 하선이, 하나? 예쁘면 뭐하니. 다 늙어가지고……. 걔네 어느 세월에 크겠어. 영범이, 영환이? 영범이야 적어도 제 밥벌이는 하겠지만 영환이 걔 어떡해야 하냐구. 희곤이, 걔 고3 되잖아. 그렇게 공부해서 대학 가겠어? 인간성 좋으면 다 뭐 해. 정신 못 차리는걸. 명곤이, 걔 나이가 몇이니. 근데 만화책이나 보구 그래서 어디 세상 살겠니……. 넌 세상을 너무 모른다니까. 그런 주제에 무슨 입양을 홍보한다고…….

남편. 네 남편을 똑바로 봐. 맨날 애들 가지고 난리나 칠 줄 알지, 그 나이에 그게 뭐니. 이빨 빠진 호랑이처럼. 너에게 하는 걸 봐. 좀생이처럼 맨날 잔소리나 하는 걸 보라구. 남자는 남자다워야 하는 거야. 그게 뭐냐고…….

교회. 너 그거 못 느꼈어? 네가 죽자살자하는 입양에 대해 어디 관심이라도 있는 것 같디? 오직 선교……였잖아. 너네 교회에 입양한 사람 있어? 없지. 것 봐. 다 그런 거야. 네 맘속에서 느껴지던 이질감. 그게 현실이야. 남들은 입양에 관심 없다고.

어디 교회뿐이니? 어디든 다 그래. 일차적으로 관심을 기울여야 하는 정부조차 애들에게 관심없잖아. 네가 생각하는 것처럼 중요하다면 왜 교과서에 없냐고. 가장 기본적인 걸 가르치는 교과서에 없다는 게 뭘 의미하겠냐고…….

엠펙. 내 다 알지. 넌 분명 동정을 받고 싶은 거야. 내 말 틀렸니? 네가 쓴 일기를 들춰보라고. 네가 투덜투덜하며 쓴 일기가 얼마나 많은지 말이야.

너도 모르게 배어 있는 그 거지 근성, 그거 이제 버려야 하지 않겠어? 남들도 다 너만큼은 한다. 아니 더 잘할 수 있어. 너 생각해 봐. 소위 잘 나간다는 지도자들을 보라고. 너처럼 이런 모습이든? 그들은 높디 높은 고갯길도 깨갱 소리 한번 안 내고 다들 잘 넘어서는 그런 역량을 가졌기에 지도자가 된 거야. 넌 지금 평지에서

천국과 지옥 사이에 지은 집, 그것이 '가족' 인가보다.

코 깨고 피 흘리는 거잖아.

네 남편이 바람을 폈니, 노름을 했니, 월급을 안 주니, 외박을 했니. 아니잖아. 너 그래도 불평하지? 네가 지금 세상 짐 다 짊어진 것처럼 청승 떠는 것, 그거 정말 꼴불견이야. 넌 작은 언덕도 잘 넘지 못하는 졸장부라구. 네 몸 하나 건사 못 해서 살찐 것 봐. 수신제가 치국평천하, 그것도 모르니? 비만 관리 하나 못 해서 디룩디룩 살찌고. 자식이 많으면 뭐하냐고. 질적으로 뛰어난 자식 있으면 어디 내놔봐! 자식 키우는 게 무슨 장난인 줄 알아? 남들은 뭐 너만 못해서 애들 한둘 키우는 줄 알아?

집구석 좀 둘러봐. 그게 뭐니. 살림도 못하고, 남편 비위 하나 못 맞춰서 잔소리나 듣고. 그리고 남이 입양을 하든 말든 제 일도 잘 감당 못 하는 주제에 왜 설치냐고 설치긴······.

이 참에 주제 파악 확실히 해둬. 알겠냐??? 이러다가 병들면 너만 서러워. 성경에도 있잖아. 망대를 쌓다가 중도에 관두면 사람들의 비웃음거리가 되니까 미리 철저하게 계획하고 일을 해야 되지 않겠냐고 말이야.

꼴 좋~다. 지가 무슨 이상주의자라고 사회 물정도 모르고 까불더니······ 몰지각한 입양부모 주제에······.”

고비고비마다 어쩜 그렇게 다 맞는 말로 참소하는지······. 맞아, 맞아 맞장구를 치면 칠수록 초라하고 볼품없는 나 자신을 보게 되어 고통스럽고 끝없이 허물어졌다.

고요한 중에 패잔병의 허무가 가득 몰려와 오히려 평화처럼 느껴졌다. 하얀 포말을 일으키며 코발트 색 바다에서 밀려오던 그 아름다운 파도띠. 하얀 띠가 굵고 분명해서 더 아름답다고 느끼지만 가까이 다가오면 엄청난 굉음을 내면서 산산이 부서지는 파도인 것처럼, 허무는 잠시 평온함을 준 후 무섭게 다가와 나를 통째로 삼켜버릴 듯 사납게 부서졌다.

그런데 숨죽이며 흘렸던 내 신음 소리를 듣는 이가 있었다.

아무 변명도 하지 못한 채 눈물을 흘리며 밥을 하던 새벽이었다. 내게 아주 자그맣게 속삭이는 소리가 들렸다.

"연희야, 너무 놀라지 마라.

난 이미 너에 대해 다 알고 있었단다. 하나도 새롭지 않아. 난 너를 이 세상의 논리로 보지 않는단다.

너의 약한 모습…… 혐오하지 마라. 난 너의 약함을 강하게 해서 쓰려고 했던 게 아니었단다. 아마 그냥 약한 모습으로 계속 사용하게 될지도 몰라. 그러나 불안해하지 마라.

내가 일꾼으로 썼던 많은 사람들을 기억해보겠니?

성경을 펴보렴. 거기에 나오는 많은 사람들을 잘 살펴보려무나. 단 한 사람도 뛰어나게 강한 사람이 없었단다. 강하다고 느껴지는 사람들을 한번 볼까? 모세, 요셉, 다윗, 바울…… 모두 결함이 있었지만 완벽하게 고쳐서 쓴 적이 없었단다. 동의할 수 있겠니?

난 네가 남들보다 더 능력이 있거나 혹은 가능성이 있어서 택한 것이 아니었어. 난 너를 통해 내 방식대로 일하기를 원하지. 너의 독특한 기질과 성품과 부족함과 너의 모든 걸 사용해서 말이야.

나는 너의 바뀐 모습이 아니라 있는 그대로를 사랑한단다. 그건 알고 있지?

네 눈에 보이는 것들은 아주 일부란다. 보이지 않는 부분이 더 많은 법이다. 보이지 않는 전기가 너에게 베푸는 그 놀라운 성과에 대해 살펴보렴. 보이지 않아도 너의 약함이 오히려 위로가 되는 사람들도 있단다.

네게 만약 영환이가 없었다면 너는 아마도 지금쯤 가관이었겠지. 네가 엠펙을 찾는 사람들에게 얼마나 잘난 체를 했겠니. 거침없이 조언을 했겠지. 성공담이 깃든 그런 조언을…….

그것이 너에겐 만족을 주었을지 모르지만 남들에겐 위로보다 패배감을 맛보게 했을지도 모른단다.

네 얼굴에 감출 수 없는 피로감과 고단함, 한계…… 그것이야말로 너다움이란다.

네가 아무리 울부짖어도 나는 절대 그 모든 걸 뛰어넘는 불굴의 강함을 주지 않을 것이란다. 사명은 죽음보다 더 강하다는 말이 있지만, 그러나 나의 일꾼들은 그리 강하지 않았단다. 그래서 성령의 동행하심이 필요했다.

너의 약함을 오히려 자랑하고 부끄럽게 여기지 말아라. 나는 네가 진리 안에서 자유하길 원한단다. 울고 싶으면 울어도 되고 뭔가 사고 싶다면 사려무나.

다만 이 한 가지를 꼭 기억해다오. 나는 너를 쓸모 있는 일꾼으로 쓰기보다 너와 뜨거운 사랑을 누리고 싶다는 사실을.

너의 자녀에 대해서도 내가 너에게 그러하듯 쓸모 있는 일꾼 만드는 일에 집념하지 말고 사랑을 누리는 그런 관계이길 원한단다.

누구든 사랑을 하면 예뻐지고, 사랑을 하면 사랑하는 사람을 위해 뭐든지 아낌없이 하는 법이란다. 내가 너를 죽기까지 사랑했듯이…… 네게 진정 필요한 것은 나의 위로와 사랑이란다.

나와 동행했던 많은 사람들은 곤고함과 외로움과 보이지 않는 한계가 있었지만, 그럼에도 불구하고 그들이 누렸던 풍성함 속에 그런 것들이 감춰지길 원치 않았단다. 그들이 겪어야만 했던 곤고함과 외로움과 한계들은 결코 만만한 게 아니었단다.

내가 너를 아낌없이 사랑하듯이 나는 엠펙에 오는 사람들을 사랑한단다. 난 그들도 내가 보내는 사랑을 느끼기를 원한단다. 왜냐하면 내 사랑 안에는 생명이 있기 때문이란다. 귀한 생명을 키워내는 엄마들에게 놀라운 내 사랑을 고백하고 싶단다."

끝이 없을 것 같던 사단의 참소는 비로소 끝장이 났다. 나는 부끄러움을 뒤로 하고 다시 웃을 수 있게 되었다.

"나 살아났슈~"

02/02/27 명곤이가 몸서리치는 것

항상 아이들의 재잘거림이 끊이지 않는 우리집 분위기. 엄마 아빠는 싫으니 좋으니 해도 감격에 젖어 사는 시간이 훨씬 많은데 비해, 우리 큰아들 명곤이는 어린애들만 보면 그 뭐랄까 발끝에서부터 뭔가가 쏴~하니 올라온다며 몸서리를 쳤다. 으윽!! ~

자긴 결혼은 물론이고 애들은 절대 키우지 않겠다고 한다. 특히 10살 미만 아이들은……

울고 보채고 끊임없이 보살펴야 하는 수고들…… 자긴 질색이란다. 애 키우는 것 정말 질렸다나. 예뻐하면서도 틈만 나면 투덜투덜, 자긴 좋은 아빠가 되긴 틀렸다는 등……

명곤이가 투덜댈 때마다 기분이 씁쓸하고 마음이 묘하다.

그리 심각하게 여기는 것은 아니지만 혹시라도 나중까지 그러면 어쩌나…… 하는 걱정이 된다.

"너도 네 새끼 키우면 지금 동생들 보는 거랑 틀릴 거야. 아마 우리보다 더 유난을 떨걸?"

"절대, 네버!! 그런 일은 없을 거야!"

일언지하에 딱 부러지게 호언장담하는 우리 아들.

"나중에 무안할지도 모르니까 그런 말은 작은 소리로 해."

농담으로 넘겨버린다.

세상 천지에 소란스러운 걸 좋아할 사람이 어디 있을까. 명곤이
한테 그런 소리 들어도 싸지…….

02/03/08 박탈감   영환이랑 병원에 갔다.

영환이의 침묵은 침묵이 아니라 절규하는 소리요, 불안하게 떨
리는 눈동자는 사랑을 갈구하는 깊은 굶주림이라는 것을 알기에
안쓰럽다.

샘솟지도 않고 가지고 있지도 않아 줄 수 없는 가난한 자로서 그
아이를 바라봐야 하니 이거야말로 일종의 고문이다.

다가가면 다가갈수록 부딪히게 되는 마음의 벽, 그것이 자꾸만
머뭇거리게 만들고 힘들게 겨우겨우 내민 팔도 오그라들게 만든
다.

너무나 고통스러워 차라리 피해버리고 싶은 연약함과 안위하고
싶은 본능의 아우성을 외면해야 하는 또 다른 고통이 모든 기능을
무력하게 만든다.

하루라도 빨리 영환이가 변화되어 피차 사랑하는 데 자연스럽
게 되기를 바라지만, 나 못지않게 이 녀석도 나의 변화를 간절히
바라고 있는지도 모른다.

아무튼…… 며칠 동안 일부러 무관심한 듯 지나가보기도 하면
서 거부감이 일어나는 것도 자연스런 현상으로 받아들이고 싶을

만큼 심신이 지쳤다.

마침 영환이가 놀이치료 시간에 의사 선생님과 면담을 할 수 있었다. 항상 영환이와 받던 면담을 혼자 받게 되면서 자연스레 더디게 변화되는 부분에 대해 말할 수 있는 기회를 얻었는데, 내 얘기를 다 듣고 나신 선생님께서 활짝 웃으셨다.

무조건적으로 신뢰해야 할 부모로부터의 박탈감은 그렇게 쉽게 치료되는 것이 아니라고 하신다. 유아기 때의 깊은 상처와 학대는 평생 영향을 끼칠 만큼 위험한 것이란다.

이제 환경도 바뀌었고 지속적인 상처나 학대가 없으니까 그나마 다행이며, 점점 더 좋아질 테니 감정적으로 격해지지 말고 여러 번 반복적으로 가르쳐주고 알려주라고 하셨다. 계속적인 정서적 지원과 신뢰가 쌓이면 괜찮아질 거라고.

영환이를 기다리면서 자꾸만 '박탈감' 이라는 단어가 뇌리를 스쳤다.

부모와의 단절, 이 세상에 태어난 이래 단 한 번도 상상해 보지 않았던 엄청난 충격, 그것은 그에게 땅이 꺼지고 하늘이 무너진 거대한 사건이었을 것이다.

영환이가 곡기를 끊지 않고 실어증에 걸리지 않은 것만 해도 그게 얼마나 대단한 일인가. 영환이가 경험한 충격은 일종의 죽음과도 같은 크기일 텐데, 그 충격의 크기를 실제보다 훨씬 더 축소해서 해석하는 실수를 범한 셈이다.

소책자여서 가방에 넣고 다니는 장 바니에의 『희망의 문』을 꺼내 읽어 내려갔다.

"모두가 멀리하는 곳 고통의 장소

그대가 멀리하고 꺼리고 회피하고 잊으려 하는 고통의 장소

그대가 멀리하고 거부하고 감추고 잊으려 하는
가난한 자, 고통받는 자, 불행한 자, 절망한 자들이 있는 곳
그러나 하나님은 말씀하십니다.
'내가 아골 골짜기로 희망의 문을 만들리라.'

네가 도망 가지 않으면,
네가 네 마음속 골짜기 한가운데로 지나가면
너를 두렵게 하는 모든 것, 너를 거부하는 모든 이
가난하고 연약하고 상처받아 너를 위험에 빠뜨리는 모든 이를
기쁨으로 맞이하면,
그들 가운데 있는 네 안의 상처 입은 아이
아주 오래 전 네 마음속 깊이 파묻어버린
그 아이를 기쁨으로 맞이하면,
너 자신을 기쁨으로 맞이하면,
너는 치유의 길로 나아가리
아골 골짜기는 희망의 문이 되리라."

눈에 흥건히 감격의 눈물이 고이고 가슴이 뜨거워졌을 때 영환이가 나왔다.

이제 더 이상 영환이는 내가 다가가도 벽에 부딪혀서 체온을 교환하지 못하는 그런 아이가 아니었다. 마침내 나는 영환이의 닫혀진 그 마음속으로 들어가 함께하기로 마음을 먹었다.

어느 날인가 분명 영환이는 내 체온을 느끼게 될 것이고, 안도의 한숨을 내쉬며 모든 이와 인간관계를 맺고 사랑을 나누는 데 어려움을 겪지 않게 되리라.

영환이 안에 숨겨진 본래의 아름다운 모습을 회복하게 될 때까지 그의 머리며 얼굴이며 온몸을 만져주리라. 경직됨이 느껴지긴 했지만 집에 오는 동안 어루만지는 내 손길을 영환이는 뿌리치지 않았다.

드디어 오그라든 팔을 펼쳐 손을 내밀게 되었다.

02/03/09 영환이의 사랑

영환이가 유일하게(?) 마음을 활짝 열고 사랑하는 대상이 있다. 바로 우리집 막내 하나다.

하나를 바라보는 눈빛은 예사롭지 않다. 번쩍 안아주기도 하고 마주보고 눈빛을 주고받으며 사랑을 속삭인다. 하나의 작은 손을 살며시 만져보기도 한다.

며칠 전 아이들이 아이스크림을 하나씩 먹고 있었다.

잠시 후 영환이가 수저를 가져와 자기 아이스크림을 조심스럽게 떠 하나 입에 넣어줬다. 마치 60년대 뽑기(달고나) 앞에서 다리를 가슴에 착 붙이고 쭈그리고 앉은 듯한 자세로 조심스레 먹이는 모습은, 다소 청승 맞은 폼이었지만 따뜻하고 보드라운 보호자 같았다.

제비처럼 '아아!!' 거리며 입을 쫙쫙 벌리는 하나의 모습, 동생이랑 나는 그 장면을 보다가 너무 감동되어 오버하면서 칭찬을 해줬다.

"어쩜 그런 기특한 생각을 다 했을까……. 다른 애들은 자기 먹기 바쁜데……. 너 어떻게 그런 생각을 한 거야? 수저로 먹일 생각 말이야."

아무런 반응이 없다. 주변의 반응과는 상관없이 그저 하나에게 먹일 뿐이다.

영환이에게 하나의 존재는 참 중요한 것 같다. 우리집에서 유일하게 자신보다 연약하고 보살펴야 할 대상일 테니까. 영환이의 사랑을 지켜볼 때마다 마냥 좋다.

02/03/09 오빠 여기 또 있네

밖에 나가는 걸 좋아하는지, 아님 오빠가 좋은 건지 아침에 영범이랑 영환이가 나가니까 하나가 펑펑 운다.

할 수 없이 신발 신던 영범이가 도로 들어와 한참 안아줬다. 엄마한테 오라고 손을 내밀면 쌩하니 영범이 어깨에 머리를 대고 동동거렸다. 억지로 떼어내니 더 바락바락 운다.

"오빠 여기 또 있네. 이리 와, 하나야."

부드러운 하선이의 음성이 뒤쪽에서 들렸다. 찰싹 안겨서 울음을 그치는 하나나 의젓하게 바라보며 비위를 맞추는 하선이나 둘다 웃긴다.

좀 더 즐겁게 해주고 싶었는지 회전의자에 하나를 올려 놓더니마구 돌려준다. 떨어질까봐 납작하게 엎드려 있던 하나를 안아주며 "무서우지…… 이리 와. 자아, 자." 작은 손을 짝짝 치며 내미는하선이가 너무 귀엽고 사랑스럽다.

이번엔 아빠가 나가실 차례, 옷을 입으니 눈치 챈 하나가 현관앞에 버티고 서 있다. 자기 좀 잡아달라는 듯 아빠는 현관에 서서"아빠 갔다 올게…… 아빠 갔다 올게." 여러 번 인사를 한다.

아빠 작전 성공!! 하나가 품에 안겨서 떨어지지 않겠다고 운다.

"하나야! 이리 와. 오빠 여기 또 있네."

지혜로운 중재자가 또 나섰다.

"한강이건 태평양이건 다 덤벼! 단숨에 건너주마!"
단숨이 아니라도 좋아, 완주만 해다오! 사랑스런 내 아이들아……

02/03/11 수다맨!

문제 부모는 있어도 문제 자녀는 없다고 했던가?

간절한 기도와 지속적인 약물치료, 놀이치료, 과외 등 여러 가지 복합적인 노력에도 불구하고 쉽사리 변하지 않아 애를 태우던 영환이가 이번 엠펙 캠프에서 새로운 면을 보여줬다.

같은 차에 타지 못해 자세한 것은 모르겠지만 동승했던 엄마들이 다들 영환이의 수다가 놀라워 몇 번이나 쳐다보셨다고 한다. 차가 밀리는 긴 시간 동안 시끄럽게 수다를 떠는데, 이제까지 보아왔던 모습이랑 너무나 다른 모습이었다고 하신다.

가락재 캠프장에서도 영환이는 또래들과 어우러져 노느라 눈에 띄지도 않았다. 박꽃처럼 환한 표정은 아니었지만 사랑스러움이 물씬 배어 있었다. 영환이의 변화에 다른 분들도 놀라셨지만 나는 놀랍다 못해 참 기이하다는 느낌까지 들었다.

조별 역할극 시간, 영환이는 그 특유의 웅크린 모습에 찌그러진 표정으로 눈물을 흘렸지만 함께 역할극을 담당하셨던 분들이 '김동성' 이라고 유머 있게 넘기셨고 내 마음도 전혀 상하지 않았다.

영환이가 우리집에 온 지 804일. 짧지 않은 시간을 함께 보냈고, 홍역을 앓던 일이며 오랜 치과 진료 등 그 동안 일어났던 가슴 아픈 일들이 무슨 영화 필름 돌아가듯 돌아간다.

듣기에 다소 힘든 순간도 있겠지만 이제 새로운 수다맨 영환이의 눈부신 활약을 기대해본다.

02/03/15 한글공부

하선이는 시간만 나면 아빠를 붙잡고 공부를 가르쳐달란다.

아빠는 그저 아들이 공부하겠다는 말만 떨어지면 만사 제쳐놓

고 A4 용지에 칸을 그리고 곱게 ㄱ ㄴ ㄷ ㄹ ㅁ도 쓰고 1 2 3 4 5 6
도 써준다.

하선이가 연필을 잡는 법부터 시작해서 반듯하게 쓰면 커다랗
게 100점 표시를 해주고 천재라는 둥 일등이라는 둥, 근거 없는 공
수표를 남발한다.

속없는 하선이는 진짜 자기가 대단한 줄 알고 공부하다 말고 온
갖 폼을 잡고 춤도 추고 깔깔거리며 웃는다.

내게 보여주며 자랑도 하고, 하나가 다가오면 오빠 공부하는데
방해하지 말라고 엄하게 경고도 한다.

어젯밤, 남편이 하선이가 쓴 종이를 가지고 나오면서 감회에 젖
어 한마디했다.

"자식, 자기 놀아야 한다며 단숨에 써 내려가네."

종이엔 ㅈ ㅊ ㅋ ㅌ ㅍ ㅎ 와 5 6 7 8 9 등이 씌어 있었다. 말하자
면 고난도 글씨가.

"쓰면 뭐 해. 모르는걸. 너무 좋아하지 마."

너무 흥분한 것 같아 찬물을 끼얹었다. (심술꾸러기 마누라 심보)

"무슨 소리, 얘 이거 다 알아. 읽으면서 썼단 말이야. 얼마나 잘
하는데……."

빙글빙글 웃으면서 '진짜??? 믿을 수 없군' 하는 의심의 눈초
리를 보냈다.

남편: 진짜라니까. 다 알아.

나: 그럼 어디 읽어보라고 해.

남편: 내참! 어째 사람 말을 못 믿냐. 하선아! 이리 와봐. 이거 읽
　　　어봐.

나: (ㅈ ㅊ ㅋ ㅌ ㅍ ㅎ 를 가리키며) 이거 뭐야?

하선: 기역 니은 디귿…….

형들 방에서 놀다가 후다닥 뛰어와 자신 있게 읽어 내려가는 하선이의 청아한 목소리, 이를 어쩌…….

나: 푸하하하하!!! 큭큭…… 다 아는구나.

남편: (억울해서) 아까는 다 알았다니까. 그럼 이거, 이거 읽어봐.

하선: (5 6 7 8 9를 보면서 덜렁덜렁 식은 죽 먹기라는 듯) 일 이 삼 사 오.

우울라라라라!! 노랫가락이 나온다. 아빠의 기대를 한꺼번에 무너뜨렸구먼. 우헤헤헤헤헤헤…….

남편: (약이 바짝 올라 하선이를 불러다 놓고) 하선아! 여기에 기역 니은 써봐.

하선이가 ㄱ ㄴ ㄷ ㄹ을 썼다. 불쌍한 아빠 위신이 간신히 섰다.

02/03/16 <u>관심법</u>   영환이는 나의 마음을 관통하여

읽는 관심법이라도 익혔는지, 최근 급속도로 변하고 있다. 얼마나 내 마음에 감동이 되는지 몸 둘 바를 모르겠다.

며칠 전 화이트데이, 학교 가기 위해 현관문을 나선 아이들이 잠시 현관 밖에서 속닥거리는 것으로 보아 사탕 살 돈을 달라고 하려는 것 같았지만 그냥 모르는 척 지켜봤다.

잠시 후 영환이가 웃으면서 "엄마! 사탕 사게 오백 원만 주세요." 손을 내밀었다. 항상 영범이나 하선이를 통해 의사 표현을 하던 녀석이 사탕 사게 돈을 달라고 하니까 너무 좋아서 흔쾌히 돈을 건네줬다.

영범이도 수줍은 듯 다가와 자기도 사탕 사게 돈을 달란다. 오백 원씩 건네주며 '배짱도 없는 녀석들. 겨우 오백 원을 달라고 하나.

그것 가지고 무슨 사탕을 산다고. 기왕 달라고 할거면 천 원이나 이천 원쯤 달라고 할 것이지…….' 그러면서도 더 줄 수가 없었다. 배포만 늘리면 안 되니까.

영환이의 변화에 하루 종일 기분이 좋았다. 잠깐 잠깐 예전 모습도 보이지만, 어제 병원에 가면서 보니까 옷도 단정하게 입고 있었다. 웃옷을 바지 속에 집어넣고 벨트까지 맨 것을 보니 속사람뿐 아니라 겉모습까지 달라진 것 같아 깜짝 놀랐다.

길가에 핀 수수하고 소박한 산수유 꽃이 눈에 띄었다. 봄꽃 중에 제일 먼저 피는 산수유, 죽은 나뭇가지에 봄을 알리는 커다란 사명이라도 지닌 듯 작은 꽃봉오리를 피워낸 산수유를 보니 지금 영환이가 내게 보여주는 모습들이 꼭 산수유 같다는 생각이 들었다.

02/03/21 영범이의 고민

새 학년이 되자 영범이가 고민을 털어놨다. 아빠랑 성이 다른 문제로 한 아이가 아는 체를 했다고 한다.

영범: 엄마! 입양하면 성이 아빠랑 똑같아지지요.

엄마: 그럼. 희곤이 형이랑 하선이랑 하나랑 전부 유 씨잖아. 왜 너도 입양되었으면 좋겠니?

영범: 근데요, 입양하려면 허락받아야죠.

엄마: (친생부모의 허락을 받거나 입양기관의 허락을 받는 거냐고 묻는 줄 알고) 물론이지. 허락이 없으면 못 하는 거야.

영범: (머리를 갸우뚱거리며) 그럼 내가 허락을 하는 거니까. 으음~캬!

엄마 : (내심 놀랐으면서도 태연한 척) 입양하는 데 무슨 고민 있는 거니?

영범: 네!! 그러니까…… 좋은 점도 있긴 하지만 성이 바뀌면 유
    영범인데, 좀 이상하잖아요. 유영범, 유영범…… 이히히
    아무래도 이상한데…….

　마치 입양에 관한 칼자루를 본인이 가지고 있는 것처럼 생각하
니 우습기도 하지만 한편으로 다행이라는 생각이 들기도 했다.

　엄마: 그래서 입양은 싫다 이거야?

　덥썩 목을 끌어안고 장난을 쳤더니 이 녀석 깔깔 웃으면서 생글
거렸다.

　엄마: 영범아! 입양은 말이야, 너나 내 맘대로 할 수 있는 게 아
    니야. 너네 안산 엄마 아빠가 허락을 해야 되는 거야. 물론
    너의 허락도 있어야 하구. 그거 알지? 혹시 친구들이 뭐라
    고 하거든 걔네들은 잘 몰라서 그러는 거니까 네가 잘 가
    르쳐줘. 가르쳐줄 땐 선생님이니까 친절해야 하겠지?

　영범이가 피식 웃으면서 대답을 했다. 단순하게 고민하는 아이
들의 세계, 그 세계가 좋다.

02/03/27 예뻐 죽겠어요

의사 선생님께서 영환이가
예뻐 죽겠다고 하시면서 이렇게 빠른 속도로 좋아질 줄 몰랐다고
하셨다.

　한참 동안 상향곡선을 타고 올라가더니 어저껜 한바탕 바닥을
쳤다. 형을 때리고 일그러진 표정으로 울어서 무슨 변화가 있는가
살펴봤더니 밤에 먹는 우울증 약이 떨어졌단다. 선생님의 예견도
있었고, 나도 그럴 수 있다는 걸 미리 짐작하고 있었기 때문에 크
게 낙심하지 않았다.

　경직된 표정을 한 얼굴을 두 손으로 쓰다듬어주면서 주문을 외

듯 근육을 부드럽게 풀고, 즐겁게 자기 표현하기, 울면 지는 것, 영환이는 뭐든지 할 수 있다, 엄마는 영환이가 참 좋아 등등 말을 하는 동안 영환이는 신기하게 자기 얼굴을 내맡기고 가만히 있다가 학교에 갔다.

나의 변화도 놀랍고(예전 같으면 보는 것 자체가 고통스러워서 자리를 피했었다.) 영환이도 금세 회복이 되었다.

이제 병원도 즐겁게 오가고 자기 표현도 제법 잘한다.

"영환이가 예뻐 죽겠어요. 저렇게 자기 표현을 해야 하는데 뚱하니 갇혀 있으려니 얼마나 힘겨웠겠어요. 좀 더 시간이 필요하겠지만 참 놀라운 일이에요. 걱정하지 마세요. 잘할 거예요."

가슴이 뿌듯하고 고갯마루를 넘어선 듯 시원하다.

02/04/09 **모든 것이 내 죄!**   특이한 성격을 가졌는지

나는 집안 일 하는 것도 차례차례 하는 것이 아니라 내 맘 내키는 대로 이것저것 섞어서 한다.

설거지를 하다가 하기 싫으면 다 끝내지도 않고 화장실로 가서 화장실 청소하고, 그것도 싫증 나면 골목에 나가 앞뒤로 쳐다보고, 빨래가 생각나면 빨래를 한다. 도무지 일할 맛이 안 나면 시장으로 뛰어가서 다른 일을 벌이기도 한다.

이것저것 다 건드려놓고도 신문을 보고 싶으면 신문을 펼치고 그러다가 퍼뜩 컴퓨터가 생각나면 컴퓨터에 붙어서 다른 일은 새까맣게 잊어버린다.

청소기 줄이 널려 있거나 걸레질을 하다가 중도에 걸레가 놓여 있어도 내겐 아무런 문제가 되지 않는다. 하지만 우리 남편은 하던 일을 걸쳐 두고 다른 것에 몰두하는 나를 한심한 듯 바라보며 혀를

찬다.

이렇게 분산시켜서 일을 하면 하루 종일 일해도 스스로 계속 일했다는 느낌이 들지 않아 스트레스가 덜 쌓인다. 이런 습관은 좋고 나쁘고의 차원이 아니라 나의 스타일이니까 내게 능률적인 방법이라면 그대로 봐달라고 요청한다.

그러다보니 공부하는 것도 마찬가지고 책 읽는 습관도 다르지 않다. 머리맡이나 화장실 바닥이나 가방 속엔 늘 읽던 책들이 페이지가 접혀진 채 주인을 기다린다. 요즘처럼 바쁠 땐 머리맡에 읽고 싶은 여러 책들을 쌓아 놓고 그 옆에 스탠드를 준비해서 눈만 뜨지면 시간과 상관없이 수시로 읽는다. 만약 그렇게 하지 않으면 일 년 내내 책 한 권 읽기에도 벅찰 것이다.

남들 보기엔 내 행동거지나 생활 습관이 결함처럼 보이겠지만 나름으로는 다 분명한 이유가 있기 때문에 당당하고 뻔뻔하다.

그런데, 그럼에도 불구하고 내 자식들이 내 꼴로 펼쳐 놓고 살면 왜 그리 눈에 거슬리는지 모르겠다. '에구~ 본대로 하는구나.' 한숨도 나오고, 나와는 다른 아니 나보다 훨씬 괜찮은 아이들이기를 은근히 바라는 모양이다.

이런저런 것들이 널부러진 방들을 보니 넋두리가 나온다.

'너희가 무슨 잘못이 있겠냐. 다 내 잘못이지. 모델링을 잘못한 내 죄!!'

02/04/10 무슨 의미를 부여해야만 하는가?

사람들은 입양한 동기가 뭐냐고 묻기 좋아한다. 그때마다 나는 '왜 입양을 하게 되었지?' 스스로에게 끊임없이 되묻는다. 진짜 입양하게 된 이유, 나 자신에게 수차례 물어봤다.

아기의 엄마가 되고 싶었다. 아기는 생각만 해도 뭐든지 예쁘지 않은가? 내 아기가 고물고물 초롱초롱 생명을 키워가는 그 놀라운 신비, 그 아기에게 막강한 인간관계를 만들어주고 절대적인 지지 세력이 되어준다는 것은 너무 멋진 일 아닌가? 그 정도의 기쁨을 쟁취(?)하기 위해서 지불해야 하는 양육의 수고쯤은 가벼운 것 아닐까? 나는 분명 아기엄마가 되고 싶었던 것이다.

가끔 시어머님께 질문을 한다.

"어머니! 어머니는 왜 자식을 다섯 명이나 낳으셨어요?"

솔직 담백한 어머님의 답변은 "생기니까 낳았지 무슨 생각이 있었겠냐. 옛날엔 다들 그랬어. 그만 낳고 싶다고 조절하던 시절도 아니었고 자연스레 생기면 낳고 그랬지 뭐. 요새야 피임이다 뭐다 하나 둘 낳고 그만 낳지만 말이다……."

친정어머님은 "별걸 다 물어보고 있네. 그땐 다들 생기는 대로 낳았어. 열둘씩 낳기도 했는걸. 많이 낳기도 했고 많이 죽기도 했지. 허이구 말도 마라. 그땐 여자들 얼마나 고생했다고. 지금처럼 물자가 흔하기를 했나. 기저귀 쓰는 집도 흔치 않았단다. 우유가 어딨냐? 젖 안 나오면 그저 미음 먹여야 하구…… 배 골면서 큰 애들도 부지기수지."

애 낳고 키우는 것이 힘들다는 걸 뻔히 알면서도 특별한 동기 없이 많이 낳았던 걸 생각하면, 입양 역시 큰 의미를 부여할 필요가 뭐 있을까.

나도 이제부터 이렇게 말해볼까?

"동기는 무슨, 그냥 살다보니 이렇게 많이 생겼어요."

상대방의 의아한 표정이 눈에 선하다.

　저는 아버님의 소신 있고 강직한 성품을 존경하는 며느리로서 부족한 것이 많았습니다. 또한 20년이 넘도록 특별한 사랑을 주셨기에, 글을 쓰고자 컴퓨터 앞에 앉으니 눈물부터 앞을 가립니다.

　철부지처럼 보였을 며느리의 눈물 어린 부탁을 저버리지 않으시고 무던히 이해하려고 애써주시며 사랑으로 보살펴주신 것 정말 감사드립니다.

　격의 없이 대해주셔서 그 어떤 며느리보다 자유롭게 지낼 수 있는 것도 감사합니다.

　지척에 살면서도 일이 많아 자주 찾아뵙지 못하고 소홀하게 해드려서 늘 죄송한 심경입니다.

　아버님!

　저 사실 지금 심정은 이 글을 전달할 수 있을지 자신 없습니다.

　많은 망설임 끝에 글을 쓰는 이유는 아버님과 저 사이에 깊고 음침한 골이 생기지 못하도록 하기 위해서랍니다. 아버님을 사랑하기에 부모와 자녀 사이에 어떠한 불순물도 허용하기 싫습니다.

　저는 아버님께서 입양과 관련하여 굉장한 양보와 배려를 하셨다는 것 잘 알고 있습니다. 한두 번도 아니고 몇 번에 걸쳐 양보하신 것을 생각하면 입이 열 개라도 할 말은 없습니다. 아니 저를 유씨 집안에서 내친다고 하시더라도 할 말이 없습니다.

　그만큼 아버님의 배려는 큰 것이었으며 저희 부부와 아이들에게 베푸시는 사랑은 무한대처럼 느껴집니다.

　어제 아버님과 전화 통화를 한 후, 저는 멈출 수 없는 고통과 아픔으로 괴로워하고 있습니다. 24시간이 흐른 지금도 가슴이 빠개지는 듯한 아픔으로 울고 있습니다. 갑자기 아버님 앞에 웃는 얼굴로 서는 것이 아득하게 느껴집니다.

아버님께서 제가 이렇게 슬퍼한다는 것을 아시게 된다면 기가 막히실 것입니다. "내가 틀린 말 했냐?"라는 말씀으로 확고한 의지라는 것을 알았습니다.

존경하는 아버님!

아버님께서 생각하시는 것들에 대해 옳고 그름을 판단하고 싶은 마음은 조금도 없지만, 적어도 제겐 이 세상에서 가장 고통스럽고 가슴 아픈 얘기였습니다.

아버님!

저희 부부는 명곤이와 더불어 희곤이, 하선이, 하나를 정말 사랑합니다. 그 애들 없이 우리의 삶은 이제 기대할 것이 없으며, 아버님이 그러셨듯이 자식을 위해서라면 무엇이라도 할 각오가 되어 있습니다.

먹을 것이 궁핍했던 옛날, 끼니나 해결해주는 것만으로도 감지덕지하고 교육이나 모든 혜택에서는 열외로 취급되던 업둥이, 혹은 대를 잇기 위해 양자를 들이던 그런 의미의 입양이 아니라는 것은 이미 아실 것입니다.

우리가 선택한 입양은 충격적이시겠지만, 영구적으로 삶을 함께 하겠다는 의지였으며, 결혼으로 가족을 이루어 평생 아웅다웅 살듯이 아이들과도 그렇게 살겠다는 결단이었습니다.

제가 혼인관계로 유 씨 가문의 족보와 가계도에 이름이 올려지는 것이 당연한 것처럼, 우리 아이들의 이름이 족보나 가계도에 올려지는 것은 너무도 당연한 것이라고 생각합니다.

아버님께서 지금까지 족보나 가계도에 올려주셨기에 모든 걸 허용하셨다고 생각했는데, 왜 갑자기 그런 것들이 비웃음거리가

되며 이치에 어긋난다고 생각하셨는지 저는 이해할 수가 없습니다.

아버님 연세의 그 어떤 어른보다 깨어 계시고 앞서 가시는 분께서, 갑자기 가계도에 하나를 올릴 수 없다고 말씀하시면서 희곤이와 하선이도 빼는 것이 좋겠다고 하셨습니다. 그것이 어떤 상징이며 무엇을 의미하는지 알기에 제가 받은 충격과 슬픔은 도무지 진정이 되지 않습니다. 아이들에게 보내셨던 뜨거운 눈빛과 사랑, 보살핌을 생각할 때 어떤 것이 그런 경계를 긋게 만들었는지 가슴이 아픕니다.

세 아이들을 손자로서 받아들이심이 명곤이와 동일한 받아들임이 아닌 불완전한 일부로 받아들이는 것은, 그것이 상징적이든 아니든 먼 훗날 우리 모두에게 커다란 아픔이 될 것입니다.

제가 드리고자 하는 말씀은 우리 아이들을 전부 우리 부부의 친자와 동일한 양자로 인정해주시기 바란다는 간곡한 부탁입니다.

아버님의 인정 여부와 상관없이 우리는 이미 부모 자식 관계이며 아버님이 우리를 아낌없이 사랑하셨듯이 우리도 그 아이들을 사랑할 것입니다.

아버님! 지금까지 그래 왔듯이 영원히 존경하는 아버님으로 허물없이 사랑하며 살고 싶습니다.

철없는 며느리 드림.

02/04/17 아이들은 바보가 아니었다

엄마: 얘들아, 엄마가 한 가지만 물어봐도 될까? 너희들이 어떻게 생각하고 있는지 궁금해서 그래.

영범: 뭔데요? 물어보세요.

엄마: 너희 생각엔 안산 엄마나 아빠가 너희들 데리러 오실 것
　　　같으니? 언제라도 말이야.

영범: (잠시 머뭇거리더니) 아뇨. 데리러 오지 않을 거 같아요.

영환: (담담하게) 데려가지 않을 거예요.

엄마: 엄마나 아빠 둘 중에 누구라도 데리러 올 것 같지 않아?

영환: 아닐걸요?

엄마: 그럼 말이다, 엄마 아빠가 데리러 오지 않는다는 걸 친구
　　　들이 아는 건 어때? 알아도 괜찮은 거니, 아님 싫으니.

영범: 애들 거의 다 알아요. 하지만 친한 친구들이 아는 건 싫기
　　　도 해요.

엄마: 숨길 수 없을 텐데 숨기고 싶은 거야? 아니면 놀릴까봐 그
　　　런 거야?

영환: 애들 별로 놀리지 않아요. 나 발표할 거 21개나 모아놨는
　　　데……

영범: 몇몇 친구들은 소문을 퍼뜨리기도 하고…… 그냥 싫은 거
　　　예요.

엄마: 이 세상엔 엄마 아빠 없이 애들끼리 어렵게 사는 친구들도
　　　많아. 먹을 것, 입을 것, 준비물도 잘 챙겨 가지 못하는 친
　　　구들도 있지. 우리는 그래도 이렇게 살고 있으니 얼마나
　　　다행이니…… 어떤 환경에서 살든 그런 것 자체가 부끄러
　　　운 게 아냐. 남을 놀리고 괴롭히고 공부도 안 하고 아무렇
　　　게나 사는 것이 부끄러운 것이지. 너희들은 다른 애들보다
　　　공부도 더 열심히 하고 예쁘게 살아야 돼. 너희들에게 힘
　　　도 생기고 능력이 있어야 먼 훗날 엄마 아빠랑 살 수 있거
　　　든. 너희 엄마 아빠는 너희들이 도와줘야 돼. 알았지?

둘 다 고개를 끄덕이면서 자신 있게 대답을 했다. 아이들은 바보가 아니었다. 알 건 다 알고 있었고 그걸 소화해내느라 때때로 힘겨웠던 것뿐이다.

훗날 두 놈이 앞다퉈 자기들을 돌보지 않은 부모님을 모시겠다는 모습을 보게 되면 정말 대견하고 행복할 것 같다.

02/04/24 부처님과 할렐루야

오래 전 희곤이의 아이디는 스파밀피(?) 뭐 이런 거였다. 합성어라는 설명을 들었는데 도무지 그 뜻을 알 수가 없어 몇 번이나 되물었다가 지청구를 먹었었다.

헌데 이번에 국내입양인 모임 카페 주소를 알려주고 주춤거리다가 바뀐 아이디를 보고 깜짝 놀랐다. 우리 아들 아이디는 '부처님과 할렐루야' 였던 것이다.

"어머어머! 이게 뭐야?"

놀라는 나와는 달리 희곤이랑 명곤이는 재밌지 않냐고 물었다. 충격으로 잠시 넋을 잃고 천천히 고개를 끄덕이면서 방을 나오다 생각하니 더 깊게 이해할 수 있을 것도 같았다.

희곤이의 아이디는 그리 충격적일 것도 없는 것이었다. 생소해서 놀랐을 뿐……

희곤이 입양 전 이름은 석금용이었다. 비구니 스님이 지어주셨기 때문에 가장 불교적인 이름이었고, 실제 생활도 불화 앞에서 잠도 자고 눈 뜨면 제일 먼저 목탁을 두드리며 불경(맞는 표현인지 잘 모름)을 암송하는 꼬마였다.

그러다가 입양이 되면서 아빠 성을 따라 버들 유(柳)에 기쁠 희(喜)에 땅 곤(坤)으로 바뀌었다. 이름만 바뀐 게 아니라 기독교를 믿는 부모를 따라 사랑장으로 유명한 고린도전서 13장을 통째로 외우기도 하고 새벽 예배부터 한 주도 결석하지 않고 교회를 다니기 시작했다.

엄마 아빠가 주일학교 교사였으니 중고등부 수련회는 초등학교 때부터 양념처럼 따라다녔으며 교회 안에서 살았다고 해도 과언이 아니다.

그러니 희곤이의 인생은 부처님과 할렐루야라는 아이디가 나올 법도 하다.

엉겁결에 그런 아이디를 생각했든 아님 마음속에 있던 생각을 표현했든 상관없이 그의 성장에 지대한 영향을 끼쳤을 양육 환경에 다시 한 번 되새김질했다. 희곤이의 외모며 기질 등 많은 것이 유전학적인 배경으로 만들어졌겠지만 생활 습관이며 가치관, 세계관 등은 양육자인 우리 가족을 더 많이 닮았다는 걸 시시때때로 느낀다.

가끔 희곤이의 얼굴 어디쯤이 우리를 닮지 않았을까 샅샅이 뜯어본다. 약간 들창코인 것만 나를 닮았을까?

우리 아들 희곤이가 자기를 더 잘 표현하고 어떤 것에도 얽매이지 않으며 오직 진정한 자유가 무엇이며 진정한 삶의 가치에 대해 고민하는 사람이 되었으면 좋겠다.

02/04/25 별라나 봐봐 　　　　　　　설거지를 해주겠다고 큰소리치는 하선이가 싱크대 앞에 서서 몇 개 되지도 않는 그릇을 씻고 또 씻었다.

하나 우유 먹이며 아들 덕에 한가로운 시간을 보내고 있는데 설거지 다 했다면서 손에 묻은 물기를 털면서 와보란다. 건성으로 "잘했어. 고마워. 이제 다 컸네. 엄마 너무 좋다"로 시작해 이 말

저 말 다 해줬는데도 자꾸 와보란다.

　　엄마: 왜 그러는데.

　　하선: 별라나 봐봐.

　　고개를 갸우뚱…… 뭔 말인지 알아들을 수가 있어야지. 아들 손에 이끌려 부엌으로 가보니 싱크대 안에 깨끗하게 씻겨 엎어져 있는 그릇들이 한눈에 들어왔다.

　　하선: 엄마! 별라지?

　　빛난다는 말을 별란다고 하는가 보다.

　　엄마: 와~정말 빛난다.

　　하선:(입이 쫘악 벌어져서) 거 봐. 내가 별란다고 했잖아.

02/05/04 완주하고 싶을 뿐이다

영환이의 표정과 생활상이 많이 달라졌다. 아직도 보통 아이들과의 차이점은 보이지만 달라진 정도는 놀랍기만 하다.

　　의사 앞에서의 태도는 여전히 어색하고 산만했지만 최대치까지 올려야 했던 우울증 약을 이제 한 알 줄여도 되겠다고 하셨다. 학습치료 선생님께서도 꾸준히 좋아지고 있다고 하신다.

　　학교 생활에서도 달리기에서 1등 했다더니 계주선수로 발탁되어 오늘 운동회 때 뛰게 되었다며 좋아했다. 박찬학 씨는 멋지게 달리는 모습을 찍어주겠다고 나섰다.

　　가슴이 뭉클해져서 자꾸만 눈물이 난다. 모든 것이 감사하다.

　　불편했던 눈길들, 수없이 거부하던 내 육체의 울부짖음, 사랑은 감정이 아니라 동사라고 우기면서 달려온 시간들…… 참 힘들고 버거운 시간들이었다.

　　영환이만 아니었어도 인간적 한계를 매순간 느껴야 하는 인간의 비애를 처절하게 지켜봐야 하는 그런 고통의 시간들은 보내지 않았을 텐데 하며 울기도 잘하더니, 이제는 정 반대의 감정에 사로잡혀 눈물을 흘리고 있는 것이다. 고마움의 눈물, 감사의 눈물을……

나의 건조하고 메마른 사랑을 거부하지 않고 따라와 준 영환이가 나보다 낫다. 영환이에겐 최소한의 사랑이, 내겐 최대한의 인내가 필요했던 시간들이었다. 지난 3년은.

앞으로 가야 할 길은 더 멀고 지루하고 힘겨운 산중턱을 넘어야 하겠지. 사춘기라는 험한 산길을…….

때로 한숨과 눈물의 발자국을 옮겨야 하겠지만, 다만 완주를 하고 싶을 뿐이다.

02/05/04 케이크는 요리사를 닮는다

영범이 영환이는 과천 사회복지관에 다닌다. 평소엔 영어 수학을 배우는데, 특별히 영환이는 학습 부진을 만회하기 위해 보강을 받는다. 실제 수강료는 적은 비용이 아니지만 국민기초생활 보장자로서 모두 혜택을 받았다.

복지관에는 그 외에도 여러 강좌가 있는데 그것들은 유료로 받아야 한다. 영범이는 장래 희망이 요리사여서 방학 때가 되면 그곳에서 단기 요리 강습을 배운다. 영환이는 형이 하니까 덩달아 다닌다.

지난 겨울방학 땐 빵과 쿠키 만드는 법을 배워 왔었다. 이번에는 케이크를 만든다면서 어찌나 좋아하는지, 비용은 재료값 때문에 다른 것에 비해 비싼 편이지만 참 잘했다는 생각이 들곤 했다.

어린이날을 앞두고 케이크 만드니까 앞치마를 꼭 보내라는 연락을 받았다. 좋아라 뛰어간 아이들이 저녁 늦게 케이크 박스를 하나씩 들고 나타났다. 얼굴엔 승리의 그 화려한 기운이 마구 감돌았다. 지켜보는 애들이나 꺼내는 나나 조마조마했는데 모습을 드러낸 케이크는 제과점에서 산 것과 조금도 다르지 않았다.

영범이의 케이크는 하얀 생크림 위에 복숭아, 체리, 귤 등의 과일이 화려하게 장식된 것이, 여간 눈썰미가 있어 보이지 않았다. 우리는 영범이의 기도가 끝나자마자 케이크를 먹었다. 하나는 빨간 체리에 가장 큰 관심을 보였다.

이번엔 영환이의 케이크.

아!!! 박스에서 나온 영환이의 케이크는 수수하면서 차분하여 안정감이 있어 보였다. 다소곳한 새댁 같다고 해야 할까?

케이크의 장식을 보면서 '이제 됐다. 이제 됐어. 하나님 감사합니다' 소리를 자꾸 되뇌었다.

케이크를 통해 아이들 마음을 읽고 나니 가슴이 터질 듯 행복하다. 케이크는 요리사를 닮는다.

02/05/08 장난하는 사이

병원에서 치료를 마치고 주차장에서 계산을 하는데 영환이가 차 뒤에 숨어서 장난을 쳤다. 나에게 장난을 치는 것은 처음이었다. 영환이랑 교환하는 해맑은 웃음이 꿀맛 같다.

하선이 하나의 어린이집 앞에서 과자를 사 와서 차에 있으라고 타이르고 어린이집에서 애들을 데려와 보니 영환이가 없었다.

둘레둘레 주위를 살폈더니 맨 뒷좌석에서 "와악!!" 하면서 놀라켰다.

'아니 이 녀석이 두 번씩이나!' 유쾌한 마음이 드니까 노래가 절로 나왔다. 과자를 주면서 흥겨운 리듬을 흥얼거렸다. 장마 끝에 쨍하니 비쳐지는 햇살처럼 그런 밝은 날이다.

선생님은 아직 많은 기간 동안 치료를 해야 한다고 하셨지만 치료비가 하나도 아깝지 않고 역시 잘했다는 생각이 든다.

"우리 이제 장난하는 사이가 됐다우!" 크게 자랑하고 싶다. 그게 전부다.

02/05/12 거짓말

하선이가 조금씩 거짓말을 하는 단계로 자랐다.

걸핏하면 돈을 꺼내다가 이것저것 사오는 재미를 붙이더니 몇 번의 경고에도 불구하고 오늘 낮에 또 일을 저질렀다.

아줌마가 보니 하선이가 내 가방을 살며시 들고 안방으로 들어가더란다. 수상해서 슬쩍 엿보니 돈을 꺼내더라나. 그래서 왜 그러느냐고 물었더니 엄마가 허락했다고 둘러대더란다. 가게에서 이것저것 사오고 아줌마에게 거스름돈을 주려는 걸 엄마 드리라고 했더니 요 녀석, 돈 들고 아래층으로 가는데 미심쩍어서 뒤를 밟으셨단다. 헌데 그 사이에 돈이 감쪽같이 없어진 것이다. 시치미도 뚝 떼고…… 아줌마는 기웃기웃 찾으시다가 고개를 갸웃거리시며 올라가셨다.

그러다가 대현엄마가 사무실 밖 하수구에서 둥둥 떠 있는 천 원짜리를 발견했다. 요 녀석이 혼날까봐 하수구 구멍에 쑤셔 넣은 것이었다.

아줌마가 아빠한테 이르겠다고 협박을 했더니 요 녀석, "아빠한테 일러, 일러봐" 하면서 콧등도 씽긋하지 않더라나.

엄마한테 일차 혼나고 경고 먹었는데 명곤이가 다시 안방에 데려가 한바탕 혼을 냈다. 애들은 엄마보다 명곤이를 더 무서워한다. 저녁 때는 자초지종을 들은 아빠에게 불려가 매까지 맞았다.

줄줄줄 요리조리 둘러댄 거짓말의 행렬……벌써 저렇게 컸나 싶은 게 우습다.

애들은 하다못해 거짓말이나 도둑질까지 그냥 넘어가는 녀석은 없나보다.

우리 애들만 그런가??

02/05/18 말 안 하면 가시가 돋을까봐

우리 하나에 대한 감동이 차고 넘쳐서 말 안 하면 가시가 돋을까봐 아무리 바빠도 늘어지게 자랑을 해야겠다.

하나가 낮에 약을 먹고 잠이 들었기에 살금살금 사무실에 내려왔다. 깊이 잠들긴 했지만 왠지 깨어나 우는 것만 같은 환청이 들려 수시로 들락날락해야 했다.

몇 번 헛탕을 치고는 사무실에서 긴 시간을 보내고 있었다.

에구…… 이렇게 늦장 부리다 귀한 딸 큰일나겠다 싶어 뛰어서 집에 갔더니 조용하다. '어 참 이상하네. 이렇게 오래 자다니. 많이 아픈가?' 안도의 한숨과 더불어 은근히 걱정이 되었다.

조용조용 안방을 들여다봤더니 ……세상에! 우리 딸 좀 봐! 점잖게 앉아서 책을 읽고 있었다. 밀려오는 감동으로 어안이 벙벙해져서 들어갔더니 너무나 태연한 표정으로 책장을 넘겼다.

너무나 부드럽게 책장을 다 넘기더니 "뜻(끝)!!" 하고 외쳤다.

어째 우리 딸 이렇게 예쁠까. 우리 딸한테 꼴까닥 넘어갔다.

요사이 하나는 엄마나 아빠 품에 앉아 있을 때 근처에 누가 오는 걸 허용하지 않는다. 하선이가 한 쪽에 다가오면 팔로 밀어내면서

우리집 보물, 물방울 다이아

© 유영길

때리는 것도 불사한다. 그래서 그럴까? 하선이는 요즘 찬밥 신세에다 맨날 화려한 창작활동(거짓말)에 혼나는 일만 수두룩하다.

그래도 일편단심 하선이는 변함없이 동생을 예뻐하는 걸 보면 참 멋진 사나이다.

"어쭈! 날아온 돌이 박힌 돌 빼는 것 좀 봐."

남편은 언제나 호탕하게 웃는다.

02/05/25 <u>비밀이에요</u>   비디오 테이프에 비뚤비뚤

유하선과 상형문자를 뒤섞어서 적었다.

"엄마! 이거 내 거야. 내가 유하선 착해요. 썼으니까."

"쳇!! 뭘 했는데 유하선 착하다는 거야?"

옆에 계시던 할머님이 귀여워서 시비를 거셨다.

"예쁘니까요."

"네가 여자니? 예쁘니까 착하다고 하게…… 무슨 착한 일을 했는지 말해봐."

"비밀이에요."

엥??!!!

"엄마! 나 착해지."

"그러엄…… 착하고 말고."

"엄마! 나 고마우지."

"엥??"

"나(내)가 하나님의 선물이니까 고마우잖아."

"그래 맞아, 맞아."

"하나님이 나 선물 어디나 맡겼는지 안다아~어디게."

"어딘데."

290

"대한사회복지회잖아. 엄만 그것두 몰라."

02/05/27 이미 청년인 것을

명곤이가 하선이 하나를 데리고 놀이터 한쪽 구석에 쪼그리고 앉아 애들이 노는 걸 지켜보는 폼이 꼭 애아빠 같다. 하나랑 하선이는 미끄럼틀에도 올라가고 모래 장난도 하고 있었다. 명곤이는 하나가 미끄럼틀에 올라가는 것을 보며 자기가 더 떨려서 조마조마하다고 한다.

"엄마! 나도 저랬어?"

"그럼. 애들은 다 똑같애."

다 큰 아들이랑 쪼그리고 앉아 두런두런 얘기를 했다. 명곤이가 나뭇가지로 모래를 튕기면서 말하고 있었는데 어느새 하나도 막대기를 가지고 똑같이 흉내를 내면서 눈이 마주칠 때마다 웃었다.

한참 놀다가 하선이, 하나를 데리고 동네 산책을 나갔다. 하나는 손잡는 것도 싫어해서 혼자 휘휘 젓고 다니는데 명곤이는 잡아줘야 되지 않냐고 걱정을 했다. 다칠까봐.

"괜찮아. 넘어지면 혼자 일어날 거야. 그리고 위험한 곳으로 가게 되면 그 즉시 막으면 되지. 너무 간섭하면 애들은 싫어한단다."

하나가 한참 가다가 찻길로 뛰어들려고 했다. 그때 얼른 뛰어가 하나 앞에 버티고 섰다. 발버둥을 치며 요리조리 빠져나가려는 걸 가로막았더니 강하게 반발하다가 슬그머니 엄마가 가고자 하는 곳으로 방향을 틀어 뛰어갔다.

"엄마! 엄마는 애들을 묘하게 몰고 간다니까. 간섭 안 하는 척하면서 엄마가 원하는 방향으로 몰고 가서, 결국 자기 맘대로 간 줄 알았는데 알고 보면 엄마가 원하던 방향이고 말이야."

"맞아. 아주 노련한 목자는 양떼를 억지로 끌고 가지 않는 법이래. 아주 큰 테두리 안에서 제멋대로 두는 것 같지만 위험한 절벽이 나오거나 생명을 위협하는 늑대가 나오면 얼른 개입을 해야 되지. 그러니까 한눈 팔면 안 되지. 부모라는 역할이 그런 거란다. 왜, 억울해?"

"아니 그게 아니라, 재밌어. 애들은 지네들 맘대로 한 줄 아는데 아니니까."

명곤이가 많이 컸다. 아니 이미 청년인 것을……

02/05/29 일등

지난 주 영환이는 학교에서 에버랜드 가고, 나는 홀트 가두 캠페인 가느라 병원 가는 것도 깜박 잊고 있다가 병원으로부터 전화를 받고서야 가슴이 철렁했었다. 전날 미리 말을 했어야 했는데……

"에구, 돈이 남아도는군. 돈이 남아돌아." (가지 않아도 약속한 진료비는 내야 한다.)

속이 엄청 상했는데 아무에게도 말하지도 못하고 허탈해했었다. 어떻게 그리 중요한 걸 잊을 수가 있지…… 곱씹을수록 화가 났다. 돈 잃고 속 끓이고, 미련퉁이 곰퉁이……

오늘 병원에서 영환이가 좋아하는 사람 순서를 종이에 적었다. 선생님께서는 영범이가 단연 일 등일 것으로 예상했는데 의외였다며 결과지를 보여주셨다.

"영범이는 글쎄 4등이에요. 4등!!"

'1등 엄마, 2등 아빠, 3등 찬학, 4등 영범, 5등 명곤, 6등 희곤, 7등 하나, 8등 하선' 이라고 씌어 있었다. 1등 엄마도 의외였고 3등 찬학 씨도 정말 의외였다.

내가 1등이라니 말할 수 없이 기뻤다. '영환아! 엄마를 1등으로

뽑아줘서 너무 고마워…….'

선생님께서 다음 주엔 생모에 대해 얘기를 꺼낼 거라고 말씀하셨다.

약을 기다리는 동안에 영환이가 빼주는 커피도 마시고, 그저 기분이 좋으니 노래가 절로 나왔다. 집에 오는데 나도 모르게 자작곡에 가까운 할렐루야를 커다란 소리로 흥얼거렸나보다.

"엄마! 왜 노래해?"

하선이가 물어봐서야 내가 노래를 하고 있었고, 그것도 '할렐루야'를 부르고 있다는 걸 알았을 정도였다.

"으응 기분이 너무 좋아서. 엄마 행복해. 왜 이상하니?"

"아니, 그게 아니라 그 노래 말고 다른 거 불러."

"뭐?"

자작곡이 이상했나? 이상했겠지 뭐.

"두려워도 겁을 내지 말아요. &$%*……"

하선이가 좋아하는 복음성가를 부르란다.

"알았어. 엄마가 그거 부를게."

왜 하필 '두려워도 겁을 내지 말아요'일까 생각하며 하선이랑 커다랗게 합창을 했다. 영환이랑 하나는 몸을 흔들어주고…… 차에서 내리고 싶지 않은 순간이었다.

우리 남편 내가 1등이라고 좋아했더니, 꼴등이 누군지 알아맞히겠다며 자기 품에 안긴 하선이를 손가락으로 가리키면서 낄낄 웃었다.

02/06/02 웬수 같은 놈들!   교회에서 돌아와보니

희곤이 친구들이 잔뜩 와서 진을 치고 있었다.

"야 이놈들아! 이렇게 몰려다닐 시간이 어딨어. 공부를 해야지, 공부를."

이 녀석들, 히죽히죽 웃으면서 희곤이가 자는 동안 쉬는 거란다. 어디 아픈가, 누워 자는 희곤이를 살펴보니 멀쩡한 놈이 친구들 잔뜩 왔건만 쿨쿨 자고 있었다.

처음엔 아픈 줄 알고 고분고분 말하다가 일어나라고 잔소리를 했다. 시간도 별로 없는 놈이 뺀질뺀질 노는 꼴이 왜 그리 보기 싫은지.

명곤이 화장실에 가보니 누가 피웠는지 담배재며 꽁초가 버려져 있었다.

"이거 어떤 놈이야? 에구~ 이놈의 새끼들. 자식이 웬수야, 웬수."

치우면서 욕을 해댔더니 희곤이 친구가 피식피식 웃었다.

"왜, 익숙한 말이냐? 그래서 웃는 거야?"

소리를 쳐도 소용없다. 잠시 후에 희곤이란 녀석이 뿌시시 일어나서 나왔다.

"엄마! 피곤해?"

뜸을 들이다가 겨우 왜 그러냐고 물었다.

"국수 삶아 달라고."

'퍽이나 예뻐서 네 놈한테 국수 삶아 주고 싶겠다.' 속으로 욕을 하면서 "엄마 피곤해. 네가 삶아 먹어" 했더니, 이 녀석 생라면을 가지고 들어가 오드득오드득 씹어 먹었다.

분위기가 이상한지 친구들은 거실에서 책을 읽게 하고 자기는 방에서 명곤이랑 공부한다.

'아이고 시간이 얼마나 남았다구. 네 놈 인생 네가 살지 내가 사

냐.'

아무리 아들 놈 행동에 부화뇌동하지 않으려 해도 가끔은 속이 뒤집어진다. 빨리 학업 끝내고 결혼시켜 내보냈으면 좋겠다. 웬수 같은 놈들…….

02/06/09 빈 손이라니요!   희곤이가 감기에 걸렸다.

학교에서 오자마자 명곤이랑 공부하더니 일찍부터 늘어져서 자고 있는 중이다.

그 사이 친구들한테 자꾸 전화가 왔다.

"희곤이 없다."

"지금 먼 데 갔다."

"어디 갔냐구? 꿈나라 갔단다. 아프거든."

명곤이가 전화를 받더니 이렇게 말하고 바꿔주지도 않는다.

10분 후 쪼르르 장대 같은 희곤이 친구들이 찾아왔다.

"이것들아! 왜 왔어? 우리 아들 쉬어야 하는데."

괜히 시비를 걸었다.

"희곤이가 아프다고 해서, 문병왔어요."

헤벌레 웃으며 대꾸를 했다.

"문병? 문병 온 놈들이 빈 손이냐??"

"빈 손이라뇨. 가슴에 사랑, 사랑하는 가슴 가지고 왔단 말예요."

환하게 웃는 모습이 사랑스럽다.

02/06/13 엄마 학교에서 오래……   어제 학교에서 돌아온

희곤이가 히죽히죽 웃으면서 투덜투덜거렸다.

"아이~ 나 담임 잘못 걸렸어. 엄마 금요일에 학교 오래. 나 걸

렸거든. 엄마 오지 말고 대신 각서 쓴다고 해두 자꾸 엄마 오래잖
아.”

“뭐? 너 사고 쳤냐?”

놀라서 벌떡 일어났다.

“뭐 사고랄 것까지는 없구…… 히히히 담배 피다 걸렸거든.”

변죽도 좋다.

“무에야?? 웃음이 나오겠다. 아직도 못 끊어서 걸렸단 말이냐?
아이고 웬수 같은 놈. 그딴 일로 학교 불려가고. 엄마 꼴 조타!!”

“너무 그러지 마. 두 번밖에 안 걸렸어. 나 학교에선 안 핀단 말
이야. 근데 이번엔 친구가 있다길래…… 나는 라이터가 있었구.
그래서 모의고사 보고……. 친구네 담임은 그냥 보냈단 말이야.
괜히 우리 담임만 엄마 오라구 하고 그래, 치사하게.”

“아이고, 니네 담임 샘부터 직무유기로 혼나야 되겠구나. 그래
겨우 두 번밖에 안 걸렸단 말이야? 글구 그걸 엄마만 오라고 했단
말이야? 잡자마자 다리몽댕이를 분질러놔야지, 뭘 망설이셨담.”

“왜 그래~ 나 학교에선 안 폈단 말이야. 엄마 꼭 와야 돼. 언제
쯤 시간 돼? 알았지??”

“아이고 잘난 아들 둬서 디게 좋구나. 이딴 일로 학교 가구. 야
이눔아, 이 참에 끊어라, 끊어. 엄마 쪽 팔리구 니 놈 건강 해치고
이게 무슨 꼴이냐?”

“아이 참!! 이럴 줄 알고 내가 각서 쓴다니까 안 된다고 그러
구…….”

한참 실랑이를 벌이고 나더니 친구들이 오니까 돈을 달란다.

“야!! 너 참 이뻐서 돈 주겠다. 안 줘. 글구 어떤 놈이 우리 아들
꼬드겼어? 멀쩡하게 공부 잘하는 울 아들을.”

"아무도 안 꼬드겼어. 꼴 보기 싫은데 잠시 사라져줄게. 안 보이면 더 좋지 않겠어?"

"무슨 소리야. 네가 꼴 보기 싫다니. 오우 노!! 옆에서 나란히 누워 있어도 좋아. 돈 달란 말이나 마라."

"히히히 조금만 줘. 바람 쐬고 올게."

마루에 있는 친구 놈들에게 다가갔다.

"니네 같으면 애한테 돈 주겠냐? 낼 나 학교 불려간다, 이런 상황에서 돈 주겠냐구? 안 그래??"

친구들은 그저 싱글벙글 웃기만 한다.

02/06/17 교무실로 불려간 남편과 나

남편이랑 희곤이 학교에 갔다.

교무실에서 한참 기다렸다가 담임 선생님을 뵈었는데 인상이나 인품이 너무 좋으신 분이었다. 민망하기도 하고 죄송스럽기도 했다.

선생님은, 부모님 모시고 오라고 하면 더 교육적인 효과가 있을 것 같기도 하고 무엇보다도 희곤이가 입양되었다는 걸 알고 있는데 집에서의 생활은 어떤지도 궁금하다고 하셨다. 부모인 우리에 대해서도 궁금하셨을 것 같다.

담배 같은 일은 그저 한 번쯤 지나가는 것으로 여기라는 위로의 말씀과 더불어 학교 생활이나 교우관계는 아주 좋으니 걱정할 것 없다고 하셨다. 넉 달 남은 수능을 위해 최선을 다하도록 부탁한다는 말씀도 하셨다. 학업이 다소 뒤지니까.

남편은 희곤이가 잘 커줘서 좋다고 자랑(?)하는데, 난 웃음이 나왔다. 문제를 일으켜서 불려온 부모가 자식 잘 커줬다고 자랑하다니……. 담임 선생님도 환하게 웃으셨다.

"모두 이상 무!"

<u>02/06/27</u> **오징어가 되고 싶은 날**　　　　　　　지난 주일 교회 자매의

어린 아들이 엄마가 오징어였으면 좋겠다고 했단다. 엄마가 설거지를 하거나 혹은 다른 일을 하면서도 자기를 안거나 보살필 수 있게, 오징어 다리처럼 많은 엄마의 손이 필요했던 모양이다.

7월 2일 학교에서 시험을 본다며 시험 범위를 적어 왔다. 학습 지도에 학을 뗄 만큼 질려 버렸기 때문에 웬만하면 끼어들고 싶지 않지만, 그래도 시험이라니 차츰 좋아지고 있는 영환이를 끼고 시험 공부를 시키고 싶었다.

상을 펴고 영환이가 순서를 정하게 하고 한 과목씩 해나가니 영환이는 입이 쫘악 벌어져 다물지를 못했다.

"너 이렇게 공부하면 일등 할 수 있을 거야. 너 일등 하고 싶지? 할 수 있어."

이 말 한마디에 잔뜩 긴장을 하고 열심을 내었다. 헌데 하선이가 그 꼴을 봐줄 수가 있을까. 자기도 공부를 하겠다고 책을 펼쳐 놓고 투덜투덜 가관이었다.

"엄마는 영환이 형만 공부시켜주고…… 나는 안 해주고 아휴 짜증 나. 왜 형만 해주고 난리야!! 나두 빨리 공부시켜 달란 말이야."

혼자 공부하라고 한 영범이도 입이 툭 삐져나와서, "나두 엄마랑 하는 게 더 재밌고 잘될 것 같은데…… 저도 엄마랑 하고 싶어요" 하면서 투덜투덜…… 하선이랑 합세해서 계속 방해를 했다. 그러면 그럴수록 영환이는 그만 하자는 말도 못하고 싱글벙글 신바람이 났다.

옆에서 하나까지 다리를 쭉 뻗고 영환이 교과서를 펴고 심각하게 들여다본다. 마치 모든 걸 다 읽을 수 있는 폼새로.

아휴~ 오늘 같은 날은 나도 오징어가 되어 애들 옆에 하나하나

붙어서 공부도 가르치고 노래도 불러주면 좋으련만.

02/06/27 당신 무슨 일 있었어?

하나 데리고 병원에 다녀오면서 불현듯 '남편의 도움이 없다면 내가 어찌 아이들을 키울 수 있었을까' 싶었다. 그런 줄 알면서도 작은 일에 티격태격하던 나 자신이 부끄러워 남편에게 전화를 했다.

우리 남편 전화 받자마자 물었다. "왜 전화했어?"

"당신한테 할 말이 있어서……." 괜히 주춤거려졌다.

"뭔데 말해봐."

"당신 사랑한다구……."

뜬금없는 내 말에 우리 남편 완전히 놀란 목소리다.

"당신 무슨 일 있었어??"

"무스은…… 아무 일도 없어."

"근데 왜 갑자기 전화해서 그런 말을 하냐구. 마악 어디라도 떠나는 사람처럼. 사실대로 말해봐……무슨 일이냐구……."

"아무 일도 없어. 그냥 평소에 가지고 있던 맘이지만 말을 못해서 지금 한 것 뿐이야."

"그~래? 당신 혹시 내 지갑에서…… 꺼내간 것 아니야?"

"뭐야??? 당신이야말로 무슨 말이야. 그런 거 아니야."

"아니면 됐구!"

쳇!! 사랑한다는 말 한마디했다가 의심만 살 뻔했다. 이래저래 고마워서 그 맘을 표현한 건데, 내가 그 말에 얼마나 인색했으면 저런 반응이 나오는지…… 웃음이 나면서도 기가 막힌다.

어쨌거나 아이들 덕에 남편에게 사랑 고백도 해보고…… 이 나이에 별 짓 다해본다.

02/07/05 모두 잘 지내고 있음

남편과 함께 하선이 하나만 데리고 떠난 여행지에서 동생의 메일을 받았다. 동생은 함께 사는 가족이나 다름없지만, 어쨌든 내가 아닌 다른 이의 눈에 비친 아이들 모습이 새삼스럽게 다가온다.

……그러고 보니 가족들 근황을 자세하게 써 보내질 못했네.

우선 엄마는 아침에 출근하면서 언니네 집에 모셔다 드리고 저녁에 퇴근할 때 모시고 와. 아주 잘 지내시지. 일하러 오시는 분과 말동무도 되고 좋으신가봐. 일 잘하고 음식 잘한다고 어찌나 칭찬을 하시던지……. 어제 저녁에는 친할머니도 다녀가셨는데 두 분이 이야기를 재미있게 하시더라구. 엄마 스트레스가 좀 해소되시나봐.

아이들 근황은……

명곤 : 칼출근, 칼퇴근하고 있지. 저녁 시간은 주로 접착제로 컴퓨터에 붙여 놓은 듯 지내고…… 아주 조용하게, 가끔 재훈이와 승진이가 한 방에 뒤엉켜 무협지와 컴으로 지식과 기술을 축적하고 있지.

희곤 : 엄마 말로 대략 오후 1시쯤 일어나 공부하러 나간다고 하네. 저녁에 가보면 친구들과 어울려 있다가 다시 공부하러 간다고 나가. 뒤쫓아 가보지 않아서 잘 모르겠지만, 난 희곤이가 틀림없이 열심히 공부하리라 믿어 의심치 않지. (근데 공부 좀 못하면 어떠냐? 안 그래? 인생은 성적순이 아니잖아.) 나는 희곤이가 마냥 듬직하고 좋더라.

영범 : 첫날보다는 왠지 위축된 느낌. 이 녀석 뭔가 나한테 할말이 있는 듯한데…… 요리도 시들해진 것 같고…… 너무

사랑 받고 싶어하는 눈치가 빤해서 마음이 좀 짜안~하
네. 어제는 과외 선생님 다녀가신 후 열심히 공부했어. 찬
학이가 새끼 선생님이 돼서 이것저것 물어보는 대로 가르
쳐 주고. 세상에 그런 사람 또 있을까 싶네. 내가 쪼끔만
젊었어도…… (헤헤)

영범이는 요리 잘하고 십자수도 잘하고 구슬 공예도 잘하
고 솜씨가 이만저만 좋은 게 아니지만, 어떤 의미에서는
영환이보다 훨씬 소심하고 상처받기 쉬운 성격인 것 같애.
내가 보기엔 오히려 영범이한테 상담이 더 필요한 것 같은
데, 나중에 잘 생각해 봐.

영환 : 난 왠지 이 녀석이 참 좋더라. 우습지? 그냥 마음이 가네.
꾸밈없고 누구한테 잘 보이려고 하는 행동이 아니라서 그
런지 진심이 느껴져. 수학을 잘 하는데 놀랐어. 영범이보
다 수학에 있어서는 빠르더라. 이 녀석 나중에 공부 잘할
것 같애.

찬학 : 요즘 몸이 점점 더 부는 것 같애. 기특해 죽겠어.

더 이상은 생략. 설명이 길면 좀 진부해지잖아. 어차피 삶은 지
속되는 건데…….